KB053661

잠자리
공모
사바사바

짬짜미 · 공모 · 사바사바
도전하는 청춘 최문정의 활동가 일기

초판 1쇄 발행 2012년 11월 30일

지은이 최문정
펴낸이 강수걸
펴낸곳 산지니
편집 양아름 권경옥 손수경 윤은미
디자인 권문경
등록 2005년 2월 7일 제14-49호
주소 부산광역시 연제구 거제1동 1498-2 위너스빌딩 203호
전화 051-504-7070 ㅣ 팩스 051-507-7543
홈페이지 www.sanzinibook.com
전자우편 sanzini@sanzinibook.com
블로그 http://sanzinibook.tistory.com

ⓒ최문정, 2012
ISBN 978-89-6545-203-4 03810

짬짜미 공모 사바사바

최문정 글·그림

도전하는 청춘
최문정의 활똥가 일기

산지니

책을 펴내며

"아직 젊은데 이왕이면
칼퇴근 안 해도, 돈 좀 작게 받아도
신나게 일할 수 있는 곳 없을까?"

장장 4년간의 휴학 후 26세라는 나이로 대학졸업장을 손에 쥐
고 이력서를 쓰던 그때가 생각납니다. "천지도 모르고 까불
제?!" 하던 인생선배들의 조언을 뒤로하고 부산실업극복지원센
터와 인연을 맺었답니다. 이제 와서 하는 말이지만, 정말 천지도
모르고 까불던 시간 같습니다.

저는 실업센터에서 일자리, 생계, 부채 등을 비롯하여 이웃들
이 호소하는 여러 가지 문제에 대해 상담하고 그 해결에 필요한
일을 해왔습니다. 나중에는 상담만으로는 안 되겠다 싶어서 이
웃들이 살면서 꼭 알아야 할 법률 상식, 구직활동 방법, 인생 사
명 가지기 등에 대한 강의를 만들어 전국을 돌며 부모님 같은 분
들께 잔소리 아닌 잔소리를 하고 다녔답니다. 민생 상담이다, 강
의다, 하는 이런저런 이유로 그동안 참 많은 이웃을 만났고 이들
의 영화 같은 삶을 함께 나누게 되었습니다. 나름(?) 내성적인 저
이지만 상담실에서, 강의장에서 만나는 분들에게는 덥석 손도

잘 잡고 포옹도 잘하게 되더라고요. 평소 제 모습과는 딴판인 거죠. 아마도 가장 속 깊은 이야기를 나누다 보니 짧은 시간에도 금세 가까워진 게 아닌가 합니다. 이거 보면 또 저희 집에서 한소리 하실 것 같아요. "느그 집구석이나 좀 단디 챙기라!" 하고 말이죠. 늘 이렇게 티격태격하며 삽니다. 푸힛.

이렇게 이웃들과 울고 웃으며 보낸 귀한 기억을 저만 알고 있자니 도둑놈 심보 같단 생각이 들더라고요. 그래서 정말 겁 없이 키보드 위에 손을 올렸답니다. 학교 때 백일장 한 번 나가본 적 없던, 일기조차 제대로 쓰지 않던 제가 말이죠. 잘 쓰든 못 쓰든 우리 곁에 이런 이웃들이 존재한다는 사실을 전한다면 이웃 간의 벽이 조금씩 얇아지는 계기가 되지 않을까 하는 막연한 기대를 했습니다. 물론 저의 수다 본능을 해소하고자 한 흑심도 없었던 것은 아닙니다. 그렇게 「활똥가일기」가 탄생했는데요, 2009년 7월부터 부산실업극복센터 블로그에 글을 올리기 시작한 것이죠.

2011년부터는 월간 『작은책』에 '실업극복희망일기'라는 주제로 「활똥가일기」를 연재하게 되었어요. 그 덕에 많은 분들이 실업센터와 이웃들의 이야기에 귀를 기울여주셨답니다. 참 감사한 일이죠. 2011년에는 작은 삽화를 그리고 거기에 제 생각을 담은 「1mm 발견」을 만들어 주변 사람들과 나누기 시작했어요. 나와 같은 생각을 하는 누군가가 있을지도 모른다는 마음에서 말이죠. 정말 저란 사람은 겁 없이 일을 잘 저지르는 것 같아요.

그렇게 실업센터에서 일하며 겪은 이웃과의 이야기와 그 시간 동안 '어른다운 어른'이 되고자 애쓰며 좌충우돌하던 어느 청춘의 이야기가 한 편 한 편 글로, 그림으로 모여서 책으로 묶이게 되었습니다. 이 모든 일들이 정말 꿈만 같습니다. 그러나 가슴 뛰게 설레다가도 '내가 비싼 나무 베어가며 책을 만들 만큼의 사람인가' 하고 스스로를 자책하게 되더라고요. 워낙에 허물이 많은 사람인지라, 자다가도 벌떡벌떡 제 발이 저려오지 뭐예요.

여기에 모인 이야기를 통해 나와 내 가족이 아닌, 나를 둘러싼 또 다른 이웃에 대해, 그리고 좀 더 행복한 삶이 어떤 것인지에 대해 생각할 수 있는 기회가 되었으면 합니다. 그리고 제가 만난 이웃들이 팍팍한 세상 속에서 삶의 재미를 찾고 행복을 알아가면서 웃을 수 있는 날이 많아졌으면 하는 간절한 바람을 담아봅니다.

지난 8월, 7년간 자랑스럽게 가슴팍에 붙이고 있던 부산실업극복지원센터 상근자라는 이름표를 가슴에 묻어두게 되었습니다. 실업센터를 그만둘 때는 마치 오래된 연인과 헤어지는 기분이었어요. 실업센터 문을 들어설 땐 철부지였는데 문을 나설 땐 제법 사람이 된 것 같았거든요. 이 마음으로 또 어디선가 제 몫을 다하며 열심히 살아야겠죠? 그리고 실업센터의 빈자리는, 예전에 제가 그랬듯이 또 누군가가 들어가서 가슴 가득 사람에 대한 애틋함을 품고 다시 태어나게 되겠지요. 실업센터가 마치 갱생 프로그램이라도 하는 것 같네요. 푸힛. 그만큼 제게는 의미 있고 감사한 인연이었거든요.

저는 숫기가 없는 편이라 고맙고 감사한 마음을 가슴에 품을 줄만 알았지 잘 표현하지 못하는 사람입니다. 그래서 이 기회에 용기 내어 마음 표현을 할까 합니다. 그래도 괜찮을까요?

박주미 대표님, 최영 사무국장님, 철부지 청년백수를 인간 만드느라 애먹으셨죠?! 정말 고맙습니다. 그리고 최영미 사무처장님, 전국에 있는 실업단체 식구들, 늘 가족처럼 챙겨주시고 손잡아주신 거 잊지 않겠습니다. 그리고 「활똥가일기」를 많은 분들이 볼 수 있게 기적 같은 기회를 주신 안건모 선생님, "문정 씨 글 재밌어요. 그러니 계속 쓰세요. 꼭 그래야 해요." 그 한마디에 더 부지런히 글을 써야겠다는 마음을 먹게 해준 김진숙 선생님, 힘들다고 투정 부릴 때마다 "상담이나 한 건 더 하세요!" 하고 독특한 방법으로 응원해주던 선경 씨, 마음을 움직이는 힘을 가진 우니와 불량님, 잘한다 잘한다 열렬히 응원해주던 팡 교도들, 그리고 든든한 빽이 되어주신 실업센터 회원님들과 항상 좋은 기운 보내주시던 모든 분들께 고개 숙여 감사드립니다.

날카로운 눈빛으로 혼내키고 따뜻한 마음으로 편들어준 성희, 틈만 나면 먹을 거 사 먹여가며 응원해준 신자, 많이 보고 싶은 현주에게도 온 마음을 다해 고마움을 전합니다.

세상의 기준이 말하는 '잘난' 자식은 아니지만 늘 믿고 지켜봐주시던 부모님께는 죄송한 마음만 가득합니다. 두 분의 딸로

태어난 것, 몸도 마음도 건강하게 자랄 수 있게 해주신 것, 세상에서 가장 성실한 두 분이 제 부모님이라는 것, 이 모든 것에 감사드립니다. 더불어 사람을 사랑하는 것이 어떤 것이지를 알게 해준 조카 율에게도 마음을 전해봅니다. 끝으로 부족한 제게 손 내밀어주신 산지니 출판사 분들께 정말 감사드립니다.

도전하기를 두려워하지 않는 청춘, 그 빛나는 시간은 아직 진행 중입니다.

2012년 11월
해운대에서

차례

제1장

실업센터 상근 활똥가,
최문정입니다

가야시장 아시지예?
거기서 내리시가꼬예, 서면 쪽으로 백 미터쯤 걸어오면 육교가 있거든예.
육교 건너지는 마시고 그 옆에 보면 쪼매난 골목길이 하나 있을 낍니더.
그리로 쏘옥하고 들어오시면 됩니다. 언제쯤 오실 건지예?

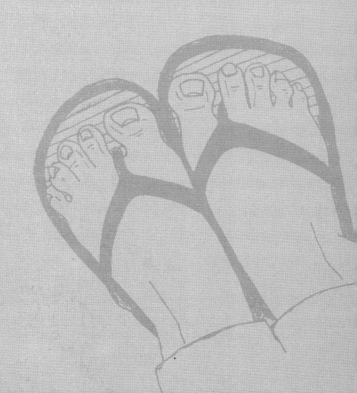

활똥가의 하루

아, 저기 뭐 좀
상의할 게 있어서 거기
찾아갈라꼬 하는데예.
장소가 오데쯤 됩니꺼?

오늘은 보통 때보다 30분은 일찍 사무실에 나왔습니다. 갑작스런 교육의뢰가 들어왔거든요. 그래서 서둘러 프로그램을 만들고 강의안을 짜야 했습니다. 마음은 급한데 컴퓨터 앞에 앉아 있자니 눈앞이 캄캄합니다. 어디서부터 어떻게 해야 할지, 엄두가 나질 않더라고요.

이럴 때 억지로 컴퓨터 앞에 앉아 일을 짜내다 보면 저도 힘들어지고 내용도 형편없어지기 마련이더라고요. 그래서 분위기 전환차원에서 다른 일을 먼저 하기로 했습니다. 일이 풀리지 않아서 잠시 다른 일을 할 때는 자신이 가장 잘하고 좋아하는 일을 해야 한다고 생각합니다. 그래야 힘을 얻고 다른 일도 잘할 테니까요.

그래서 제가 선택한 일이 뭐냐고요? 바로 화이트보드를 벽에다는 일입니다. 메모를 쉽게 남길 수 있는 보드를 어제 샀거든요. 전 이렇게 손으로 뚝딱거리고 몸으로 꿈틀대는 일이 좋더라고요. 화이트보드를 벽에 달 생각만으로도 그새 저는 기운이 났습니다. 좀 전까지 죽을상을 하고 있던 것도 다 잊고 말이에요. 그리고 보면 저도 참 단순한 거 같습니다. 금방 울고 금방 웃고.

당장 자리를 털고 일어나서 사무실 공구함을 뒤졌습니다. 손때 묻은 전동드릴을 챙겨들었습니다. '드르륵 드르륵' 신나게 벽에 나사못을 박고 화이트보드를 달았습니다. 앞으로 여기 화이트보드에는 아이디어나 잊지 말아야 할 일들이 빼곡하게 들어차게 되겠죠?

그리곤 다시 책상으로 돌아와, 오전에 못 다한 교육프로그램 제작을 마무리해야 했습니다. 이번 교육은 무려 5일로 총 스무 시간 과정입니다. 이 중 열여섯 시간을 오롯이 저 혼자 감당해야 하는 프로그램인 것입니다. 힘들기도 하지만 한편으로는 이웃들과 나눌 수 있는 강의 내용이 많아 천만다행이라는 생각도 들었습니다.

처음부터 교육을 할 수 있었던 것은 아니었습니다. 민생상담을 하다 보니 '이런 것만 미리 알았다면 일이 이렇게 안 커졌을 텐데' 하는 안타까운 경우를 많이 만나게 되었습니다. 상담은 사후처방일 뿐이라는 생각에 '이왕 이렇게 된 거 예방이 되도록 중요한 내용들은 미리 알려드리자' 해서 시작된 것이 바로 주민교육이었습니다. 그렇게 하나둘 생기던 교육커리큘럼이 이제는 스무 시간 정도는 거뜬히 채울 수 있게 된 거죠. 분위기 전환을 하고 와서 그런지 집중해서 빠른 시간에 일을 마무리할 수 있었습니다.

이제 이번 달 회계정리를 해야 할 순서입니다. 대체 주업무가 뭐냐고요? 벌써 눈치채셨겠지만 시키는 건 다 합니다. 하하, 아시잖아요. 많은 시민사회단체는 재정구조가 탄탄하지 않아서 소수의 활동가가 모든 일을 해야 하니까 맥가이버 양성소, 일당백 제작소 같을 수밖에요. 그래도 신기한 것은 하다 보면 또 다 하게 된다는 거죠. 저도 어느새 반(半)가이버는 된 거 같아요.

그렇게 혼자 사부작사부작 한 달치의 회계업무를 하고 나니 벌써 오후 두 시네요. 혼자 있으니 가장 편하고도 가장 불편한 것이 바로 점심입니다. 언제든 내가 먹고 싶은 시간에 먹을 수 있다는 장점도 있지만 맛있는 음식을 먹거나 이야기하며 먹는 즐거움을 누릴 수 없다는 단점도 있습니다. 오늘도 라면을 집어 들었습니다. 도시락을 싸 오면 되는데, 아침마다 시간에 쫓겨 나오기 바빠 잘 안 되더라고요. 짜장면 하나를 시키기는 미안하고 그렇다고 나가서 먹자니 이 동네에는 식당이라곤 없고, 결국 이래저래 가장 만만한 점심이 바로 라면입니다. 김치도 없이 팍팍한 밥상이지만 일한 뒤에 챙겨 먹는 라면은 꿀맛이니까 그거면 충분하지 않겠어요?

냄비에 물을 붓고 가스에 올리기가 무섭게 사무실로 전화가 왔습니다.

"여보세요?"

"아, 저기 뭐 좀 상의할 게 있어서 거기 찾아갈라꼬 하는데예. 장소가 오데쯤 됩니꺼?"

"가야시장 아시지예? 거기서 내리시가꼬예, 서면 쪽으로 백 미터쯤 걸어오면 육교가 있거든예. 육교 건너지는 마시고 그 옆에 보면 쪼매난 골목길이 하나 있을 낍니더. 그리로 쏘옥하고 들어오시면 됩니다. 언제쯤 오실 건지예?"

"아, 그래예? 지금 바로 가볼라꼬예."

"예, 알겠어예. 있다 뵐끼예."

쩝, 지금 찾아오시겠다니 얼른 가스불부터 끄고 와야 했습니다. 라면 들이마시는 모습을 보여줄 순 없지 않습니까. 이왕 늦은 점심 한두 시간 늦는다고 어찌되는 것도 아니니까, 모든 일을 마무리하고 마음 편히 라면의 맛을 음미하며 먹기로 했습니다.

벌써 세 시입니다. 생각보다 많이 늦어지시나 봅니다. 그래도 오신다고 하셨으니 오시겠죠. 하지만 마음 한구석으로는 '아, 아까 라면 그냥 끓였으면 먹고도 남을 시간이구나' 하는 아쉬움이 가득했습니다. 그런데 이럴 때일수록 조심해야 합니다. 벌써 세 시인데 안 오시나 보다 생각하고 라면을 끓여 한참 먹고 있을 때, 갑자기 상담하러 오실 가능성이 상당히 높기 때문이죠.

어떻게 아냐고요? 사실 몇 번의 경험이 있었습니다. 실컷 라면 끓이고 이제 한 젓가락 뜨려는데 상담 오시는 통에 죽이 된 라면 먹어본 경험이 여러 차례거든요. 제가 웬만한 건 투정 없이 다 잘 먹는데 죽라면은 정말 먹을 맛이 안 나더라고요. 그래서 오시기로 한 내담자분을 계속 기다리기로 했습니다.

잠시 후, 기다리기를 잘했다는 생각이 들었습니다. 전화하셨던 분이 오셨거든요. 그렇게 한 시간 가까이 열심히 상담을 했습니다. 상담을 마무리하고 일어서던 내담자께서 말씀하셨습니다.

"그런데 그 신문에 기사 쓴 선생님은 어디 가셨나 보네예. 제가 신문에 나온 글을 보고 꼭 와야겠다고 마음먹었거든예. 사진도 요래요래 나와 있더라고요. 뵙고 인사드리고 싶었는데 안 계시네예." 하시며 무척 아쉬운 표정을 지으셨습니다.

가만 있어 보자, 우리 센터에 나 말고 또 누가 있던가? 신문은 또 뭐지?

아, 그러고 보니 생각났습니다. 얼마 전 어떤 신문에 '기초생활수급자에 대한 오해와 진실'이라는 글을 쓴 적이 있었거든요. 그리고 제 이름 옆에는 실업센터에 갓 들어왔을 때 찍은 풋풋한 사진 한 장도 곁들여져 있었습니다. 아마도 그 신문을 말씀하시나 봅니다. 그런데 다시 생각하니 뭔가 좀 이상합니다. 이분 말을 유추해보자면 신문에 나온 사람이 지금 내 얼굴과 너무 달라 못 알아보신다는 거잖아요. 그렇죠?

"혹시 그 ○○○신문 말씀하시는 건가예?"

"예예, 그 신문을 옆 사무실서 봤거든예."

"거기 기초법 글 말이죠?"

"예예, 그거 보고 내도 함 물어보자 싶어 온 거지예."

"아, 그러셨구나. 그런데…… 거기 사진에 나온 사람, 있다아 입니까…… 죄송한데 그게 접니다."

"아…… 그래예? 통 몰라봤네예. 죄송합니데이."

"은지예, 그게 아이라…… 사진이랑 실물이 그렇게 많이 다르 던가예?"

그리곤 아무 말씀도 없으셨습니다.

우리의 만남은 그리도 화기애애했는데 헤어짐은 어쩜 이리 어색한지 모르겠습니다. 예전 사진을 보시던 어떤 분은 뽀샵이 너무 심한 것 아니냐, 해도 해도 너무 했다고도 하시지만 전 늘 억울합니다. 하늘에 맹세코 뽀샵하지 않은 백 프로 진짜배기 사진입니다. 물론 실업센터에서 열심히 일하기 직전의 모습 말입니다. 세월 앞에 장사 없다더니, 그 말이 꼭 맞나 봅니다.

어느새 라면 냄새가 솔솔 올라옵니다. 이른 저녁이 되어버린 라면이지만, 그 맛은 정말 끝내줍니다. 힘들고 어려운 누군가가 찾아올 수 있는 사람이 바로 나란 사실도 참 다행스럽게 여겨지는 순간입니다. 내가 당장 이들의 문제를 해결하는 사람은 아니지만 함께 이야기하고 같이 걱정할 수 있으니, 그것으로도 이분들은 만족해하실 거라 믿습니다.

배 좀 고프면 어떻습니까. 더 배부른 일들이 많은데 말이죠.

다리미

쓱쓱 눈물 몇 번 뿌리고
싹싹 밀어버리면
말끔하게 처음 그때처럼
돌아갈 수 있나요?

그럴 수만 있다면 많이 뜨겁겠지만
참아보겠습니다.
제 가슴에 뜨겁게 달궈진 다리미……
올려놓겠습니다.

최양 있능교?

그래도 최 양이
신경 써줘서 내가
내 권리 찾았다 아이가.
고마워서 내 담에
밥 한 번 살라꼬.

이보게, 최 양, 팀장님, 미스 최, 최 선생, 선생님, 아가씨……

센터를 찾는 분들이 저를 향해 부르는 호칭입니다. 처음에는 '최 양', '미스 최', '아가씨' 만큼 듣기 싫은 호칭이 없었습니다. 마치 저를 하찮게 보는 것 같고, 여자라고, 어리다고 무시하는 것 같았거든요. 그래서 그런 호칭으로 저를 부르실 때면 저도 모르게 표정이 굳어지곤 했습니다.

그리고 상담이 끝날 때까지 꽁해 있다가 나가실 때 명함을 내밀며 "다음에는 이렇게 부르시면 됩니다." 하고 명함에 적힌 제 이름과 직함을 손으로 꼭 집어드리기도 했습니다.

하지만 한 해, 두 해 시간이 지나면서 저를 어떻게 부르든 상관하지 않게 되었습니다. 저를 최 양, 미스 최, 아가씨라고 부른다고 해서 무시받는 느낌 또한 심하게 들지 않았습니다. 그런 호칭 말고는 들어보지도, 불러보지도 못했기에 나름 예의 차린 호칭

일 수도 있다는 생각이 들었습니다. 설령 그게 아니라 정말 여자라서, 어려 보여서 쉽게 부른 거면 또 어떻겠냐는 도 닦는 심정도 들었고요. 어렵게 저를 찾은 분들인데 그분들께 뭐라도 힘이 되는 말을 해드리기 바쁜 터에, 이분들에게 대우받을 걸 생각할 겨를이 없으니 말입니다.

'내 일도 아닌 걸 내가 이렇게 정성 들여 하고 있는데……, 나한테 너무한 거 아냐?' 하며 저를 찾는 분들에게 대접받고, 어깨 힘 주고, 인정받고 싶은 마음이 생긴 적도 있습니다. 하지만 그런 마음 들다가도 금세 접을 줄 알게 되었나 봅니다.

참, 얼마 전에 있었던 일도 큰 영향을 미쳤을 거예요. 오빠와 야구장엘 간 적이 있습니다. 참 오랜만에 오누이가 야구장 나들이를 한 것이죠. 들뜬 마음으로 야구장 관람석에 앉아 있었습니다. 제 앞자리에는 아기와 엄마가 있었고요.

아기가 귀여워서 자꾸만 쳐다보게 되었죠. 마침 아기 엄마 옆에 세워진 음료수가 아기 쪽으로 쏟아졌습니다. 엄마는 휴지를 찾느라 정신이 없더라고요. 그래서 얼른 제가 들고 있던 휴지 한 통을 내밀었습니다. 아기 엄마는 휴지를 받아 들고 정신없이 일 처리를 하더니 그걸로 끝이었습니다. 저는 갑자기 마음이 상했습니다.

"오빠야, 저 아기 엄마 너무하다. 어떻게 고맙단 소리 한 번 안 해?"

오빠가 당연히 제 편을 들어줄 거라 생각했습니다. 그런데 역시 오빠는 남달랐습니다.

"니가 고맙단 소리 들으려고 휴지 줬나? 그럴 거면 앞으로 도 와주지 마라."

"아니, 그런 건 아니지만……."

그런데 오빠의 말을 듣고 보니 맞는 소리였습니다. 그때의 말이 두고두고 고맙게 여겨졌습니다. 그렇게 제 마음은 주변의 좋은 분들 덕에 조금씩 성장하게 되었습니다.

지난 금요일, 창원에서 회의가 있었습니다. 사무실 전화를 핸드폰으로 착신해 두고 회의에 참석했었죠. 회의를 마치고 핸드폰을 보니 낯선 전화번호 하나가 수십 차례 찍혀 있었습니다. 얼마나 급한 일이기에 이리도 전화를 했나 싶어서 부리나케 전화를 걸었습니다. 그런데 이상하게 통화가 잘 안 되더라고요. 그러다 퇴근 무렵 같은 번호로 전화가 왔습니다. 전화기 너머로 낯익은 목소리가 반갑게 들려왔습니다.

"최 양인교~?"

며칠 전 체불임금 진정서를 노동부에 제출하셨던 할아버지셨습니다. 내용인즉, 체불임금을 다 받았다는 겁니다. 와, 이렇게 좋은 일이 있다니요. 진정서 작성을 도우면서도 회사 측이 임금을 주네 마네 애를 먹여 민사로 넘어가면 어쩌나 걱정이 됐었거든요.

"그건 그렇고 사장님은 일 그만두라고 안 하시던가예?"

"와 안 그래? 그만두라 카길래 사람 노동 착취하는 곳, 나도 안 다닐란다, 하고 때려치았어. 그래도 최 양이 신경 써줘서 내가 내 권리 찾았다 아이가. 고마워서 내 담에 밥 한 번 살라꼬."

"일 못하게 돼서 큰일이네예. 그건 그렇고 저는 다이어트 중이라서 밥 안 사주셔도 되니까, 맛있는 거 많이 챙겨드세예. 고생하셨어예."

'최 양'이라는 호칭이 오늘만큼 반갑게 들린 날은 없었던 것 같습니다. 할아버지의 당당함 덕에 그 회사에서 다시는 최저임금보다 적은 임금을 주는 일은 없지 않을까 합니다. 할아버지께서 '최 양'이라고 부르시면 더 큰 목소리로, 더 반가운 목소리로 대답하겠습니다. 그러니까 할아버지, 항상 힘내세요.

갑자기 남편이 생겼다?

휴가를 다녀오자마자 일더미 속에서 정신을 차리지 못하고 헤매고 있었습니다. 그런 와중에 만난 첫 번째 휴일! 기다리고 기다리던 꿈같은 휴일이었기에 밀린 숙제하듯 잠자는 일에 혼신을 다할 생각이었습니다.

그러나 새벽 8시 무렵,(그럼 아침은 언제냐고요? 휴일 아침은 12시부터 아니던가요?!) 제 꿈은 산산조각이 났습니다. 아버지께서는 어머니한테 점수를 따 볼 요량으로 이른 시간부터 청소기를 들고 떠들썩하게 청소를 하고 계셨습니다. 한참 자고 있는데,

"이쪽으로 가서 자면 안 되겠나?"

"이불 들고 잠시만 일어나 봐라."

"웽!"(요란한 청소기 소리)

"미안타, 마 자라."

"깼나? 부러 그런 기 아인데…… 일어난 김에 이거 좀 하면 좋

겠구만" 등 묘하게 저를 고문하시지 뭡니까. 도저히 견디지 못한 저는 비몽사몽 간에 가출을 단행했습니다.

제가 가 봤자 어디를 가겠어요. 결국 사무실로 대피를 했습니다. 그렇게 사무실에 앉아 있자니 졸음도 달아나고, 노느니 일한다고 이것저것 일을 챙겨보고 있었습니다. 그런데 갑자기 문 쪽에서 땅이 꺼져라 한숨 소리가 들리는 것이 아니겠습니까. '이거 뭐지?' 하고 고개를 들어보니 땀이 흥건한 아저씨 한 분이 씩씩거리며 서 계셨습니다.

실업센터 사무실은 3층에 있습니다. 사무실까지 힘겹게 올라오셔서 에어컨 바람에 더위 식힐 생각을 하시던 분들도, 사무실 문을 여는 순간 깜짝 놀라서 안으로 들어오지 못하고 잠시 밖에서 숨을 돌리신답니다. 저희 사무실 냉방장치는 선풍기뿐이거든요. 사무실에 오시는 분들의 말을 빌리자면, 문을 여는 순간 '훅' 하고 뜨거운 열기가 들이닥쳐 너무 당혹스럽다고 하시더라고요.

아마 저분도 그런 이유로 복도에서 잠시 마음을 진정시키는 것 같았습니다. 괜스레 죄송스러워서 마중을 나갔습니다. 다행스럽게도 낯익은 얼굴이 서 있더라고요. 오늘 찾아오신 분은 작년 여름께 실직을 하면서 저와 첫 인연을 맺은 오십대 남성분이십니다. 글쓰는 일에 큰 부담을 갖고 계시는 분이라서 이력서와 전세임대 광고지를 써드리기도 하고, 팩스로 이력서를 제출해드리기도 하면서 몇 차례 뵙던 분이었습니다.

"후~ 하이고, 죽겠다."

"아이고, 어쩐 일이세요? 더우시지예."

"덥고 뭐고 간에, 딱 죽겠심더!"

몇 번 센터에 오셔서 얼굴을 아는 분들은 대개, "딱 죽겠습니다" 하는 말을 가장 많이 하시는 듯합니다.

"일자리 때문에 그러시지예. 일이 없어서 큰일이네요. 우짜고 사십니까?"

"요즘은 끼니도 부담되는 기라. 어제는 시청 뒤에서 무료급식 한다 카길래 줄 서서 한 그릇 먹고 왔는데……. 후……, 내 참……."

뒷말은 차마 잇지 못하셨지만 그분의 마음을 조금은 알 것도 같았습니다. 본인이 그렇게 줄 서서 길거리 밥을 먹게 될 줄은 상상도 못했거니와, 그렇게라도 하지 않으면 안 되는 처지여서 안팎으로 얼마나 마음이 상하셨을지 불 보듯 뻔한 일입니다.

정말 부끄러운 고백입니다만, 저는 솔직히 이분은 뵐 때마다 늘 말끔한 모습이라 생계에 대한 위협을 받을 거라고는 생각조차 못했습니다. 진작에 알았더라면 함께 고민해보고 대책을 세워볼 수도 있었을 것입니다. 그런데 저는 제 눈에 보이는 모습만으로 이분을 판단하고 먼저 손 내밀지 않았던 것입니다. 상대방이 '아프다, 괴롭다' 며 힘들고 어렵게 마음을 보이니, 그제서야 겨우 알아채는 어리석은 사람이었습니다. 힘든 마음을 먼저 말하기 전에 알아채지 못함이 못내 죄송스러웠습니다.

우리는 한참 이런저런 이야기를 나눴습니다. 그러는 동안 저혼자 되뇌이는 말이 있었습니다. '아저씨, 제발 제 앞에서 울지만 마세요. 목소리 떨며 눈물을 삼키는 모습 보이지 말아주세요' 하고 말입니다. 그때 아저씨께선 장애가 있는 아내 이야기도 처음 하셨습니다. 이제 어디 가서 먹을거리를 구해야 할지 모르겠다며 속상해하십니다. 이런 하소연을 여기서 하게 된 게 너무 미안하다며, 연신 고개를 숙이십니다. 죄송한 건 오히려 저인데 말입니다.

그런데 얼마 전, 가톨릭노동문제상담소에서 어려운 이웃이 있으면 전해달라며 라면 박스 몇 개를 주신 게 생각났습니다. 상담 오시는 분 가운데 당장 끼니를 잇기 어렵다고 판단되는 분들께 전해드렸는데 마침 한 상자가 남아 있어 조심스레 말을 꺼냈습니다. 혹시라도 이분의 자존심이 다치면 어쩌나 하고 마음이 쓰였습니다.

"좋은 분들이 혹시 필요한 분 있으면 전해드리라며 라면을 두고 간 게 있어서, 괜찮으시다면 전해드리고 싶은데……."

어렵게 말을 꺼낸 뒤, 저는 아저씨의 대답을 기다리지도 않고 휑하니 가서 라면 한 박스를 들고 나왔습니다. 이분 표정을 보자니 여러 감정이 뒤섞여 있음을 알 수 있었습니다. 당혹스러움, 고마움, 안도감, 무안함 등. 두 분이 배불리 먹기엔 부족한 음식지만 그래도 이거 하나면 당분간은 불편한 부인 데리고 먼 길 나서지 않아도 된다는 생각에 저는 막무가내로 라면상자를 전해드렸습니다.

"고혈압 있다고 하셨으니까 너무 많이 드시면 안 되는 거 아시죠?"

괜한 잔소리까지 덧붙였더니 그제야 웃으십니다. 에휴, 그 웃음이 어찌나 고맙고 죄송한지 모릅니다.

그런데 나가실 듯 하던 분이 갑자기 다시 사무실로 들어오십니다.

"오늘 사실 선물 하나 줄라꼬 왔던 거라요. 이거 화장품인데…… 남편 가져다 드리시소."

손때 묻어 상표가 다 지워진 화장품 샘플을 내미셨습니다. 수줍어하는 이분의 얼굴을 보자니 따뜻한 웃음이 절로 나왔습니다.

"어휴, 이런 귀한 걸…… 이거 가지고 계시다가 면접 보실 때 바르셔야죠." 하고 손사래를 쳤습니다.

그랬더니 "전 피부가 좋아서 괜찮심더." 하면서 굳이 제 손에 쥐어주셨습니다.

"그럼 제가 슬쩍 받겠습니다."

아저씨 마음이 고마워서 저는 결국 염치없이 화장품을 받아 챙겼습니다.

품, 남편이라……. 있지도 않은 남편에게 줄 선물이 생겨버렸습니다. 이 선물은 아저씨가 지키고 싶은 마지막 자존심이 아닐

까 합니다. 아저씨가 무료급식소에서 줄을 서지 않고 부인과 나
눌 소박한 밥상을 편히 차릴 그날이 언젠가 오겠지요. 꼭 그럴
수 있었으면 합니다.

음, 그런데 정말 제가 남편이 있게 생겼나요? 이거 뭐 웃어야
하나요, 울어야 하나요?

마침표를 찍으며

살다 보면
짐을 꾸려야 할 때가
불쑥 찾아오기도 합니다.

그때 나는,
이 빈 상자에
무엇을 담을 수 있을까요.

함께여서 행복했던 마음,
그거 하나만은
꼭 챙겨야겠습니다.

같이해서 행복합니다

이게 얼마 만에
받아보는 구인전화인지
감격스럽기만 했습니다.

　두 시간 만에 너무 많은 일이 생겼습니다. 설렘 가득한 이 마음부터 진정시킬 필요가 있을 거 같아요. 무슨 일이 있었는지 궁금하시죠? 너무 염려 마세요, 나쁜 일은 아니니까요.

　아침에 일어나는 일이 조금 힘들어서 그렇지, 실업센터로 향하는 발걸음은 어찌된 일인지 해가 거듭될수록 즐겁기만 합니다. 누군가는 '혼자 지내더니 혼자만의 세상에 갇히게 된 거 아냐?' 혹은 '혼자 북 치고 장구 치고 다 하는 거에 맛들인 거 아냐?' 하며 의심스런 눈초리를 보내곤 하지만, 저는 굳이 부정하지도, 그렇다고 긍정하지도 않게 됩니다. 어떤 이유에서건 즐거운 마음으로 향한다는 거, 그게 어디에요. 그것만으로도 전 충분히 행복한 사람이라 생각하니까 괜찮습니다.

　어제 내린 비로 인해 깨끗해진 거리를 걷자니 그저 상쾌하기만 합니다. 촉촉한 공기, 흙냄새 폴폴 나는 이 순간을 느끼기에 바빴습니다. 그러다 문득 이런 생각이 들었습니다.

'바닥이 젖었는데 다들 어디서 주무신 거지…….'

갑자기 실업센터가 위치해 있는 가야동 어딘가를 매일같이 헤매던 분들이 생각났습니다. 저야 한순간 낭만에 젖으면 그만이겠지만, 그분들은 온종일을 물에 젖어야 하는 이 현실이 씁쓸하기만 했습니다.

그렇게 터벅터벅 걸어 사무실에 도착했습니다. 그리곤 활짝 사무실 문을 열었답니다. 언제나처럼 텅 빈 곳. 혼자 있기에는 너무나 넓은 공간. 어제 내가 떠날 때와 조금의 변화도 없이 그대로인 곳. 어느 누구의 흔적도 남겨져 있지 않은 곳. 잠시 잠깐 씁쓸함이 몰려오는 시간이 바로 이 순간입니다. 그렇다고 너무 걱정은 마세요. 그러다 금방 잊고는 뽀스락뽀스락 해야 할 일들을 챙겨보니까 말이에요. 저 단순한 거 아시잖아요.

제가 사무실 와서 제일 먼저 하는 일이 뭔지 아세요? 지난 송년회 때 오신 분들께서 촛불 모양 메모지에 한마디씩 남겨주신 걸 하나하나 다시 읽어보는 일입니다. 그러다 보면 혼자라는 생각이나 씁쓸하다는 기분을 금방 잊게 되거든요. 오늘도 촛불부터 하나하나 밝혀보았습니다. 그런데 오늘따라 눈에 쏙 들어오는 초 하나가 있었습니다. 그 초를 보고는 저도 모르게 빙그레 웃고 말았습니다. 그 모습을 다들 보셨어야 하는데 아쉽네요. 엄청 바보 같았거든요. 눈에 쏙 들어온 초에는 이렇게 적혀 있었습니다.

"같이해서 행복합니다."

늘 보던 글도, 늘 만나던 사람도, 늘 마주하던 순간도 어느 날 번쩍하고 새롭게 다가오는 날이 있게 마련이잖아요. 오늘이 그런 날이었나 봅니다.

아마 이 초에 글을 남긴 분이 지금 곁에 계셨다면, 쑥스럽고 창피함에도 불구하고 "같이해서 행복하다고 말씀해주셔서 정말 고마워요. 저도 그래요." 하는 말을 전했을 것 같아요.

그렇게 감상에 젖을 무렵, 반가운 전화가 왔습니다. 경비를 구한다는 구인전화였죠. 이게 얼마 만에 받아보는 구인전화인지 감격스럽기만 했습니다. 최근 들어 구인처는 찾기 힘들 정도였거든요. 게다가 고령자를 찾는 구인처는 더더욱 가뭄에 콩 나듯 하는 일자리라, 얼마나 반가웠는지 모릅니다. 때마침 경비의 경! 자만 들어도 떠오르는 분이 계셔서 정말 기뻤거든요. 당장 이 씨 아저씨께 전화를 드렸습니다. 늘 그렇지만 처음 전화를 걸면 낯선 번호라 다들 퉁명스러운 반응부터 보이십니다.

"이○○ 씨 핸드폰 맞습니까?"

"눼…… 누요?"

"아, 실업센터 최문정입니다. 기억하시죠?"

"아. 예예."

그때부터는 다들 "예"를 백만 번도 더 말씀하십니다. 마치 제가 대단히 높은 사람이라도 된 것처럼 무안하게 말이지요. 되든 안 되든 이렇게 일자리 정보라도 하나 알려드릴 수 있어서 너무 기뻤습니다.

솔직히 제가 취업상담을 싫어하는 가장 큰 이유가, 상담을 해도 연결시켜드릴 일자리가 워낙 없어 너무 답답한 마음에서입니다. 아마 저뿐만 아니라 전국에 취업 상담하시는 모든 분들의 마음이 그럴 것입니다. 노동부 고용지원센터에 계신 분들 또한 같은 마음일 거라 생각합니다. 그래도 이렇게 한 번이라도 구직자에게 연락 드릴 수 있는 건수가 생기면, 마치 제 일처럼 즐겁기만 합니다. 그런 마음이 가시기도 전에 또 한 통의 전화가 걸려옵니다.

"저기요, 베이비시터를 구하려고 하는데요."

이건 무슨 일입니까. 연이어 이렇게 구인전화가 오다니요. 로또라도 맞은 기분입니다. 꿈인가 생시인가 혼란스럽기도 하고 누군가 곁에 있었다면 볼이라도 꼬집어보라고 했을 겁니다. 경력단절 여성들이 가장 많이 하는 일은 바로 '돌봄' 일입니다. 돌봄 일이란 간병사, 가사관리사, 산모도우미, 베이비시터와 같은 사회서비스 분야를 일컫는 것이지요. 일자리가 많지 않다 보니 일용직이 대부분인데, 오늘 전화는 운 좋게도 출퇴근 형식의 월급제였습니다.

이렇게 또 한 명의 여성구직자에게 고정된 일자리를 연결해 줄 수 있게 되었습니다. 오늘 점심은 굶어도 배부를 것만 같습니다. 그래요, 이런 맛에 계속 여기 있게 되나 봅니다.

정말 놀라운 일 아닌가요? 항상 오늘 같기만 하다면 얼마나 좋을까요. 그리고 이렇게 구인전화를 주신 분들께 뭐라고 말씀을 드려야 할지 모르겠습니다. 물론 이분들이 일할 곳이 안정적이거나 온 가족이 먹고 살기에 넉넉하지만은 않습니다. 그래도 이분들이 절망하기 전 작은 희망으로 찾아온 일자리를 통해 그분들도 조금씩 살아갈 이유를 찾지 않으실까 기대하게 됩니다.

이런 실업센터의 마음을 잘 아시는 회원들께서는, 길 가다 전봇대에 붙어 있는 구인처 소식이 있으면 사진을 찍어 보내주시기도 하고, 지인들의 회사에 사람을 구한다 싶으면 얼른 연락해보라며 연락처를 알려주시기도 합니다. 이런 분들의 정성과 애정이 먹고 살기 힘들어 주저앉은 이웃들에게는 얼마나 큰 힘이 되는지 모릅니다. 출발선에 서서 다시 시작하기를 주저하는 이웃들이 한걸음 뗄 수 있게 살짝 엉덩이를 밀어주는 일, 그것이 바로 실업센터와 함께 하는 분들의 마음인 것 같습니다.

『연금술사』라는 책에 이런 말이 나옵니다.

'간절히 소망하는 일이 있다면 온 우주가 그걸 이루도록 도와준다네.'

저는 그 말을 믿습니다. 오늘 제가 느낀 행복, 여러분께도 전해졌길 간절히 바라봅니다.

2010년 2월 1일, 그날의 기억

몸은
괜찮…으시구예?

"대표님. 저 말이에요, 거기 가면 아무 말도 못할 거 같아요.
그냥 가만히 있어도 되는 거죠?"

오늘은 2010년 2월의 첫날이자 김진숙 님이 한진중공업 영도
조선소 앞에서 20일째 노숙단식●을 하고 있는 날이기도 합니다.
일전에 단식 중인 김진숙 님을 뵐 기회가 있었지만 저 스스로 그
기회를 접었습니다. 왜 단식하는지 제대로 알지도 못하는 상태
에서 내가 무슨 힘이 될 것이며, 또 무슨 도움이 되겠냐 싶어 가
던 걸음을 멈췄더랬습니다.

며칠 전이던가요. 피에르 신부님의 『단순한 기쁨』이라는 책을
읽었습니다. 신부님께서는 이런 말씀을 하셨답니다.

● 한진중공업의 대규모 구조조정 방침에 한진중공업 해고자인 김진숙 님은 2010년 1월
13일부터 한진중공업 영도조선소 앞에서 단식농성을 벌였다.

'고통받는 자들에게 충고하려 들지 않도록 주의하자. 다만 애정 어리고 걱정 어린 몸짓으로 그 고통에 함께함으로써 우리가 곁에 있다는 걸 느끼게 해주는 그런 조심성, 그런 신중함을 갖도록 하자. 그것은 인간의 경험 가운데 가장 아름답고 가장 정신을 풍요롭게 해주는 것이다.'

그 말을 곱씹다 보니 한진중공업 영도조선소 앞 천막, 그 외로운 공간으로 다가갈 작은 용기가 났던 것입니다. 때마침 박주미 대표님께서도 김진숙 님 건강 걱정에 수일 내에 방문하실 계획이셔서 가시는 걸음에 저 좀 낑가주십사 부탁을 드렸답니다. 그렇게 오늘 김진숙 님을 만나러 갔습니다.

무슨 이유에서인지 가슴은 쿵쾅거렸고 또다시 돌아서고 싶은 마음이 일기 시작했습니다. 그래도 이번에는 혼자가 아니었기에, 그리고 영도라는 먼 곳에서 혼자 도망쳐 올 수가 없었기에, 닫힌 천막의 지퍼에 손을 내밀게 되었습니다.

거기에는 까맣게 부어오른 얼굴로 얇은 이불 하나 덮은 채 책을 보고 있는 사람이 있었습니다. 바닥에서 한 뼘 남짓한 두께의, 검은 눈동자와 흰 눈동자의 경계가 모호한, 부르튼 입술 사이 보일 듯 말 듯한 하얀 이의 김진숙 님이 그렇게 누워 있었습니다. 우리 대표님은 "밖에는 비라도 내릴 것같이 흐린 하늘인데, 하늘색 텐트 안에서는 언제 올려다봐도 하늘이 항상 푸른빛이네요" 하고 환하게 웃으며 말문을 뗐습니다.

저는 이런 상황에서 어떻게 행동하고 말해야 할지 난감했습니다. 어디에서도 배워본 적이 없었기에 무슨 말을 해야 하는지, 어떤 표정을 지어야 하는지조차도 어렵게 여겨졌습니다.

"몸은 괜찮…으시구예?"

저의 어색한 인사말에 어린 동생 재롱 보듯, 환하고 너그러운 미소로 웃어주시는 김진숙 님의 그 마음이 참 감사했습니다. 밥 잘 먹고 잘 사는 제가 위로를 받는 것 같아 참 죄송스러웠습니다.

금세 점심시간이 되었습니다. 김진숙 님은 저더러 한진중공업에 들어가서 점심을 챙겨 먹으라고 등을 떠미셨습니다. 밥을 먹어도 먹는 게 아닐 것이고, 먹지 않고 있어도 가시방석일 테니 저는 어찌할 바를 모르겠더라고요. 그렇게 어물쩡거리다가 결국 천막 밖으로 등 떠밀려 나왔습니다. 그리고는 굳게 닫힌 한진중공업 공장 안으로 들어가게 되었습니다.

제가 5인 이상 사업장에 들어가는 건 태어나서 이번이 처음이 아닌가 합니다. 한진중공업은 정말 컸습니다. 사람도 정말 많았고요. 그래서 참 신기했습니다. 그렇게 한참을 휘 둘러보자니 유치원 때 해태제과나 롯데제과에 견학 갔던 기억이 어렴풋이 떠올랐습니다. 20년이 훌쩍 지난 세월이지만, 저는 그때나 지금이나 천지도 모르고 눈동자 굴리던 꼬마인가 봅니다.

한진중공업에는 3,200명가량의 노동자가 있다고 합니다. 그중에 1,200명이 정규직 노동자이고, 나머지 2,000명이 하청노동자라고 합니다. 이번에 1,000명을 해고한다는 게 정규직 노동자이니 나머지 2,000여 명의 하청노동자 목숨은 어떻게 될지 뻔한 일입니다. 저같이 아무것도 모르는 사람도 눈치로 알 수 있는 일입니다.

우리 일행은 식당으로 올라갔습니다. 식당도 정말 컸습니다. 점심시간이 훌쩍 넘은 시간이지만 밥을 먹고 있는 노동자들이 꽤 많았습니다. 저희를 식당으로 안내해주신 분이 말씀하시길, 누가 그러라고 시킨 것도 아니지만 하청노동자들은 눈치껏 다들 늦게 먹는다고 합니다. 2010년 대한민국의 오늘, 지금 일어나고 있는 이야기입니다.

한 사람은 20일째 굶고 있고, 그분께 작은 힘이라도 되겠다고 찾아온 저는 여기서 식판을 들고 섰습니다. 마음이 천근만근입니다. 그런데 식판에 놓인 음식 한 톨마저도 여기 있는 노동자들의 땀이고 눈물이라는 생각에 조금이라도 남길 수가 없었습니다.

식사를 하고 나오기가 무섭게 학교 종소리 엇비슷한 소리가 울립니다. 근무 시작을 알리는 소리 같습니다. 그런데 몇 무리의 노동자는 일하러 가지 않고 삼삼오오 벤치에 모여 있기만 하더라고요. 무슨 일인가 했더니, 몇몇 하청사장들이 노동자들에게 체불임금만을 남긴 채 도망가버렸다고 합니다. 한진중공업이라는 엄청나게 큰 회사 대문 안이지만 저마다의 사정은 모두가 달랐던 것입니다. 이게 말로만 듣던 노동자들의 현실인 듯했습니다.

식사를 마친 후 쓸쓸한 마음을 안고 한진중공업 정문을 나섰습니다. 그러고는 다시 김진숙 님이 계신 텐트 지퍼에 손을 뻗어보았지만 지퍼만 만지작거리게 되었습니다. 그래도 가기 전에 인사는 드려야겠기에 안을 들여다보니 지친 김진숙 님은 잠들어 계셨고, 그렇게 저는 인사도 드리지 못한 채로 돌아와야만 했습니다.

오늘의 한 시간이 제겐 참 혼란스러운 시간이었습니다. 내 눈엔 모두 똑같은 노동자인데, 알고 보니 그중에는 정규직이 있고 비정규직이 있고, 또 그중에는 조합원이 있고 비조합원이 있고, 또 그중에는 사장이 도망간 노동자가 있고 20일째 굶어가며 무언가를 전하고자 하는 사람이 있고, 건강을 생각해서 그만두시라는 말도 그렇다고 힘내시라는 말도 하지 못한 채 죄스러워하는 이들도 있습니다. 그리고 아무것도 못 본 척 아무것도 못 들은 척 살아가는 이들도 있고, 보이고 들리지만 아무것도 하지 못하는, 혹은 할 수 없는 이들도 있습니다. 생각도 마음도 모두 어린 제겐 너무나 혼란스럽고 힘든 시간이었습니다.

함께 와주신 우리 대표님께 감사하다고 해야 할지 왜 저를 데려오셨냐며 원망을 해야 할지 그마저도 헷갈렸습니다. 모르고 있었으면, 제대로 몰랐으면 그저 속 편했을 사실들을 눈으로 보고 바람으로 느끼고 나니, 이만저만 힘든 게 아닙니다. 고작 그깟 한 시간을 보냈으면서 말입니다. 그런 현실을 일평생 부대끼며 버텨온 사람들도 있는데 말입니다.

　사무실에 돌아와서는 그간 김진숙 님께서 쓴 글들을 모조리
검색해 출력하였습니다. 오늘은 치과 가는 날이라 조금 서둘러
사무실을 나섰습니다. 그리고 버스 안에서 그 글들을 하나하나
꺼내어 읽었습니다. 마음의 준비를 단단히 했음에도 불구하고
제 두 눈 속에서는 한바탕 난리가 났습니다. 글자들이 어깨춤을
추다가 안경 너머로 흘러내리고 말았으니까요. 이런 젠장, 결국
또 이렇게 되고 말았습니다.

　치료를 마치고 나와서도 곧장 집으로 갈 수가 없었습니다. 뭔
지는 모르겠지만 해결되지 않은 감정과 두서없이 쏟아지는 마음
들이 저를 놓아주지 않았습니다. 한참을 걷고 또 걸었습니다. 그
런데 왜 이렇게 자꾸 한숨이 나고 눈물이 나려 하는지 모르겠습
니다. 걷잡을 수 없는 눈물에 신경질까지 날 지경이었습니다.

　그렇게 한참을 걷자니 저녁공기가 차츰 추워져 따뜻하고 안락
한 공간이 그리워졌습니다. 작은 찻집에 들러 버스에서 읽다 만
김진숙 님의 글을 주섬주섬 꺼내들었습니다. 이번에는 만반의
준비를 했습니다. 절대 울지 않겠노라고 말이죠. 그러나 역시 제
의지로는 어쩔 수 없는 일인가 봅니다. 사람도 많은데, 훌쩍이기
시작했습니다.

　결국 나중에는 체념한 듯 눈물을 쏟아냈습니다. 한줄 한줄 읽
을 때마다 가슴에는 그만큼의 상처가 새겨지는 듯했습니다. 눈

물을 흘리면서도 여전히 왜 이렇게 눈물을 쏟고 있는 건지 도통 알 수가 없었습니다. 이 눈물의 출발점이 어디인지 알 수가 없었습니다. 그저 속상하다는 생각과 신경질만 자꾸 났습니다. 그리고는 읽던 글을 가방 속에 쑤셔넣고 메모지를 꺼내 김진숙 님 얼굴을 그리기 시작했습니다. 그림도 못 그리면서 그냥 그렇게 해보고 싶었습니다. 그리고 부디 김진숙 님이 건강하시기만을 바라봅니다.

집으로 돌아가는 길에 문구점에 들러 수험생용 귀마개 한 쌍을 샀습니다. 천막에서 한두 발만 떼면 큰 찻길이라 그 소음이 말로 다할 수 없었습니다. 어쩌면 이 녀석들이 김진숙 님께 작은 도움이라도 되지 않을까 하는 생각이 들었습니다. 내일 아침 일찍 김진숙 님께서 계신 영도에 들러, 오늘 산 귀마개와 함께 제가 읽던 『단순한 기쁨』이라는 책을 전해드리고 가야겠다 마음먹었습니다.

오늘의 이 기분, 언제쯤이면 설명이 되고 언제쯤이면 이해가 될까요.

밥 쫌 묵자

김이 모락모락나는 흰 쌀밥에
갓 담근 김치 한 조각

이마저도 마음 편히
한 수저 뜨지 못하는
이웃들이……
85호 크레인
거기에 있습니다.

난 취업 사기 피해자예요

> 여기 보통이 아니다.
> 사장님같이 생긴 사람이
> 대체 몇 명이야

"문정 씨, 이젠 선배활동가로서 신규활동가들한테 한마디 해
야지?"

평소 가깝게 지내는 단체의 사무처장님으로부터 전화 한 통을
받았습니다. 신입활동가 양성교육을 준비 중인데, 제 경험담을
이야기해달라는 요청이었습니다. 제가 어떻게 그런 자리에 서냐
며 여러 차례 도망쳤지만, 결국 처장님 등쌀에 그러겠노라 대답
을 하고 말았습니다. 수화기를 놓고 나니 갑자기 제가 단체라는
곳에 첫걸음하던 날이 떠올랐습니다.

"입사원서는 잘 쓰고 있나?"

제게도 매일 아침이면 어머님의 걱정으로 시작되는 대학졸업
반 시절이 있었습니다. 부모님이 원하는 '그럴싸한' 회사에 원
서를 넣고 다닌다고 말씀드렸지만 그때 전 사실 '시민사회' 활
동에 참여할 궁리만 하고 있던 때였습니다. 운동이라고는 겨우

한 달도 채우지 못했던 헬스와 약수터에서 배드민턴 치기가 고작이었던 저였습니다. 큰 뜻이 있었던 것도 아니었습니다. 이왕 해야 하는 일이라면 내 마음이 즐겁고 신나는 일이 하고 싶었고 왠지 단체활동을 하면 칼퇴근 못해도, 돈을 적게 받아도 그리 서운할 것 같지 않았기 때문입니다.

그러던 어느 날, 단체활동가 채용정보를 발견했습니다. 꼼꼼히 채용정보를 읽어 내려갔습니다.

'실업/빈곤과 관련된 영상을 보고 느낀 점과 이에 대한 대안을 작성해서 제출하세요.'

구비서류 중 하나가 보고서였습니다. 갑자기 정신이 번쩍 들었습니다. '와~. 시민단체에 들어가려면 쉽지 않은 거구나. 역시 내겐 힘든 일이었던 거야.' 하며 포기할까 생각도 했습니다. 그런데 무슨 이유에서인지 한 번 시도해보고 싶은 생각이 들더군요. 나를 시험해보고 싶었는지도 모릅니다.

그래서 그날부로 당장 영상을 보며 밤을 새운 고민 끝에 보고서도 쓰고 입사지원서도 작성했습니다. 내용이 부실하니 편집이라도 잘하자 싶어 색깔도 알록달록하게 넣고 각종 양식도 제 입맛에 맞게 맘대로 바꿨습니다. 이렇게 재밌게 입사지원을 준비해본 처음이었습니다. 서류면접에 떨어져도 상관없을 것 같았습니다. 그만큼 제겐 새로운 경험이었고 즐거운 시간이었으니까요.

며칠 후, 서류면접에 합격했으니 면접을 보러 오라는 연락이 왔습니다. 덜컥 겁이 났습니다. 괜히 지원한 걸까? 면접 보러 가서 망신당하면 어쩌지? 면접 땐 뭘 물어보는 걸까? 뭐라도 아는 게 있어야 준비를 할 텐데, 도무지 아는 게 있어야지요. 그래도 무턱대고 손 놓고 있을 수만은 없었습니다. 그때가 한미 FTA로 떠들썩하던 시기였기에 혹시 하는 마음에 관련 내용을 정리하고 면접 예상질문과 답변도 준비했습니다. 급한 마음에 책장 구석에 묵혀두던 『전태일 평전』을 꺼내 다시 읽기 시작했습니다. 하루하루가 긴장의 연속이었습니다.

드디어 면접날이 되었습니다. 겉으로는 허름해 보였지만 안으로 들어서니 제법 큰 교육관이 있는 멋진 사무실이었습니다. 그렇게 두리번거리고 있자니 키 크고 말쑥한 남자분이 다가오셨습니다.

"최문정 씨죠? 커피? 포도주스? 오렌지주스? 녹차? 말씀만 하세요. 뭐든 다 있습니다."

무슨 첫인사가 이런지, 그날만 생각하면 전 아직도 피식 하고 웃음이 납니다. 저는 대학시절 휴학 기간 중 많은 일을 했습니다. 패스트푸드점 아르바이트, 오락실 동전 교환, 신문배달, 시험감독관, 주유원, 연구실 보조, 행정직, 경리 등으로 일하며 최양, 미스 최, 어이, 아가씨 등 다양한 호칭으로 불리기도 했습니다. 그러는 동안 제 직업관은 '경리=커피 타주는 사람' 으로 자리 잡았나 봅니다. 그래서 손님에게 음료 주문을 받는 이 남자가 당연히 이 사무실의 경리라 생각했던 것입니다.

사실 저는 활동가가 무엇인지, 시민사회단체가 정확히 어떤 곳인지, 그리고 내가 지원한 이곳이 어떤 일을 하는 곳인지조차도 제대로 파악하고 있지 못했습니다. 냉정히 말하자면 저는 지원한 회사에 대하여 정보조차 없는 대책 없는 구직자였던 셈입니다.

　면접장에서 제 이름을 부릅니다. 심호흡을 크게 하고 면접장으로 들어갔습니다. 고개를 들어 보니 맞은편 책상에 양복을 차려입은 대여섯 명의 중년 남자분들이 서류를 넘겨가며 저를 응시하고 계셨습니다. 정말 대기업 면접도 이보다는 덜 떨릴 것 같았습니다. 모르는 걸 물어보면 어쩌지, 한미 FTA랑 전태일은 꼭 물어봐 주면 좋겠는데 등 별의별 생각이 다 들었습니다.

　'여기 보통이 아니다. 사장님같이 생긴 사람이 대체 몇 명이야. 휴……. 에라 모르겠다. 어차피 떨어질 거, 내 맘대로 하고 말자.'

　이판사판입니다. 인적사항을 묻는 질문이 지나가고 본격적인 면접이 시작되었습니다. 그런데 시간이 흐를수록 좀 이상하단 생각이 들기 시작했습니다. 면접질문이 제가 예상한 것과 너무 달랐던 것입니다. 그래서 어떻게 했냐고요? 저도 그냥 생각나는 대로 막 대답해버렸습니다.

　"만약에 애인이 여기 못 다니게 하면 어쩔 건가요?"

　"제가 만나는 사람이 그럴 리가 없습니다."

　"주량은 얼마나 되세요?"

"없어서 못 마십니다."

"종교는 있으세요?"

"네, 있습니다. 천하태평교라고 하는데, 제가 교주입니다."

벌써 마지막 질문이라고 합니다.

"자기소개서 끝에 '사람만이 희망이다' 라고 쓰셨던데 정말 그렇다고 생각하세요?"

경리인 듯한 그 남자가 무척이나 빈정거리는 얼굴로 물어왔습니다. 그 빈정거림에 눌리고 싶지 않아 더욱 힘을 내어 대답했습니다.

"사람 때문에 상처받고 많이 아프기도 하지만, 결국 그 상처는 사람을 통해서만 치유받을 수 있다고 저는 믿습니다."

그렇게 우리의 웃기고도 황당한 면접은 끝이 났습니다. 재미있는 시간이었습니다. 그러나 집으로 가면 저는 또 구인란을 검색해야만 하는 청년실업자 신세였습니다.

검색의 달인이 되어가던 5월의 끝자락, 어디론가 또다시 입사지원서를 내러 가던 버스 안에서 전화 한 통을 받았습니다. 얼마전 황당한 면접을 봤던 실업센터였고, 최종합격하였으니 출근하라는 전화였습니다. 믿을 수 없는 연락이었습니다. 내가 '취업'을 하다니. 그것도 대기업 못지않은 멋진 상사(?)들이 잔뜩 있고 근사한 교육관도 있는 사무실에서 일을 하게 되다니. 정확히는 몰라도 정의롭고 착한 일을 하는 곳에서 한몫할 기회를 갖다니. 저는 가슴 터지게 기뻤습니다.

과연 그 한 통의 연락이 제겐 인연이었을까요? 악연이었을까요? 지금도 전 한잔 걸치는 날이면 항의하듯 말합니다.

"난 취업 사기 피해자예요!"

왜냐고요? 말도 마세요!

근사한 양복을 입은 멋진 면접관들은 어쩌다 한 번씩 뵙는 운영위원들이셨고요, 제가 면접 본 그 교육관은 다른 단체의 교육관이었습니다. 제가 일하게 될 사무실은 그 옆에 얹혀살고 있었으며, 코딱지만 한 곳에 책상만 무지 많았습니다.

그리고 나중에 알게 된 몇 가지 놀라운 사실이 더 있었습니다. 일반적으로 많은 시민사회단체가 지금까지 알음알음으로 채용했었는데 저를 채용할 당시에는 사람이 없어 공채 말곤 뾰족한 수가 없었다고 합니다. 게다가 서류심사 때 써 내라던 보고서, 그건 그냥 한 번 시도해본 거라네요. 그리고 그 당시 실업센터의 정기후원회원이 열 명 안팎이었다는 공포스러운 이야기, 면접 당시 30대 1의 경쟁률 어쩌고 하더니 알고 보니 3대 1이었다는 뻘쭘한 진실.

어쨌든 전 속은 게 한두 가지가 아니었습니다. 이런 것이 '취업 사기'가 아니면 대체 뭐란 말입니까. 그래도 우스운 건 말이죠, '그래, 이런 날 받아주는 곳이 여기 말고 어디 있겠어.' 하는 긍정적인 마음으로 지낸 지가 어느덧 다섯째 해라는 사실입니다.

지난 5년 사이 많은 것이 변했습니다. 지금은 160여 명의 후원

회원이 든든하게 우리 실업센터를 지켜주고 있고, 진짜 멋진 교육관도 생겼습니다. 그리고 억울해서 못 살겠다는 제 입장을 고려하여 이후에도 채용이 있을 때마다 구직자들에게 '보고서'를 써 내라고 합니다.

하지만 변하지 않은 것이 하나 있습니다. 그것은 그날 취업 사기 공범이었던 모든 분들과 제가 여전히 함께라는 사실! 그리고 실업과 빈곤으로 고통받고 있는 이웃들과 무엇이라도 나누고 싶은, 소박하지만 뜨거운 우리 모두의 마음 말입니다. 비록 물리적 성장판이 닫힌 지는 십여 년도 더 되었지만 실업센터에 있는 동안 제 정신은 하루가 다르게 무럭무럭 자라고 있답니다. 제겐 영혼의 축복으로 기억될 취업 사기! 어떻게 잊을 수 있겠습니까.

최영 사무차장님은 오늘도 제게 물어보십니다.

"문정 씨, 커피? 아니면 둥글레차? 시원한 냉커피? 말만 해요."

"하이고, 차장님! 마, 술이나 한잔하입시다!"

때려치울 준비만 몇 년째

이번엔 정말
때려치울 거야. 열심히
해봐야 집에서 욕먹어,
이웃들 사는 건 여전히
팍팍해.

"나 하나쯤 안 가도 되겠지, 하다가 대표와 두 명의 상근활동가, 딸랑 셋이서 송년회 하는 수가 있어요. 적극적이고 자발적인 참여, 간절히 원합니다!"

그렇게 또 동정모드로 송년회 참여를 독려하고 사무실을 한 바퀴 휘이 둘러봅니다. 누가 얼마나 올지 모르지만 이제 여기 사무실을 말끔하게 청소하고 이런저런 준비도 해야 합니다.

그러고 보니 어느새 또 연말이네요. 12월, 이맘때만 되면 떠오르는 기억이 있어서 웃음도 나고 뭔지 모르게 애틋하기도 하고, 한편으론 걱정스러움도 슬며시 밀려오곤 합니다.

"올해 마지막 운영위원회 회의니까 회식 한 번 해야지?!"

제가 취업사기로 실업센터에서 궁둥이 붙인 지 6개월쯤 흘렀을 때, 운영위원회에서 송년 회식이 있었습니다. 저야 들어온 지 얼마 되지 않았으니 차려지는 밥만 잘 먹고 술만 잘 마시면 된다고만 생각했습니다.

우리는 연말 기분도 낼 겸, 광안리 바닷가에 있는 식당에서 회식을 했습니다. 제가 나름(?) 내성적이라서 그런지 그날의 회식 자리가 어색하기만 했습니다. 그래서 회식 내내 '방긋' 하고 웃어 보이는 일 말고는 할 수 있는 것이 없었습니다.

물론 운영위원님들이 나누는 이야기의 절반도 알아듣지 못한 것이 사실입니다. 민주주의, 운동, 진보, 소통, 연대, 시민, 공동체 등의 단어가 기본적으로 한 문장에 두어 번은 나오더군요. 그때 혼자 고개 숙이고 생각했습니다.

'이상하다, 분명히 학교에선 이런 거 제대로 안 가르쳐줬는데……, 남들은 다 알고 왜 나만 모르는 거지?'

그렇게 시간이 조금 흐르자니 자연스레 대화의 주제는 '실업센터 운영'으로 자리 잡혀갔습니다. 그렇지 않아도 센터가 장사를 해서 이윤을 내는 것도 아닌데, 어떻게 우리에게 활동비를 지급해주고 사무실 전기세와 집세도 내는 건지 궁금하던 차였습니다. 신입인 저는 그야말로 천지도 몰랐으니까요.

운영 이야기가 나오고 얼마 되지 않아 '센터 문을 내리니 마니' 하는 이야기까지 오갔습니다. 회원회비로 운영되는 단체이다 보니, 한해 한해 버텨내는 것이 보통 일이 아니라는 것을 그때는 몰랐던 것입니다. 단체 운영에 대한 이야기가 깊어지다 보니 운영위원들 간에 팽팽한 긴장감이 생기기도 했습니다.

다음 해를 기약할 수 없는 재정상황이었는지, 이야기 말미에 최문정 씨의 고용은 어떻게 하느냐는 이야기까지 나왔습니다. 저는 이런 상황이 당황스럽기도 하고 무섭기도 했습니다. 한편으로는 화도 났습니다.

'내가 무슨 짐이야? 내 의사와 상관없이 책임을 지니 마니 그래? 내가 언제 책임져달래?'

그렇게 진행된 회식은 저녁 7시에 시작해서 다음 날 해 뜨는 것을 보고서야 강제종료되었습니다. 집으로 돌아오는 길이 그렇게 무거울 수가 없었습니다.

슬펐습니다. 그렇게 혼란스러운 마음을 꾸역꾸역 담아 들고 겨우 대문을 열었습니다. 그리고 김 여사를 향해 "엄마, 우리 회사 망하나 봐" 하며 닭똥 같은 눈물을 주룩주룩 흘리기 시작했습니다.

그랬습니다. 그 당시 저에게 있어 '실업센터'는 그저 저를 고용한 회사일 뿐이었습니다. 그것도 찢어지게 가난한 회사 말입니다. 임금 체불을 수차례 당해본 경험자였기에 담담하게 받아들였습니다. 하지만 제가 들어간 지 얼마나 됐다고 벌써 문을 닫나 싶어 참 속상했습니다. 그리고 이번 회사는 너무 마음에 들어서 정말 잘해보고 싶은 욕심이 있었는데, 시작도 못 해보고 안녕인가 싶어서 여간 아쉬운 게 아니었습니다. 어찌되었건 공식적으로 문을 닫기 전까진 출근해야겠다는 생각에, 평소와 다름없이 사무실로 갔습니다.

'사무실 분위기 장난 아니겠지? 그렇게 민감한 이야기 오갔으

니 서로 쳐다보지도 않고 있는 거 아냐? 가서 숨이나 쉴 수 있을까?'

혼자 별별 생각을 다했습니다. 한 시간은 족히 걸리던 사무실인데 어찌나 빨리 도착하던지요. 정말 들어가기 싫었습니다.

그런데, 그런데 말입니다! 어렵게 들어선 사무실에서 기막힌 상황을 보고야 말았습니다. 저로서는 이해하기 힘든 상황을 말입니다. 지난 밤 회식이 꿈이었나 싶을 정도의 일이 벌어지고 있었습니다. 긴장감 넘치게 언성을 높이던 분들이 함께 담배를 피우고 차도 마시며 오손도손 너무나 다정하게 이야기를 나누고 있는 게 아니겠습니까.

'불과 몇 시간 전까지 다시는 안 볼 사람처럼 서로 다른 의견을 나눴는데, 어떻게 아무 일도 없다는 듯이 저럴 수가 있을까, 저 사람들은 다중인격인가?'

이상했습니다. 그렇게 몇 해의 시간이 지나, 저도 눈치라는 게 생기고 분위기 파악이라는 걸 하게 될 때쯤이 되어서야 비로소 알게 되었습니다. 그날 제 눈에 다투던 것으로 보이던 게 말로만 듣던 '토론'이고 '논쟁'이었다는 것을 말입니다.

어떻게 알았냐고요? 회의를 해도, 밥을 먹어도, 회식을 해도 늘 각자의 의견을 주고받고 타인의 의견을 서로 존중하는 게 이미 생활화되어 있더라고요. 제게는 그런 모습이 익숙지 않았던 거죠.

실업센터에서 활동하기 전까지 저는 서로 다른 생각을 주고받는 일련의 과정을 하나의 갈등이자 다툼으로 여겼습니다. '나와 다른 생각'을 이야기하는 것은 나를 '비난'하는 것이라 여겼던 거죠. '다른' 것끼리 부딪히는 일을 자연스럽게 받아들이고 인정하기보다는 '불편함' 혹은 '되도록 피해야 하는 것'으로 알고 지냈던 것 같습니다. 그러니 지난 밤 토론과 논쟁이 오가는 상황이 제겐 그저 싸우는 현장으로만 느껴졌던 것입니다.

　무식한 저도 저지만, 나름 억울했습니다. 토론이 뭔지 또 어떻게 하는 건지 학교에선 제대로 가르쳐주지 않았단 말이에요. 다 아는 걸 나만 몰랐나요. 지금껏 제 의견을 사람들 앞에서 자신 있게 말해본 적이 많지 않은 저에게는 여전히 어려운 일입니다. '혹시 누군가 반대하지 않을까?', '내가 틀린 거면 어쩌지?', '실수하면 어떻게 되지?' 이런 말도 안 되는 생각들이 제 의견을 말하는 데 있어 발목을 잡고 있었던 겁니다. 습관이란 이래서 무서운가 봅니다.

　지금도 저는 여전히 제 의견을 자신 있게 말하지 못하는 편입니다. 그래도 우리 회사 망한다며 울던 날에 비하면 일취월장한 셈이죠. 토론이 어떤 것인지, 소통하는 것이 어떤 것인지, 다른 사람을 인정한다는 것은 어떤 것인지 어렴풋이나마 알게 되었으니까요.

　그날로부터 5년이 지났습니다. 지난 5년간 12월만 되면 똑같은 상황이 연출됩니다. '내년엔 어떻게 또 유지하나', '그럴 바에 셔터 내리자', '그래도 우리가 필요한 이웃이 있으니 버텨보자', '이런다고 세상이 달라지나 뭐', '소박하지만 귀한 활동이다, 지켜내자' 하며 입으로만 실업센터 셔터를 수백 번도 더 내렸다 올렸다 합니다. 그리고 저는 속으로 외칩니다.

'이번엔 정말 때려치울 거야. 열심히 해봐야 집에서 욕먹어, 이웃들 사는 건 여전히 팍팍해. 텔레비전만 틀면 이상한 소리고. 나 안 해! 못 해! 이게 뭐냐구!'

올해는 어땠냐고요? 올해라고 뭐 특별하겠어요.

"내년엔 또 어떻게 버텨요, 지금 회원 회비로는 월세 내고 전기세 내고 그러면…… 아휴……."

"새삼스레 뭘 그래? 언제는 안 그랬나? 걍 해! 하다 보면 다 하게 돼 있어."

그리고 여전히 못 해먹겠다며 의욕을 잃은 눈빛을 하면서도 부시럭대며 송년회 준비를 합니다. '이거 하면 재밌겠다, 다른 것도 해볼까, 이것도 좋겠지?' 하면서 말입니다.

네, 맞습니다, 맞아요. 이래도 걱정, 저래도 걱정할 거라면 '에라, 모르겠다' 하고 일단 가보는 거죠. '제자리걸음도 구두 바닥이 닳긴 매한가지' 라는데 진짜 잔고 0원이 되나 안 되나 한번 끝까지 가보는 거죠. 그러다 보면 어느새 12월이 되어 있을 테고 '송년회 합니다, 놀러 오세요.' 또 그러고 앉아 있을 건데요. 우리가 언제 뭐 계획 세우고 살았나요, 닥치는 대로 사는 거죠. 이런 고민할 동안 이웃들에게 상담이나 한 건 더 해야겠습니다.

민생상담 필요하신 분, 손들어보세요. 우리 지금 통화해요!

나눔쌀독의 탄생

다른 데서도 이런 거
한다는 얘기 들은 적이
있는데. 좋네요. 우리도
한번 해보면 좋긴
하겠다. 그죠?

　일요일 오후, 해가 어물쩍 넘어가려는 시간만 되면 괜히 불안
하고 속상하고 신경질마저 나는 증상. 바로 월요병이 꿈틀대는
징조인데, 많은 분들이 이 증세로 힘들어하십니다. 다행스럽게
도 저는 이 병을 잊고 산 지 여러 해입니다. 그런 저를 보고 친구
들은 신기하다며 고개를 갸우뚱거립니다. 저도 신기해서 함께
고개를 갸우뚱거릴 뿐입니다.

　그렇지 않아도 요즘 들어 출근하는 제 발걸음이 더 빨라졌습
니다. 작년 연말쯤 '우리가 왜 존재해야 하며 앞으로 어떤 활동
을 해야 할까'에 대해 심각하게 고민하고 의논하는 시간이 많았
습니다. 고민하기에 지쳐 눈앞에 놓인 신문을 뒤적거리게 되었
습니다.

　그때 눈에 쏘옥 들어오는 기사가 있었는데, 바로 엄청나게 큰
장독대 사진이었습니다. 기사를 꼼꼼하게 읽어 보니, 부산 지역

실업센터 상근 활동가, 최문정입니다 · 59

어느 대학이 행사를 치르는데 쌀이 후원으로 들어왔다고 합니다. 그래서 대학 측에서는 이 쌀을 어떻게 처리할까 고민하다가 학교 한 켠에 큰 장독대를 두고 '사랑의 쌀'이라고 적어서 필요한 사람이 가져갈 수 있도록 했다고 합니다. 그렇게 후원받은 쌀을 이웃, 혹은 어려운 학생과 나누고 있다는 기사였습니다.

이런 이야기만 들으면 귀가 번쩍, 눈이 번쩍하는 참 귀 얇은 사람이 바로 저입니다. 그래서 대뜸 "와, 진짜 대단하다. 어떻게 이런 생각을 했지? 국장님 우리도 이런 거 하면 안 돼요?" 하고 대책 없이 사무국장님을 꼬드겼습니다. 국장님도 귀가 얇아서 기사를 한번 보시곤 "다른 데서도 이런 거 한다는 얘기 들은 적이 있는데, 좋네요. 우리도 한번 해보면 좋긴 하겠다. 그쵸?"라고 말하시더군요.

활동에 대한 막연하고 거창한 이야기로 고민하던 우리에게, 이렇게 실천하는 모습은 큰 자극이 됩니다. 조금 전까지만 해도 축 처져 있던 사람들이 눈이 반짝반짝해지며 '이런 것도 하면 재밌겠는데', '이런 건 어때요?' 하고 다양한 아이디어를 쏟아내기 시작했습니다. 물론 그중에 얼토당토않은 소리가 절반이지만, 꽉 막힌 생각의 물꼬를 틀 수 있는 계기를 찾은 것만 해도 가슴 시원하게 여겨졌습니다.

때마침 신문에 난 대학 근처에 갈 일이 생겼습니다. 볼일을 마친 후 사무국장님과 장독대를 구경하러 갔습니다. 제가 들어가면 꽉 찰 만한(?) 사이즈의 장독대에 쌀이 한 가득 들어 있었습니다. 그리고 옆에는 쌀을 담아 갈 수 있는 종이봉투가 마련되어 있었던 것이지요. 장독에는 '사랑의 쌀, 필요한 만큼 가져가세요.' 라는 내용의 글도 적혀 있었습니다. 저희는 장독대도 만져보고 종이봉투도 한 장 슬쩍 하며 유심히 살펴봤습니다. 그리고 사무실로 돌아와서는 당장 우리도 저렇게 해보자며 본격적인 의논을 시작했습니다.

제일 큰 걱정은 '안전'에 관한 문제였습니다. 장독대가 깨질까 봐, 누가 가져갈까 봐 걱정도 됐지만 이내 그 마음은 거뒀습니다. '누군가 너무 화가 나셨나 보다', '누군가 정말 많이 필요했나 보다' 라고 생각하면 되고 장독대야 다시 사면 되니까 큰 문제는 아니라 여겼습니다. 정작 걱정되는 것은 사람 입으로 들어가는 쌀이다 보니 거기에다 누군가 해코지라도 하면 어쩌나 하는 문제였습니다.

그래서 일단 장독대를 사무실 올라오는 1층 계단 한 귀퉁이에 두기로 했습니다. 적어도 센터에 상담하러 오는 사람이나 교육받으러 오시는 분들은 장독대의 존재를 알고 이용할 수 있을 것이고, 저나 국장님도 오며 가며 안전상태를 점검할 수 있으니 괜찮을 거라 생각했습니다.

다가올 송년회 참가비로 쌀 한 봉지씩을 받아서 시작해보기로 했습니다. 참 설레는 일이더군요. 회원들이 쌀은 많이 가져오실까, 이 쌀을 누군가가 퍼 가긴 할까, 별 문제없이 될까 등등 걱정도 많았던 것이 사실입니다. 숨을 쉰다는 황토장독대도 사고 쌀

벌레 안 생기게 한다는 약도 넉넉하게 준비했습니다. 이제 송년회 참가비인 쌀만 제대로 모으면 됩니다.

송년회 당일이 되자 다들 가방에서 주섬주섬 한 봉지씩 쌀을 장독에 부어주셨습니다. 어떤 분은 쌀 포대를 어깨에 짊어지고 오셨고, 또 어떤 분은 사무실로 전화를 주셨습니다.

"우리 집이 다이어트 하느라 현미밖에 없는데 이거 가져가도 돼요?"

"아휴, 안 될 게 어딨어요. 몸에 좋게 섞어 먹으면 더 좋죠."

"현미는 일반 밥하고 좀 달라서 물 조절 잘해야 하는데……"

"그럼 옆에다 써 붙여놓을게요. '현미가 포함되었으니 물 조절 잘해서 밥하세요.' 라고요. 그럼 되죠?"

"아, 그래가 될랑가. 몰라, 일단 알겠어요. 있다 봅시다."

그리고 도착한 이분의 손에는 마트에서 산 쌀 봉지가 들려 있었습니다.

"현미는 우짜고요?"

"내가 아무리 생각해봐도 안 되겠더라고. 남들은 다 쌀인데, 내만 현미면 그게 섞여 봤자 얼마나 섞일까 싶고 해서, 그냥 쌀로 사 왔죠."

이게 뭐라고 '에라, 모르겠다' 하고 아무거나 가져와도 뭐라 할 사람 아무도 없는데, 먹을 사람 떠올리며 이런저런 고민을 했을 것을 생각하니 참 감사했습니다. 이런 정성들이 하나둘 모여서 20kg짜리 장독을 가득 채우고도 남았습니다.

장독대 뒤쪽에 현수막도 달았습니다. 회원들이 십시일반 모은 쌀을 나누겠다는 글과 함께 나중에 다시 일어설 수 있게 되면 오늘을 잊지 말고 어려운 이웃들에게 먼저 손 내밀어주셨으면 한다는 바람까지 담았습니다. 쌀 담아 가시라고 대봉투도 옆에 걸어두었습니다.

그렇게 해서 '나눔쌀독'이 탄생한 것입니다. 그 후로 매일매일 출근 길에 쌀독뚜껑 열어보는 게 일과가 되었습니다. '과연 누가 퍼 가긴 할까' 걱정이 이만저만이 아니었거든요. 두근거리는 마음으로 뚜껑을 열고 심호흡 한 번 한 뒤 고개를 돌렸을 때, 아무도 가져간 흔적이 없으면 그렇게 아쉬울 수가 없었습니다.

"국장님 아무도 안 가져가요. 누군가 선빵을 안 날리니까 소심해서 못 가져가는 건 아닐까요? 부러 한 주걱 퍼 올까요?"

며칠 후 또다시 두 눈 질끈 감고 쌀독뚜껑을 열었습니다. 으악! 이게 웬일입니까. 단박에 3층까지 두 칸 세 칸 계단을 밟으며 사무실로 올라갔습니다. 사무실 문을 열자마자 국장님께 외쳤습니다.

"봤어요? 봤어요? 저기 쌀독 봤어요?"

"봤지요. 누가 퍼 갔더라고요. 종이봉투 세어 보니 진짜 누군가 퍼 간 게 맞더라고요."

국장님도 저만큼이나 기다리던 순간이었나 봅니다. 저만 아침마다 쌀독 뚜껑을 숨죽여 열어본 게 아니라, 태연해 보이던 사무국장님도 매일같이 쌀독에 머리 박고 들여다보셨다고 하더군요.

그리고 몇 주가 더 지나 '나눔쌀독' 생긴 지 무려 한 달이 되던 날! 그날의 쌀독 모습은 감동 그 자체였습니다. 바닥이 희끗희끗 보이고 있었거든요. 며칠 전 「작은책」 독자님께서 보내주신 쌀 한 포대로 비어가는 쌀독을 다시 채웠습니다. 그리고 책상에 앉아 있자니 괜히 웃음이 나고 제 배가 다 채워진 것 같아서 기분이 좋기만 합니다.

무언가가 없어지는 걸 보고 이렇게 기뻐하게 될 줄이야! 살다 보니 참 별일도 다 있지요. 회원들이 모아준 마음으로 징검다리 역할을 한 것뿐인데, 기쁨은 우리가 다 맛보는 것 같아서 회원님들께도 이 사실을 알렸습니다. 아마도 많은 분들이 뿌듯하셨으리라 생각합니다. 다른 게 기쁜 것이 아니라 우리의 작은 마음이, 그리고 우리의 소소한 고민이 어느 이웃에게는 무척 간절한 것이자 쓸모 있고 작지만 단단한 희망이었을지도 모른다는 사실에서 제 가슴이 이처럼 뛰었나 봅니다. 나도 누군가에게 필요한 사람이 될 수 있다는 사실, 그러니 참으로 정성껏 살아야겠다는 그 사실을 말입니다.

매일 조금씩 사라지는 쌀을 보면서 사라지는 만큼의 행복을 얻고 있는 것만 같습니다. 이 글을 쓰고 있는 제게 국장님이 큰 목소리로 말씀하십니다.

“문정 씨, 오늘 쌀 넣어야겠던데요?”

“벌써요?”

“그러게요, 벌써 바닥이 보이던데요?”

반가운 소식이지요? 여러분, 저 쌀독에 여러분의 마음으로 가
득 채우고 올게요!

거품 물고도 기분 좋은 날

그럼 그거 사건번호
갈카주이소. 제가
인터넷 뚜들기볼끼예.

"문정 씨, 국민기초생활보장제도 개정안 통과운동 때문에 전
국적으로 기초법 사례 취합 중이니까 부산도 정리해서 보내줘."

이런 연대요청이 얼마나 중요한 일인지 너무나 잘 알고 있습
니다. 하지만 눈앞에 마주하면 그 마음은 슬그머니 뒤로 물러나
고 '바쁘다'는 핑계만 대고 맙니다. '머리와 가슴의 거리가 세상
에서 가장 멀다'는 말을 입증이라도 하듯이 말이지요.

희한하게도 오늘따라 챙겨야 할 일이 유난히 많은 것 같습니
다. 수첩에 쪼롬히 적혀 있는 '해야 할 일'들은 서로 먼저 해달
라고 아우성치는 듯했으니까요. 한 손에 든 수화기에는 "일단,
접수해놓겠습니다" 하고 말하면서, 펜을 든 다른 손으로는 수첩
에 메모를 남깁니다.

'①소식지보내기, ②교육준비, ③사무실 공과금내기, ……, ⑮
사례취합'이라고 말입니다. 이것저것 다하고 그래도 시간이 남

으면 사례정리 하겠다는 속내였던 거죠. 발등에 떨어진 불을 끄며 하루하루 보내는 걸 들키고 마는 순간입니다. 에휴, 제가 사는 게 그렇죠, 뭐.

이상하게도 그때부터 일이 손에 잡히질 않았습니다. 설명할 수 없는 찝찝함이 저를 귀찮게 했습니다. 모든 동작을 멈추고 검은 눈동자를 치켜뜨며 생각했습니다.

'지금 내가 여기서 이러고 있는 건 뭐라도 좀 바꿔보자고, 작지만 힘 좀 보태보자는 생각 아니었나? 그럼 그걸 제일 먼저 하는 게 순서이지 않나?'

아이고, 작은 탄식을 뿜으면서 고개를 숙이고 맙니다. 매번 이렇게 후회할 일을 만듭니다.

하던 일을 모두 멈추고 작년부터 제가 심층상담했던 분들의 상담파일을 몽땅 꺼내 책상 위에 올려뒀습니다. 50여 명은 족히 넘는 숫자입니다. 마치 밀린 숙제라도 하듯 전화를 걸기 시작했습니다. 한참의 시간이 흐른 뒤 무턱대고 전화한 저도 저이지만 전화를 받는 분들의 반응 또한 각양각색이었습니다. 단박에 제 목소리와 이름을 기억하고 살갑게 맞아주는 분도 있었습니다.

"양현자(가명) 씨, 실업센터 최문정입니다아."

"아이고, 팀장님요. 아이고 먼저 연락한다카는 기 맨날 천날 팀장님이 먼저 하구로 하고."

"아입니다, 원래 더 사랑하는 사람이 먼저 연락하는 거라던데예. 그건 그렇고 이는 요새 좀 어떠세예? 파산 신청한 건 결과 나왔고예?"

"이빨도 인자는 속 안 새키고 내꺼 맹키로 잘 있다 아입니꺼, 파산 그거는 2년이 다 돼가는데 말이 음네예."

"그럼 그거 사건번호 갈카주이소. 제가 인터넷 뚜들기볼끼예."

"아이고 그래도 될랑가, 맨날 신세만 지가꼬."

"마 서로 그래가꼬 이래이래 사는 거죠. 제가 할 줄 아는 게 그런 거밖에 없으니까 그거라도 해야죠."

반면에 "머라요? 어데라꼬요? 그래서요, 와요?" 하고 당장에 멱살잡이라도 할 것처럼 전화를 받는 분도 계셨습니다. 이제 50대 후반인 강홍덕(가명) 씨는 작년 여름쯤 저와 상담을 했었거든요. 너무 오랜만에 전화해서 그런지 광고전화나 사채업자인 줄 아셨나 봅니다.

"강홍덕 씨, 여름에 저한테 구청에다가 도움 청했더니만 그런 제도가 없다고 무조건 돌아가라고 해서 열 받아서 전화했었잖아예, 기억 안 나세예?"

"그걸 당신이 우째 아요, 거 오데요?"

아, 참 난감한 순간입니다. 제 목소리에서 사채업자의 향이 나던가요?!

"그 왜…… 있다 아입니까. 제가 구청담당자한테 전화해줘가꼬, 왜, 있다 아입니까."

"아~ 야야, 그 선생님이라요? 에헤이, 잘 있었심꺼?"

그제서야 기억나셨는지 다정스레 알은체를 해주십니다.

"그때 최 선생님이 구청에다가 전화했다 아입니까, 그 질로 담당자가 전화 와가꼬 지캉 내캉 무슨 착오가 있었는갑다 그카면서 구청으로 오라 카데요. 그카드만 우째우째 해가꼬 지금 일하고 있다 아입니꺼."

"잘됐네요, 좋은 소식 있음 소문 좀 내주시지 그랬어요."

"아이고, 만날 연락해야지 해도 먹고살기 바빠가꼬예, 미안합니데이."

"오데예, 무소식이 희소식이라 생각하고 있습니다."

또 어떤 분은 수화기 너머로 '고객님의 사정으로 착신이 금지되었습니다'라는 말만 나오기도 합니다.

김영선(가명) 씨는 50대 후반의 여성이고 우울증과 피해망상에 시달리는 30대 딸과 함께 살고 있는 분입니다. 옷수선을 하며 한 달에 30만 원 정도를 버는데 그마저도 시원찮아서 센터를 찾아오셨던 분입니다. 딸 이야기만 나오면 눈물을 훔치던 분이셨습니다.

"우리 딸이 인물 하난 참말로 훤한데 우짜다가 저래 되가꼬. 내가 너무 힘이 들어예."라며 말끝도 겨우 맺던 분인데 병원비라도 도움을 받도록 수급신청을 안내해드렸습니다. 지금쯤 수급결과가 나왔을 때라 긴장된 마음으로 핸드폰 번호를 눌렀는데, 아마 요금을 못 내서 전화가 끊긴 것 같았습니다. 이럴 땐 부디 잘 견뎌주십사 하고 기도 드리는 것 말고 제가 할 수 있는 일은 아무것도 없답니다.

또 기억에 남는 분이 있습니다. 아버지가 서울 구룡마을에 사시는데 거긴 어떻게 된 영문인지 전입신고가 안 돼서 수급신청조차 할 수 없다며, 작년 겨울에 상담 오셨던 최석화(가명) 씨입니다. 때마침 어제 신문 한 켠에 구룡마을도 이제 전입신고를 할 수 있게 되었다는 기사가 나서 생각이 났던 거죠.

"최석화 씨? 겨울에 아버지 구룡마을 때문에 가야에 상담 오셨던 거 기억나시죠?"

"누구시죠? 제 번호는 어떻게 아셨죠?"

역시 경계의 빛이 느껴졌습니다. 이번엔 제 목소리에서 광고 전화의 필이 났던 걸까요?!

"나쁜 사람 아니고요, 저랑 예전에 상담하셨는데 어제 신문 보니까 구룡마을 전입신고 시작했다는 게 있어서, 아버님께서 우짜고 있나 싶어서요."

"아, 가야 사무실 말이죠? 몰라뵈서 죄송해예. 하도 이상한 전화가 많이 와서요. 안 그래도 아부지가 신청했다고 하더라고요. 근데 그 옛날 걸 기억하고 이래 전화를 다 해주는 데는 처음이네요."

"저, 아직 젊잖아요. 기억력 쓸 만해요. 참, 아버님 오늘 당장 동사무소 가셔서 수급신청도 하시라고 하세요."

"아이고, 맞네요. 낼모레 팔순인데 못난 자식새끼들 때문에 아직도 종이 주워가꼬 생활비 버시는데. 고마워예, 걱정해주셔서."

"그건 그렇고 일자리는 구하셨어요?"

"덕분에 학원에서 경리 보는 일 하고 있어요."

"잘됐네요. 숨통 좀 돌릴 수 있을 때 부채도 정리하구로 상담하러 한 번 오이소. 그거 자꾸 놔두면 인생 피곤해지잖아요."

"그래야지요, 쉬는 날 한 번 갈게예."

입가에 거품이 북적일 만큼 실컷 수다를 떤 하루였습니다. 열이면 열, 어찌나 밝고 반갑게 맞아주시던지 참 고마웠습니다.

그분들이 센터를 찾을 때 해결하고 싶던 수많은 문제 가운데, 정작 우리가 해결해드린 건 개미 똥구멍만큼일 텐데, 뭐가 그렇게 매번 감사하고 고맙다는 건지 모르겠습니다. 분명 오늘 저와 통화한 분들은 저를 부르면서 혹은 고맙다는 말을 하면서 눈에 보이지도 않는 저를 향해 연신 고개를 꾸벅였을 겁니다. 그게 다 느껴졌으니까요. 그래서 저 역시 함께 꾸벅거렸습니다.

아침을 시작하며 '오늘 해야지' 하고 마음먹은 일은 하나도 못 했지만 제 마음은 그 어느 때보다 들떠 있었습니다. '이런 게 행복이지' 하는 마음만 가득했습니다. 그러자니 문득 겁이 났습니다. '나 이렇게 행복해도 되는 거야?' 하고 말입니다. 저, 좀 행복해도 될까요? 되겠죠? 된다고 해주세요, 네?

아아, 마이크 테스트

야, 니 서울말은
언제 배웠노?

오늘도 어김없이 비 소식입니다. 하루도 거르지 않고 어찌 그리 열심히 내리는지, 질척질척한 걸음이 무겁고 괜스레 짜증스럽기만 합니다. 그렇게 투정 부리며 오전시간이 휘릭 지나가 버렸고, 비 때문에 우울해진 마음을 맛있는 점심식사로 달래고 있었습니다. 그때 전화 한 통이 걸려왔습니다.

"혹시 최문정 팀장님이신가요? 안녕하세요 CBS 부산방송국 김○○ PD라고 합니다."

컥, 이런 전화만 오면 목구멍이 탁 막혀옵니다. 방송국이나 기자님들이 전화를 거시면 대개가 정부 정책에 대한 견해나 대안, 그리고 현재 실업에 대한 현황을 물어옵니다. 그럼 전 얼음이 되고 말거든요. 그런 질문에는 마치 멋진 통계도 들이대고 흔히 말하는 '좀 유식한' 단어를 이용해서 멋들어지게 대답해야 할 것 같은데, 제겐 그런 재주가 도통 없으니 잘못 말했다가는 실업센터 망신시킬 것 같아 말문을 닫고 맙니다.

겁부터 먹은 저는 건너편에 앉은 사무국장님께 이 무거운 짐을 넘길 요량으로 상대방의 이야기가 일단락되기만을 기다리고 있었습니다.

"『작은책』에 연재하고 있는 활똥가일기 잘 보고 있습니다, 그래서 말씀인데 저희가 팀장님과 이런저런 이야기 나누는 인터뷰를 좀 했으면 해서요."

이제 바톤을 국장님께 넘길 타이밍이 왔습니다. 무턱대고 넘기면 당황스러울 테니 약간의 핑계를 대면서 자연스럽게 국장님께 연결해줄 요량으로 "아, 감사합니다. 그런데 저는 인터뷰나 그런 걸 잘 못해서 저희 국……." 하는데 "아, 그런 걱정 전혀 안 하셔도 됩니다. 질문지도 미리 드리니까 염려 마세요. 센터 활동이나 활똥가일기에 대해서 편하게 이야기 나눌 거니까 걱정 안 하셔도 돼요."라는 것이었습니다.

어라, 뭔가 제 계획대로 돌아가지 않는 분위기입니다.

이 상황을 회피할 마땅한 이유는 생각나지 않고 멋진 목소리의 PD는 선량한 눈으로 제 답변을 기다리는 분위기이고, 목구멍으로는 아까 삼키던 뜨거운 국물이 입천장을 녹이고 있었습니다.

"아…… 예……, 그런 거라면…… 뭐……, 한 번……."

김 PD님의 목소리에 취해서 그만 제가 일을 저지른 셈이지요. 이래서 정신 바짝 차리고 살아야 하는 건데 말입니다. 그렇게 해서 라디오녹음 일정이 덜컥 잡혔습니다.

　인터뷰를 계기로 실업센터에서 보낸 지난 6년을 자꾸만 거슬러 보게 되었습니다. '남에게 상처 주면서 살지는 말자'고 생각했지만 의도치 않게 누군가는 내가 한 말 때문에 아팠을 것이고, 또 누군가는 내가 한 행동에 고개를 절레절레 흔들며 '나는 저러지 않겠노라' 다짐을 했을지도 모를 일입니다.
　한때는 연인이었던 사람에게 모진 말을 하며 등을 돌리던 그날이 생각이 났고 내 앞에서 눈물 훔치며 하소연하는 사람에게 진심으로 대하지 못했던 어느 날도 떠올랐습니다. 그리고 한진중공업 앞으로 사람들이 모일 때 집구석에서 혼자 널부러져 있던 그날도 마주해야 했습니다. 그렇게 과거를 돌아보자니 가슴 저 밑바닥에 가라앉아 있던 부끄러운 시간들이 하나둘 튀어 오르는 통에 가슴 한 구석이 저려왔습니다.

　이렇게 고민 많은 저를 두고 친구가 그러더군요.
　"야, 라디오방송 출연 한 번 하는 게 무슨 연예인 되는 거냐? 그냥 실업센터의 일상을 소개하면서 이런 곳을 전혀 모르던 누군가에게 '이런 곳도 있구나' 하고 알리는 기회도 되는 거지. 인터뷰한다고 지가 무슨 유명인이라도 되는 줄 알고 있어."
　어라, 듣고 보니 또 그렇네요. 제가 무슨 인간극장에 나가는 것도 아니고 자서전을 내는 것도 아니라, 그저 제가 근무하는 실업센터를 소개하고 상담하면서 느끼는 감정들을 허심탄회하게 이야기하는 건데 말입니다. 솔직히 저는 '구더기 무서우면 장은 담지도 먹지도 말자'는 그런 스타일이죠.

지인의 명확한 해설 덕에 무거운 마음을 털고 라디오 녹음에 임할 수 있었습니다. 방송부스에서는 태연한 척했지만, 마이크 앞에 앉아서 PD님의 큐사인을 듣자니 여간 떨리는 게 아니었습니다. 심장이 쪼그라들 지경이었습니다. 어떻게 끝났는지도 모르게 녹음을 마무리하고 PD님께 인사를 하고 방송국 문을 나섰습니다.

열 걸음쯤 갔을까요, 길바닥 모퉁이에 그만 털썩 하고 주저앉고 말았습니다. 오금이 저려서 좀 쉬었다 가야겠더라고요. 센 척 하며 살기가 참 힘들다는 생각이 들었습니다.

그리고 드디어 지난 토요일, 방송이 되었습니다. 센터활동을 탐탁치 않게 여기는 어머님께 센터에 대해서 구체적으로 보여드릴 기회인 것 같아서 기대도 되고, 한편으론 긴장도 되었습니다. 그런데 어머니의 첫마디가 참 당황스러웠습니다.

"야, 니 서울말은 언제 배웠노?"

사회 보시는 분이 아나운서이다 보니 표준말을 사용해서 저도 모르게 그 말투를 따라하게 되었던 겁니다. 그러다 보니 부산사람이 들으면 '재수없다' 할 수도 있고 서울사람이 들으면 어설프다며 웃을 수도 있는 그런 요상한 말투가 되었던 거죠.

"보래이, 서울말 하니까 좀 유식해 보인다. 우리 딸 하나도 안 무식해 보이네. 쫌 뽀대 난데이."

그럼 지금껏 엄마 눈에는 내가 무식해 보였다는 것입니까? 어찌되었건 어머니께서는 서울말 쓰며 이야기하는 딸내미 모습에 제법 좋아라 하십니다. 그러고 있자니 이모님도 방송을 들으셨는지 전화를 하셔서는, "언니야, 문정이 서울말은 언제 배왔노? 잘한데이."라고 얘기해주셨습니다.

때마침 지인에게서 문자도 한 통 왔습니다. 아주 짧게 말이죠.

"말투가 뭐 그렇노?"

아니, 다들 인터뷰 내용에는 신경 안 쓰고 왜 말투에만 집중하시는지, 망했군 망했어.

친구가 그러더군요.

"너 월요일에 출근하면 전화 불 나겠다. 실업센터 서로 후원하겠다고 말야. 너 무지 바빠지겠는데? 잘됐다, 진짜."

"야, 황금 같은 토요일에 누가 라디오를 듣겠냐! 설마 그런 일이 있겠나?"

말은 그렇게 했지만 저도 은근히 기대를 했나 봅니다. 만약 전화가 많이 오면 어떻게 대처할지 잠깐 고민도 했으니까요. 이런 저, 염치없나요?

월요일 출근길, 사무실 문을 빼꼼히 열고 제일 먼저 팩스가 있는 곳으로 갔습니다.

'저금리 대출.'

돈 빌려 가라는 팩스만 와 있더군요.

'그래, 팩스 번호는 알기 어려우니까 홈페이지에 가면 반응이 있을지도 몰라!'

부리나케 컴퓨터를 켜고 메일이며 홈페이지를 확인했으나 여전히 광고 글뿐입니다. 괜히 친구가 야속해지는 순간이었습니다. 아무 생각 없이 잘 있는 사람에게 기대감 가지게 한 친구 녀석에게 핀잔이라도 줘야겠다는 생각이 들었으니까요. 그러고 터덜터덜 자리에 앉아서 모니터에 비친 제 모습을 보자니 '큭큭'하고 얄궂은 웃음만 나옵니다.

'아오, 웃겨. 꼴랑 라디오 한 시간 나오고 사랑의 리퀘스트 반응이라도 기대한 거냐! 사람이 참 간사하단 말이야.'

서로 회원가입 하겠다고 전화해서 업무마비가 될지 모른다는 헛된 염려를 하기도 했지만, 개인적으로는 참 고마운 시간이었습니다. 과거여행을 하면서, 행복하고 즐거운 시간보다 숨고 싶고 되돌리고 싶은 시간이 많다는 게 참 마음 아픈 일이라는 걸 확인했던 시간이었습니다.

그리고 한 번씩 스스로가 스스로를 인터뷰해보는 시간, 이 또한 괜찮지 않을까 생각해봅니다. 그때는 기쁜 마음으로 인터뷰에 응할 수 있도록, 오늘 하루도 귀하게 지내볼까 합니다.

귀하게, 어떻게? 땡땡이치지 말고 열심히!

살찐 발꼬락이면 어때

발길이, 고작 23.5cm
발볼, 무려 10.2cm
뭉툭하고 똥똥한,
그래서 여름 내내
뜨거운 신발 속에
숨어 지낸 발꼬락.

그래, 니가 뭔 죄냐,
이런 너를 못났다 여기며
숨기기만 한
내 마음이 죄지.

내, 그간 미안했다.
더 이상 너를
부끄러워하지 않으마.

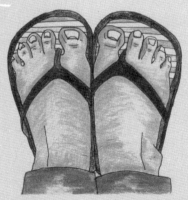

나가서는 말도 못하는 집안 똑똑이

잰 질문하는데
왜 울고 그래?

    지금껏 참 많은 강연과 토론회를 다녔습니다. 그런 행사 끝부분에는 항상 사회자가 이렇게 말합니다.

    "끝으로 질문 있으신 분, 손들어주세요."

    그러면 잠시 침묵이 흐르고 여기저기서 궁금한 점이나 하고 싶은 말을 꺼내곤 하죠. 그 순간, 저는 발언하는 사람을 물끄러미 바라보며 부러워하기 일쑤입니다.

    '말을 참 잘하는구나, 용감하네.'

    그렇습니다. 저도 궁금한 것도 많고 하고 싶은 말도 많았지만 단 한 번도 손들어 말해보지 못했습니다. 참 이상한 일이죠? '에이, 누가 물어보겠지', '하긴 그거 모른다고 뭐 큰일 나나.' 그렇게 애써 저를 위로하지만 사실은 '남들 다 아는데 나만 모르는 거 아닐까', '내 질문이 너무 얼토당토 않는 소리면 어쩌지?' 하는 마음에 두 손은 주머니 깊숙한 곳에 들어가 있을 뿐입니다.

    며칠 전, 지인의 소개로 읽던 책이 있었습니다. 공감이 가는 부분도 많고 좋은 아이디어도 많이 얻게 되었는데, 우연인지 운명인지 그 책의 저자가 토론회를 한다지 뭡니까. 아무리 바쁜 일이 있어도 꼭 참석해야겠다는 생각으로 하루하루를 보냈습니다.

그리고 하루 전날에는 용기를 내어 질문할 내용에 관해 메모도 했습니다. 썼다 지우길 여러 번 반복하여 완성한 질문지를 가지고 출퇴근길에 쭝얼쭝얼 연습도 했습니다. 토론회 당일, 손을 들고 그 질문을 하고 있을 저를 떠올리면 바들바들 떨려오기도 했지만, 이런 상상도 자꾸 하다 보면 익숙해질 거라 생각해서 연습에 박차를 가했습니다.

바로 오늘이 연습의 효과를 보는 날입니다. 설레는 마음으로 토론회장에 들어섰습니다. 기대했던 대로 좋은 이야기를 많이 들을 수 있었습니다. 그런데 이야기를 듣다 보니 제가 준비한 질문이 토론회의 맥락에는 맞지 않는다는 생각이 들었습니다. 대신 다른 궁금증이 생겼지요. 그런데 어쩌죠, 새로운 궁금증에 대한 질문은 정리조차 못했는데 말이에요.

때마침 사회자가 말합니다.

"질문하실 분, 더 안 계신가요?"

너무 조용합니다. 잠시 후, 많은 분이 질문을 하시더군요. 그때 제 귀엔 아무것도 들리지 않았습니다. 이번에도 내가 이렇게 궁금해하는 내용을 물어보지 못한다면 두고두고 후회할 것 같다는 생각이 들었습니다. 급하게 질문할 내용을 생각하고 입속에서

중얼거리며 연습했습니다.

그 순간 "이제 마지막으로 질문 하나만 받고 마치도록 하겠습니다." 하는 소리가 들리는 게 아니겠습니까. 그리고 마지막 질문자가 질문을 하고 답변을 하는 그 짧은 순간, 전 수백 번도 더 고민을 했습니다.

'다시 손을 들고 하나만 더 하자고 할까? 손은 들었는데 내 목소릴 못 듣고 그냥 지나치면 무슨 망신이야, 아님 그냥 묻지 말까? 바보 멍청이 같아, 언제까지 그러고 살 거야, 아님 지금 사회자한테 자꾸 눈으로 사인을 보내볼까? 그럼 알아채지 않을까?'

그러는 동안 이미 마지막 답변은 끝나버렸고 사회자가 마무리 인사를 하려고 하더군요. 눈을 질끈 감고 손을 들고 큰 소리로 말했습니다.

"질문, 하나만 더…… 하면 안…… 돼요?"

다들 저만 보는 것 같았고 그때부터 심장은 튀어 나가 사회자와 하이파이브라도 하고 올 지경이었습니다. 그런 저를 바라보더니 무척 난감해하는 사회자입니다.

어렵게 얻어낸 기회인만큼 잘하고 싶었습니다. 그동안 보아온 수많은 분들의 자연스러운 말투, 또박또박한 음성처럼 저도 그렇게 멋지게 잘해내고 싶었습니다. 한숨을 크게 내쉬고 겨우 입을 뗐습니다.

"저……, 부산……에서 왔는데요. 저도…….."

아, 망했습니다. 그렇게도 말 많은 제 입에서 나온 소리가 겨우 전원일기 일용엄니 목소리 같았다는 사실. 사시나무 떨 듯하면서 마치 금방이라도 '으앙' 하고 울음을 터트릴 것만 같은 불안한 목소리로 말입니다.

겨우겨우 질문을 마쳤고 멋진 답변도 들었습니다. 하지만 그 고마운 답변은 뒷전이고 별거 아닌 걸로 이렇게 힘들어하는 제가 참 싫었습니다. 사람들이 그랬을 겁니다.

"쟨 질문하는데 왜 울고 그래?"

아, 정말이지 그 자리에서 도망치고 싶은 기분이었거든요.

뭐가 그렇게 떨리냐며 저를 이해 못 하겠단 눈으로 보시는 분도 계시겠죠. 저도 절 이해 못 하겠어요, 대체 제가 왜 그랬는지……. 이 울렁증은 정말 불치병인가 봅니다. 그렇게 자책하고 있자니 행사 관계자가 살며시 제게로 다가왔습니다.

'혹시 날 위로하려고 오는 건가? 내가 그렇게 안쓰러워 보였단 말인가?'

정말 절망스러웠습니다. 고개를 푹 숙인 제게 다가와 말을 거셨습니다.

"아, 선생님, 아까 질문하신 내용 말이에요. 제가 아는 분이 있는데 그분이 도움이 많이 될 것 같아서 꼭 소개해드리고 싶은데 괜찮으시겠어요?"

이런 천사 같은 분도 있구나. 무슨 대단한 질문이라고 이렇게 신경 써주시나 싶어 참 고마웠습니다.

그분을 따라 어느 지역단체 대표님과 인사를 하려는 찰나, 뒷

줄에 계시던 한 분이 제게 말을 걸었습니다.

"혹시 최문정 씨 아니세요?"

어라, 이게 무슨 일이지? 난 내 이름도 말하지 않았는데 어떻게 아시는 거지?

"『작은책』 잘 보고 있어요."

여기서 『작은책』의 위력을 확인하게 되었습니다. 다른 곳에서라면 감사한 마음에 웃으며 이야기도 많이 나눴을 텐데, 남들 앞에서 말 하나 제대로 못하고 벌벌 떠는 제 모습을 『작은책』 독자가 지켜보고 계셨다니, 그 창피함이 배가되는 순간이었습니다.

모든 행사가 끝난 후에도 한참이 지나도록 심장박동은 회복하질 못하고, 붉어진 얼굴은 가라앉지 못했습니다. 지하철 문 앞에 서서 유리문에 비치는 저를 빤히 바라보자니 애처로운 마음이 절로 들었습니다. 그 사이 핼쑥해졌더라고요.

실업센터의 큰 유리문을 힘겹게 열고 들어오시던 그분들도 사무실에 발을 들이기까지 몇 달, 몇 년을 고민했겠죠? 그분들도 저에게 힘든 본인의 사정을 털어놓기까지 속으로 천 번이고 만 번이고 갈등했을지도 모를 일입니다. 어렵사리 구구절절한 본인의 이야기를, 생판 처음 보는 그것도 새까맣게 어린 사람에게 꺼내놓고 얼마나 불안불안 하셨을까요.

그런 그분들에게 "왜 진작 안 왔어요? 빨리 오셨어야지예", "그냥 전화만 하면 될 일을 와 이래 놔뒀어예", "괜찮아예, 그냥

편하게 이야기하면 되는데 그라네에", "내일도 꼭 다시 오셔야
됩니데이" 하는 너무 쉬운 말만 늘어놓은 것 같았습니다. 그리고
약속을 펑크 내거나 적극적으로 참여하지 않는 경우에는 어쩜
이럴 수 있냐며 혼자 속으로 씩씩거리기도 했습니다. 언제나 내
입장, 내 가슴의 상처부터 생각한 것 같아서 죄송한 마음만 한
움큼 더 생겼습니다.

　이웃들의 아프고 기쁜 이야기들이 제게는 수천, 수만 권의 책
보다 더 귀한 양식이었음을 새삼 곱씹게 되는 날입니다. 다시 이
웃들과 이야기 나눌 때는 이웃들의 얼굴에서 오늘의 제 모습을
발견하려 합니다. 그리고 잘 오셨다고, 참 잘하셨다고 등 한번
토닥여드려야겠습니다.

　아, 저도 이 울렁증을 불치병으로 남겨두지 않을랍니다. 난치
병으로 격상시켜서 언젠가는 완치로 정리해버릴 겁니다. 그때가
언제가 될지는 모르겠지만 말이에요. 저에게 힘 좀 주세요!

달콤한 서울말에 정신을 잃고

제가 애정결핍인가
봐요. 누가 조금만 잘해
주는 척해도 정신줄을
놓으니 말입니다.

"내일 아침 일찍 경찰서 가야 해, 알지?"

집회신고를 하기 위해 경찰서를 가야 합니다. 그런데 왜 하필 아침 일찍 가야 하는 걸까 잠시 생각하다가 특별한 답이 나오질 않아서 손을 번쩍 들어 물었습니다.

"근데 꼭 일찍 가야 해요?"

"서울을 몰라서 하는 소리야. 여긴 새벽같이 와서 집회신고만 하는 일을 업무로 하는 사람도 있단 말이야."

아, 그러고 보니 어느 대단한(?) 회사는 자기 회사 앞에 365일 집회신고를 내놓고 그 누구도 얼씬거리지 못하게 한다면서요. 그렇게 생각하고 보니 갑작스레 긴장이 되는 게 아니겠습니까.

'이거, 보통 일이 아니구나! 내가 똑바로 집회신고 못 하면 안 되겠구나. 엄청 중요한 임무를 맡았구나!'

부산에서 서울까지 올라온 데에는 다 이유가 있나 봅니다. 왜냐고요? 제가 이럴 때를 대비해서 부산에서 집회신고에 관한 야매 수업을 듣고 왔거든요.

몇 해 전이었습니다. 그동안 많은 집회에 참여는 해봤지만 집회신고는 어떻게 하는지 참 궁금했더랬습니다. 그래서 친분 있는 선배 한 분께 부탁해 선배가 집회신고 할 때 따라간 적이 있었거든요. 삼십여 년 살면서 수천 번도 더 마주쳤던 경찰서 대문인데, 이렇게 직접 들어가게 될 줄은 몰랐습니다. 이때부터 선배의 '집회신고, 하나에서 열까지'라는 야매 명강의가 시작되었습니다.

"우선 경찰서 들어갈 땐 쫄지 마이소. 경찰이 어디 가냐고 째려봐도 쫄지 말고 당당하게! 민원 넣으러요! 그렇게 말하이소."

무슨 큰 가르침이라도 받는 듯 엄숙한 표정으로 고개만 끄덕였습니다. 선배 말씀 하나하나가 의미 있고 심오하게 들렸습니다. 그래서 어느 하나도 놓치지 않고 가슴에 새기려 했지요.

"집회는 말이지요! 지들이 허가하는 게 아닙니다. 신고제란 말이지요."

"아, 엄청 중요한 거네요."

"더 중요한 사실은 '민원사무처리에 관한 법률'을 보면 모든 민원에 대해서는 민원실에서 받아야 하고, 이러한 민원의 접수를 거부할 수 없습니다. 집회신고도 민원이니, 우린 민원실로 가면 됩니다. 따라오이소!"

역시 선배는 스마트한 구석이 있는 것 같았습니다. 말없이 선배 뒤를 쫄래쫄래 따라갔습니다. "이젠 제가 하는 거 잘 보이소." 하고 말하더니 큰소리로 외쳤습니다.

　"민원 넣으러 왔습니다."

　칸막이 뒤편에서 담당자가 나오더니 우리를 향해 퉁명스레 말했습니다.

　"무슨 용무신데요?"

　"아 네, 다름이 아니라 집회신고 하러 왔습니다."

　"네에?"

　"아니, 민원인이 민원 넣으러 민원실 온 게 뭐 잘못됐습니까?"

　"집회신고는 3층 정보과로 가세요."

　"민원사무 처리에 관한 법률에 의하면 민원인이 민원을……."

　"아 예, 법은 그렇지만 현실적으로…… 에헤이…… 거 아실 만한 분이 왜 그렇게 억지 부리십니까?"

　"민원을 접수해주십시오."

　"에헤이! 여기 이분 정보과로 안내해드려!"

　갑작스레 강압적인 안내를 당하게 되었습니다. 옆에서 행동 하나하나를 가슴에 새기고 있는 후배가 신경 쓰였던지 선배는 그들을 향해 소리쳤습니다.

　"오늘은 이렇게 가지만, 법률대로 하시기 바랍니다. 그게 여러분들이 하실 일입니다."

　그러고는 제게 나지막이 이야기하셨습니다.

"오늘은 특별히 법대로 하는 과정을 다 보여드리고 싶어서 무리하게 했습니다. 사실 저 혼자 오면 알아서 바로 3층으로 갑니다."

감동적인 선배라고 생각했습니다. 후배를 위해 이렇게 험한 길을 선택하다니, 굳이 이렇게까지 안 해도 되는데 말이죠.

정보과는 복도 끝 제일 구석방에 있었고, 그리로 들어갔더니 좁은 사무실에 책상이며 서류가 가득했습니다. 저희가 방으로 들어갔는데 아무도 알은체를 하지 않더군요. 가만히 있을 선배가 아닙니다.

"저기, 민원인이 왔으면 상담할 수 있는 공간으로 안내하셔야 하는 거 아닙니까? 민원사무처리에 관한 법률에 따르면……."

오늘 저 소리만 백 번도 더 듣는 것 같습니다. 돌아가면 저 법률 한 번 꼭 찾아봐야겠습니다. 지겹다는 표정으로 경찰 한 분이 일어나더니 시퍼런 플라스틱 의자 두 개를 들고 사무실을 나섰습니다. 그리고 복도 창가에 의자를 내려놓으며 말했습니다.

"됐심니꺼?"

이제 본격적으로 선배와 경찰은 집회에 대한 이야기를 하기 시작했습니다.

"신분증 좀 주이소."

"내 신분증이 왜 필요합니까?"

"내 참, 신고하러 온 사람 이름은 알아야 될 거 아입니꺼."

"그냥 양 씨라 하이소."

"됐고! 어디다 집회한단 말이오?"

"반말하지 마세요."

"그게 어디 반말이오? 어디서 집회하냐고 물어본 거지!"

"여튼 이날, 여기서 집회합니다. 신고했습니다."

그저 부산역에서 집회 한 번 한다는 내용 가지고 삼십여 분째 이런 패턴으로 줄기차게 신경전을 벌였습니다. 그 상황에서 뭐라도 돕고 싶은 저는 선배 옆에서 계속 눈에 힘을 준 채로 '우리 우습게 보지 마' 라는 표정을 짓고 있었습니다. 이렇게라도 선배를 돕고 싶었습니다.

우여곡절 끝에 일을 마무리하고 경찰서 문을 나설 때, 선배는 제게 의기양양하게 말씀하셨습니다.

"잘 봤죠? 절대로 밀리면 안 됩니다. 알았죠?"

"네, 아까 선배처럼 약간 삐딱하게 간족대면서 살살 긁으면 되는 거죠? 와, 진짜 어렵네요."

몇 해 전의 일이었지만 너무나도 생생한 교육이라서 장면 하나하나를 되새기며 낯선 서울의 어느 경찰서로 향했습니다. 가는 길에 그 유명한 민원사무 어쩌구 하는 법률 이름도 인터넷 검색을 통해 정확하게 외워두었습니다. 여차하면 그 법률에 관해서도 언급해야 하는 것이 몇 분 후의 제 운명이니까요.

심호흡을 하고 경찰서로 들어가서 민원실 문이 열리길 기다렸습니다. 잠시 후 문이 열리고 "많이 기다리셨죠? 어서 들어오세요"라며 정복을 말끔히 차려입은 경찰관 한 명이 저를 맞이했습니다.

"여기 좀 앉으시죠, 무슨 일로 오셨어요?"

그래, 때가 왔다.

"집회신고 하려고요."

당신들이 그렇게 싫어하는 집회신고다! 하하하. 그리고 저는 천천히 경찰관의 표정을 살폈습니다.

"아, 네. 그럼 신고서 써 오셨어요? 처리해드릴게요."

이상하다. 이 사람들이 과하게 친절한 게 너무 수상하다. 그렇게 고민하는 사이 모두 처리되었다는 말이 들려왔습니다. 내가 지금 핸드폰 A/S센터에 와 있는 건가? 이게 아닌데? 지금쯤 멱살이라도 잡아야 하는데 말입니다.

"그럼 그날 집회해도 되는 거예요?"

"네, 하시면 됩니다."

뭐가 잘못되어도 한참 잘못된 분위기입니다. 정신이 혼미해져 있는 제게 경찰관이 말을 걸어왔습니다.

"아, 죄송한데요. 거기가 인도라서 차량은 못 들어가거든요. 방송차량은 지워주시겠어요?"

이렇게 친절한데 뭔들 못하겠습니까.

"아 네……, 그건 그렇네요" 하며 제 두 손으로 차량 부분을 싹싹 지웠습니다.

그러자 경찰이 내민 건 집회신고 접수증. 짧은 시간 내에 모든 일이 아름답게 끝났습니다. 그 상황에서 제가 할 수 있는 말은 딱 한마디뿐이었습니다.

"네, 감사합니다. 수고하세요."

그리고 배꼽인사를 하며 경찰서를 나왔습니다. 십 분도 채 걸리지 않더군요. 제 팔자는 어디 가도 싸움할 팔자는 아닌가 봅니다. 싸움 준비만 하면, 싸움이 안 되니 말입니다.

그런데 말이죠. 경찰서를 나와 정신을 차려보니 갑자기 당했다는 기분이 들었습니다. 부산 경찰은 너무 솔직하게 대놓고 싸움을 한 것이었고, 서울 경찰은 능글맞게 친절을 가장해 저같이 순진한 애들 뒤통수를 친 게 아닐까요?

집회에 방송차량이 없으면 뭘 어떻게 한다는 겁니까. 방송차량 삭제를 아무 저항 없이 받아냈다는 건 보통 고수가 아닌 거죠. 이래 놓고 집회현장에 가면 전경들을 풀어 산성을 쌓아두고는, 되니 마니 그러겠죠.

아무 생각 없이 맞장구쳐가며 방송차량 부분을 삭제한 저도 참 딱합니다. 부산 촌놈은 서울말씨의 치명적인 매력에 흠뻑 취해 정신을 놓았던 것 같습니다. 제가 애정결핍인가 봐요. 누가 조금만 잘해주는 척해도 정신줄을 놓으니 말입니다. 이제 그런 것쯤은 구분할 나이도 됐는데 말이죠. 언제 철이 들지 정말 걱정입니다.

지금은 충전 중

핸드폰이 꺼질세라
어딜 가나 충전부터 합니다.

우리가 가장 먼저
충전하고 보살펴야 하는 것은
핸드폰이 아니라
우리 마음이 아닐까요?

당신의 몸과 마음의
배터리는
얼마나 남았나요?

우린 아직 안 죽었어요

그녀들에게 빚을 진 기분. 그래서 그녀들을 마주하기 미안했고 또 부끄러웠습니다.

"우리 아직 안 죽었어요, 독하죠?"

이토록 자극적인 기사가 어딨을까요. 2008년 봄날, 우연히 눈길 닿은 기사 한 자락에서 전 그녀를 만났습니다. 그리고 800일이 다 되어가도록 싸우고 있는 그녀들의 이야기를 또다시 만났습니다. 저도 잠시 잊고 지낸 KTX 여승무원들의 이야기●를 말입니다.

저는 똑똑히 기억합니다. KTX가 처음 운행될 무렵, 각종 매체에서는 앞다투어 KTX가 얼마나 대단한지에 관해 다루었고, 그중엔 KTX 여승무원에 대한 것도 있었습니다. 제가 본 특집프로그램만도 두어 개는 되었으니까요. 내 친구, 후배, 선배 중에

● KTX 여승무원들은 철도유통의 비정규직으로 고용되었지만 업무지시는 철도공사로부터 받았다. 이에 KTX 여승무원들은 철도공사의 직접 고용을 요구하며 2004년부터 싸웠다.

도 KTX 여승무원이 되고자 애쓰던 사람들이 있었습니다. 그래서 저는 KTX 여승무원 이야기에 유난스레 더 가슴 아파하는지도 모르겠습니다. 그녀들을 생각하면 죄스러운 마음부터 밀려옵니다.

몇 해 전, 서울에 갈 일이 있었습니다. 여행하는 기분으로 기차에 오른 뒤, 낯선 서울에 닿자마자 정신이 없었습니다. '여기가 서울이구나.' 그렇게 두리번거리며 서울역을 나섰습니다.

사람으로 들어찬 서울역을 벗어나자 상냥한 목소리로 뭔가를 호소하는 방송이 들려왔습니다. 낯선 서울말이라 쉽게 알아들을 수가 없었습니다. 하지만 호기심 많은 저는 가던 걸음을 멈추고 귀를 쫑긋 세웠습니다. 학창시절 영어 듣기평가라도 하듯이 말이죠. 부산에서만 살아서 그런지 상냥한 말투는 적응이 되지 않나 봅니다.

결국 다른 내용은 죄다 놓치고 마지막 한 마디만 겨우 알아들었습니다. 어렵사리 들린 마지막 한 마디는 바로 '투쟁'이었습니다. 상냥한 목소리의 주인공은 바로 KTX 여승무원들이었습니다.

그 사실을 확인한 순간 저도 모르게 발길을 재촉했습니다. 빠른 걸음으로 말입니다. 사람으로 붐비는 지하철에 올라서서 한참을 생각했습니다. '왜 이렇게 도망치듯 그녀들에게서 달아났을까.' 하고 말입니다. 그녀들에게 빚을 진 기분. 그래서 그녀들을 마주하기 미안했고 또 부끄러웠습니다. 미안하고 부끄럽다 느끼니 비겁해지는 것은 한순간이었습니다.

　서울에 올라온 이유도 잊은 채, 그날 내내 마음이 불편했습니다. 밤새 뒤척이며 불편한 마음을 떨쳐보려 했지만 쉽지가 않았습니다. 아침 해가 뜨기 무섭게 길을 나섰습니다. 덜컹거리는 지하철에서 가방을 뒤적거렸습니다. 그리고 겨우 찾은 이면지 한 장에 짧은 편지를 썼습니다. 힘내시라는, 멀리서나마 함께하겠다는 작은 마음을 편지에 한 자씩 옮겨 썼습니다.

　그리고 바지 주머니에서 딱 한 장 남아 있는 만 원짜리 지폐를 꺼냈습니다. 이면지에 쓴 편지 속에 지폐를 넣고 둘둘 말아 쥐고 서울역으로 갔습니다. 그래야 할 것 같았습니다. 이렇게라도 하지 않으면 안 될 것만 같았습니다. 아니, 솔직히 말하면 그래야 내 마음이 편할 것 같았습니다. 그래야 내가 두 다리 뻗고 지낼 것 같았습니다. 나 좋자고, 나 편하자고 그렇게 달려갔습니다. 가자고 마음먹고 나서 그런지 발길은 더 빨라졌습니다.

　어렵게 다시 찾은 서울역, 그런데 어제 제 발길을 세우던 작은 천막과 그녀들은 더는 그곳에 없었습니다. 내 맘 편하자고 새벽같이 달려간 그곳이지만 그들은 저를 기다리고 있지 않았습니다. 그 후로도 한참동안 KTX 여승무원들은 서울역에서, 부산역에서, 또 다른 역에서 쉬지 않고 그들의 이야기를 세상에 알렸습니다.

　그리고 저 역시 KTX만 타면 습관처럼 짧은 편지를 쓰고 얇은 지갑에서 지폐 한 장을 꺼내 들곤 했습니다. 하지만 매번 용기가 나지 않아 그녀들에게 제대로 전하지 못했습니다. 참 바보 같죠?

그리고 또 한참의 시간이 지나자 그때의 마음을 수시로 잊고 지냈습니다. 술이라도 한잔 할라치면, 떠오르는 그날의 기억을 말입니다. 그러던 중 마주한 "우리 아직 안 죽었어요, 독하죠?"라는 인터넷 기사에서 저는 다시금 가슴이 무너졌습니다. 내가 할 수 있는 일이 과연 무엇일까. 늘 걱정하고 안타까워만 할 뿐, 아무것도 하지 못하는 내가 갑작스레 미워졌습니다.

비정규직 노동자들의 고통에 찬 소리를 들으면서도 그들에게 날 선 소리만 퍼부어대는 사람들에게 차근차근 설명조차 해내지 못하는 저입니다. 왜 그들이 저렇게 울부짖는지, 왜 그들이 저렇게 거리로 나서야 하는지 내 가족에게조차 제대로 설명하지 못하는 못난 사람이 저였습니다. 뿐만 아니라 나와 다른 생각을 하는 이들을 향해 "그래, 그러니까 니네가 안 되는 거야"라며 선을 긋고 마음의 문을 닫아버리곤 했습니다. 그렇게 가장 쉽고도 나태한 방법을 선택하는 것이 바로 저라는 사람이었습니다.

오늘 인터넷 기사에 나온 KTX 여승무원의 인터뷰를 보면서 다시금 마음을 추스르게 됩니다. 더 많이 공부하고, 더 많이 행동해야겠다고, 나 혼자만 알아서는 절대 안 된다고 말입니다. 결코, 특별한 누군가가 세상을 변화시킬 수는 있는 것은 아니라는 뻔한 사실을 다시 한 번 확인하게 되었습니다. 날 선 소리를 내뱉는 사람도, 이들을 향해 고개를 내젓는 사람도, 우리와 함께 가야 할 우리 이웃이라는 것을 기억해야겠습니다.

　우리 아직 죽지 않았다며 웃고 마는 KTX 여승무원을 보면서 저 역시 웃음이 나고 맙니다. 그래요, 그렇게 웃어요.

제2장

7년의 청춘

요즘같이 일자리 구하기가 힘든 때는 없는 것 같습니다.
이런 상황에 70세가 다 된 분이 다시 일자리를 구할 수 있을까,
혹시 일자리를 잃고 생계가 어려워지진 않을까,
하는 걱정에 할아버지께 어떻게 말해야 할지 자꾸만 망설이게 됩니다.
제 상담 내공이 아직은 바닥 수준인가 봅니다.

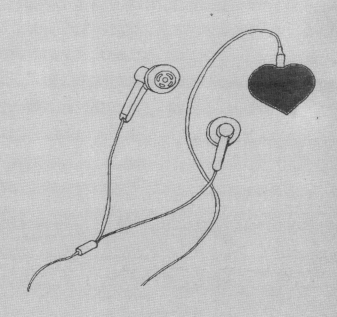

할아버지 월급 되돌려받기 대작전

아무리 내가 먹고살기 어렵다 캐싸도 내가 열심히 일한 그 노동의 대가도 안 주는 데라면 더 이상 있을 필요가 없는 기라.

비가 쏟아지던 어느 날이었습니다. 그 억수 같은 비를 뚫고, 일흔이 다 된 할아버지 한 분이 저희 사무실로 찾아오셨습니다. 할아버지께서는 최저임금에 대해 상담할 것이 있다고 하셨습니다.

할아버지는 젊은 시절 작사도 하고 작곡도 하는 음악가였다고 합니다. 나이가 들고 생계가 막막해지는 통에 4년 전부터 로프를 생산하는 작은 공장에서 일하게 되었다고 하셨습니다.

"4년째 월급을 받고 있기는 해도 뭣이 쫌 이상한 기라. 일당을 3만 원으로 치가꼬 달달이 일한 날짜 수에 3만 원만 곱해가꼬 월급을 주는 기라. 그래가꼬 최저임금인가 뭐시긴가 함 물어볼라꼬."

그렇습니다. 할아버지의 느낌이 맞았습니다. 아무리 생각해도 할아버지가 근무하는 공장의 임금 계산방식은 분명 문제가 있는 것이었습니다. 저도 20대 때 패스트푸드점이나 주유소에서 일한 경험이 있습니다. 그날을 돌이켜보면 지금 할아버지 상황과 마찬가지였던 생각이 듭니다. 2008, 2009년 당시 제 시급은 1,350원이었고, 한 달 근무한 총 시간에 1,350원을 곱하면 그게 제 임금이었습니다. 200시간 이상 일하면 시급이 겨우 50원씩 올랐습니다.

　하지만 그때 당시에는 그렇게 열심히 해서 50원씩 시급 올라가는 것이 너무나 좋았습니다. 그래서 크리스마스나 휴일이 되면 서로 한 시간이라도 더 일하려고 동료들끼리 실랑이를 벌이기도 했답니다. 그때는 노동법이나 최저임금에 대해 우리와는 별개의 일로 여겼던 때입니다. 아니, 사실 그런 법적 보호망 자체를 몰랐던 것 같습니다.

　근로기준법을 살펴보면 일주일 중 하루는 반드시 쉬도록 되어 있습니다. 노동자이기 이전에 우리는 인간이니까요. 그리고 일주일을 만근했다면 휴일은 쉬더라도 일을 한 것으로 임금에 계산하게 되어 있습니다. 그게 바로 '주휴수당'이라는 것이랍니다. 뿐만 아니에요. 하루 8시간 근무를 초과하는 경우나 쉬기로 한 휴일에 근무하는 경우에는 50%를 가산해서 임금을 계산합니다. 게다가 밤 10시에서 다음 날 아침 6시까지 근무할 경우는 '야간근로'라 하여 50%를 가산하게 됩니다. 이러한 조항 또한 야간이라는 근무시간이 사람에게는 많은 노동력을 요구하고 건강에 영향을 미치기 때문에 법적으로 정해놓은 것이랍니다.

　할아버지가 다니고 있는 회사도 위에서 언급한 근로기준법 내용을 모조리 무시하고 있었습니다. 그렇다고 무조건 할아버지가 다니는 공장의 사장님 탓만을 할 수는 없습니다. 왜냐하면 대한 민국에서 일을 하고 사업을 하는 국민이라면 누구다 다 알아야 할 기본적인 사실을 어디에서도 알려주지 않았기 때문입니다. 독하게 마음먹고 스스로 파헤쳐야만 알 수 있는 게 노동 관련법 이니까요.

그러니 이 작은 공장의 사장님도 악의가 있어서가 아니라 정 말 몰라서, 그저 일하는 사람에게 일한 시간만큼 정해진 시급을 주는 것이 최선인 것으로 알고 있을지도 모를 일입니다.

그렇게 생각이 복잡해질 무렵, 할아버지께서 말씀하셨습니다.

"그란데 더 이상한 거는 내 말고도 일하는 사람이 너이(4명)나 있는 기라. 그란데 여기서 내랑 아줌마 하나만 월급을 이래 주고 나머지는 내나 똑같은 시간, 같은 일을 해도 돈 백만 원은 주더 라꼬. 사람 차별하는 것도 아이고."

할아버지 말씀을 듣고 보니 사장님이 몰라서 그렇게 월급을 준 건 아닐 수도 있겠다는 생각이 들었습니다.

저는 이럴 때 제일 고민스럽습니다. 차라리 노동상담만 한다 면 딱 부러지게 말할 수 있겠는데 할아버지가 일을 하는 이유와 이 공장에 다닐 수밖에 없는 상황을 보고 있자니 걱정이 앞서기 때문입니다.

'만일 회사 측에 최저임금을 지키도록 요구하거나 그게 잘 되 지 않아 노동부에 체불임금에 관한 진정서를 제출할 경우, 할아

버지의 일자리는 무사할까?'

　요즘같이 일자리 구하기가 힘든 때는 없는 것 같습니다. 이런 상황에 70세가 다 된 분이 다시 일자리를 구할 수 있을까, 혹시 일자리를 잃고 생계가 어려워지진 않을까, 하는 걱정에 할아버지께 어떻게 말해야 할지 자꾸만 망설이게 됩니다. 제 상담 내공이 아직은 바닥 수준인가 봅니다.

　할아버지께 솔직한 심정을 내비치자 할아버지께서는 말씀하셨습니다.

　"아무리 내가 먹고살기 어렵다 캐싸도 내가 열심히 일한 그 노동의 대가도 안 주는 데라면 더 이상 있을 필요가 없는 기라. 설령 그짝에서 나가라 캐도 내는 또 딴 데 일자리 구하면 되는 기라. 그거 하나는 내사 마, 자신 있는 기라."

　오히려 할아버지께서 망설이는 저를 위로해주시더군요. 그 말씀에 어찌나 힘이 나던지……

　저는 할아버지랑 머리를 맞대고 전략을 세우기 시작했습니다. 우선은 회사 측에 최저임금 위반 여부를 말하기로 했습니다. 처음부터 먹살잡이할 필요없이 좋게 말하기로 한 거죠. 그리고 4년 동안 최저임금에 미달하는 임금을 지급해 줄 것과, 앞으로 최저임금은 지키겠다는 약속을 받아내기로 했습니다. 그렇게 했는데도 말이 잘 통하지 않으면 노동부에 임금체불로 진정서를 넣기로 했습니다.

　참, 이런 모든 일들을 결코 실업센터에서 대신해드리지 않는

답니다. 회사에 요구사항을 말하거나 노동부에 체불임금 진정서를 넣는 일 등을 제가 대신해드리면 "떼인 돈 받아드립니다"는 심부름센터와 크게 다를 바가 없다고 생각합니다.

아무리 어렵고 힘들더라도 자기 권리를 찾기 위해서 본인이 직접 부딪혀가며 나설 때만이 자신에게 주어진 권리가 얼마나 귀한 것인지 느낄 것입니다. 그리고 이를 지키기 위해서 세상일에 더 관심을 가지며 자기 의무를 다할 것이라고 생각합니다. 또한 이런 경험들이 삶 속에 녹아들어 깊이 뿌리내릴 수 있을 거라 믿기 때문입니다.

오늘처럼 앞으로의 대응에 대해 전략을 세우고 돌아가더라도 실천하는 분은 열 명 중 두세 명 정도입니다. 그렇다고 해서 그분들이 영원히 자신의 권리를 포기한 것이라고는 생각하지 않습니다. 그저 주는 대로, 주어진 대로 사는 삶에서 벗어나자니 용기가 나지 않아 잠시 몸과 마음을 추스르고 있는 거라 생각합니다.

그렇게 '할아버지 월급, 제대로 돌려받기' 1차 전략회의를 마무리 지었습니다. 사무실 문을 나서면서도 할아버지는 "내 꼭 갈차준 대로 말해보고 연락할께예" 하고 손을 높이 들어 흔드십니다. 할아버지 뒷모습이 사라진 계단을 보며 저는 생각했습니다.

'할아버지, 말하다 울컥 하는 마음에 멱살부터 잡고 흔들지 마세요.'

아마 그런 일은 없겠죠? 그리고 며칠 후, 할아버지로부터 전화

가 왔습니다. 그날의 전략대로 회사 측에 말했더니, 지나간 부분
은 어쩔 수 없으니 다음 달부터 한 달에 6만 원 정도 월급을 올려
주겠다는 답변을 들었다고 합니다. 할아버지와 저, 우리 둘은 실
컷 회사 흉을 봤습니다. 그렇게라도 속상한 마음을 털어야지 어
쩌겠습니까. 6만 원 올려준다고, 지난 것은 어쩔 수 없다고, 그게
말이 되는 소립니까. 그렇게 한참 씩씩대고 나니 할아버지께서
말씀하셨습니다.

"그래가 내가 고민을 해봤는데 이놈들 행상이 미버서 노동부
에다가 도움을 요청했으면 싶으요. 우짜면 되겠능교?"

"그렇게 해보시겠어예?"

"암, 해야지. 내가 좋은 말로 요래요래 해서 조래조래 하니 이
래 해달라 하고 말했는데, 택도 아인 소리로 쌩까니까 내는 내대
로 법에 정해진 대로 해봐야 안 되겠능교?"

"그러면 일단 바로 노동부에 가는 것보단, 진정서 쓸 때 요목
조목 똘똘하게 미리 써 가는 게 더 나으니까 우리 사무실로 한
번 더 오이소. 제가 진정서 쓰는 건 도와드릴께예."

"아이고 고맙심더. 내일 당장 갈끼예."

할아버지와 상담하면서 들은 이야기를 바탕으로 진정서를 작
성했습니다. 여전히 내공이 부족한 저라서 여기저기 상담단체의
활동가들에게 거듭 물어보고 도움을 청했습니다. 그런 과정을
통해서 할아버지의 체불임금 진정서가 완성되었습니다.

그리고 오늘 오전, 할아버지께서는 말쑥한 양복차림으로 사무

실에 오셨습니다. 이럴 땐 영락없는 멋쟁이 작곡가시더라고요. 여러 사람의 마음이 담긴 진정서를 할아버지께 전해드리면서, 노동부에 제출할 때 민원실 담당자 이름과 접수증을 꼭 받아 오라고 신신당부를 했습니다.

할아버지께서는 제 잔소리가 우스웠는지 손으로 신호를 주시며 알겠다는 시늉을 하셨습니다. 저도 눈치가 있는 녀석이라 잔소리는 거기까지 하고 할아버지를 배웅해드렸습니다. 이제 이 길로 할아버지께선 당당하게 노동부 민원실 문을 두드리실 것입니다. 잘 다녀오시라며 할아버지를 보내려는데, 갑자기 걸음을 멈춘 할아버지께서 사무실 귀퉁이에 놓인 기타를 보며 한 말씀 하십니다.

"저기 보니까 기타가 보이는고만."

"아, 그냥 좀 배우는 중이라서요. 잘 안 느네예."

"내가 노파심에 하는 말인데……, 음악을 할라문 정식 등록된 작곡가를 통해서 곡을 받아야지, 아무 놈한테 남의 곡 카피해서 썼다가는 큰 낭패당한다고! 조심해야 하는 기라, 알겠능교?"

"아, 네. 제가 가수가 되기로 결심하면 그땐 꼭 그렇게 하겠습니다."

역시 할아버지의 본업은 예술인이셨습니다. 할아버지가 평생 음악과 벗삼으며 지낼 수 있도록, 정당한 노동의 대가를 받을 수 있었으면 하는 바람입니다. 할아버지, 파이팅!

미안해요

음악 소리 대신
당신의 마음을
들어볼게요.
귀 기울여……

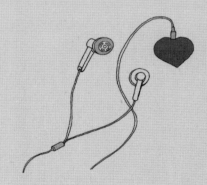

김 씨 아저씨,
우산은 비 올 때만 쓰자고요.

그러니까
당신들이 나 먹고 살게
돈 좀 줘!

"오전에 한 분이 사무실에 오셨는데, 뭐 도망 다닌다고 하던데……."

"아, 그분요? 제가 자리 비우는 바람에 선생님이 괜히 고생하셨네요."

"문정 씨가 왜 그런 웃는 얼굴로 앉아 있는지 이제 알 것 같네요. 다양한 사람을 응대해야 하니, 그럴 수밖에 없겠어."

제가 잠시 자리 비운 사이 누군가가 상담하러 왔었나 봅니다. 실업센터에 볼일 보러 오셨던 회원 한 분께서 저를 도와주시려다 식은땀만 흘린 것 같네요. 난감해하시는 회원님 표정만 봐도 어떤 상황이었고 내담자와 어떤 대화가 오갔는지, 얼마나 당혹스러우셨는지 알 것 같았습니다.

이분의 난감함과 당혹스러움은 제쳐두고, 전 그만 웃음부터 터지고 맙니다. '어떻게든 잘 지내고 계시니까 이렇게라도 실업센터에 다시 놀러 오셨구나' 하는 반가운 마음부터 들었기 때문입니다.

김 씨 아저씨. 별일 없으시죠? 3년쯤 전이었어요. 제가 실업센터에 와서 이웃들을 만나기 시작하며 이제 좀 '할 수 있겠다' 하는 마음이 들 무렵, 한 차례의 고난이 있었습니다. 부산역이나 후미진 거리에서 볼 수 있는 노숙자 아저씨 한 분이 사무실을 찾아왔던 겁니다. 마른 체형이었지만 인상이 너무 강렬해서 저를 '움찔' 하게 만들던 분이었습니다.

지금 와서 말이지만 솔직히 그땐 정말 무서웠습니다. 그전까지는 상담하면서 애틋하고 마음 아픈 경험은 있었을지 몰라도, 내담자에 대해 두려움을 느낀 적은 단 한 번도 없었습니다. 그래서 이분의 방문에 어떻게 대처해야 할지 덜컥 겁부터 났습니다. 때마침 동료들은 모두 외근을 나가 사무실에는 그분과 저, 단 둘만 있다는 사실 또한 저를 무섭게 만들었습니다.

김 씨 아저씨 등에는 삶의 무게를 표현이라도 하듯, 헤지고 때묻은 가방이 겨우겨우 매달려 있었습니다. 앞니는 어디로 갔는지 허전하기만 합니다. 그럼에도 불구하고 아저씨가 '약해 보인다' 는 생각은 조금도 들지 않았습니다. 그런 포스가 김 씨 아저씨에게는 있었습니다.

초면의 김 씨 아저씨는 무턱대고 인생 이야기에서 정치, 사회, 인간 등 다양한 주제로 이야기를 풀어나가셨습니다. 그렇게 두 시간쯤 김 씨 아저씨의 연설(?)이 거침없이 진행되었습니다. 그래도 김 씨 아저씨, 마무리는 확실하게 하십니다.

"그러니까 당신들이 나 먹고 살게 돈 좀 줘!"

이 한 줄이 김 씨 아저씨 주장의 핵심인 것입니다.

상담 초보인 저는 이런 이야기 전개와 결론에 당혹스럽기도 하고 갑자기 화도 났습니다. 저 역시 이래저래 에둘러 이야기를 풀어가다가 결국은 "우린 내담자에게 직접 '돈'을 주지는 않습니다."라는 말로 마무리를 지었습니다. 그러자 김 씨 아저씨는 다짜고짜 화를 내시며 사무실을 폭파시키겠다, 저를 죽여버리겠다 등 험악한 말을 하기 시작했습니다.

그때 제 눈에 들어온 것은 김 씨 아저씨가 지팡이 삼아 들고 계시던 긴 우산이었습니다. '폭파', '죽인다' 등의 무서운 어휘를 내뱉을 때마다 아저씨는 애꿎은 우산을 만지작거렸습니다. 그땐 정말 무서웠습니다. '저분, 저 녹슨 우산대로 나를 겨눌 수도 있겠구나' 하는 두려움에 식은땀을 흘릴 수밖에 없었습니다.

그렇다고 이렇게 벌벌 떨고만 있을 수는 없었습니다. 이렇게 떨고 있는 모습을 아저씨에게 들키고 싶지 않았습니다. 저도 질 수는 없었습니다. 옆자리 의자를 만지작거립니다. 여차하면 이거라도 던져야 하니까 말입니다. 지금 와서 든 생각이지만 그 당시 책상 하나를 사이에 두고 벌인 김 씨 아저씨와 저의 대치상황은 정말 웃기는 모양새였습니다.

몇 번의 재회를 통해 우리는 제법 좋은 사이(?)가 되었습니다.

물론 '좋은 사이'라는 제 의견에 아저씨는 어떻게 생각하실지 모르겠습니다. 그래도 언젠가부터 김 씨 아저씨가 저랑 이야기할 때 많이 웃으시고 항상 저하고만 이야기를 하려고 하시니, 이만하면 아저씨도 저랑 사이좋다고 생각하시겠죠? 그렇죠, 아저씨?

김 씨 아저씨는 연락처도 없고 거주지도 없었습니다. 그래서 언제 다시 만날 수 있을지 기약이 없었죠. 어쩌면 무소식이 희소식인 분이었습니다.

몇 해 전 겨울이었어요. 김 씨 아저씨는 꽤나 젊은 친구 아저씨 한 분과 함께 사무실로 놀러 오셨습니다. 함께 노숙하는 동생이며 아저씨가 유난히 아끼는 분이라고 제게 소개하셨습니다. 그러면서 동생이 손이 많이 터서 속상한 마음에 데려왔다는 것입니다.

거기서 제가 할 수 있는 일은 아껴둔 핸드크림을 그분께 나눠 드리는 것뿐이었습니다. 비싼 크림이라 저도 아껴 쓰던 터여서 살짝 고민도 됐지만 김 씨 아저씨 포스에 밀려 주섬주섬 크림을 꺼내 들 수밖에 없었습니다.

하필 핸드크림도 다 떨어져가서 그런지 좀처럼 나오질 않는 거예요. 주기 싫어서 꼼지락거리는 것으로 오해할까 봐 안절부절 못했던 기억이 납니다. 마음은 급해지고 어줍잖은 오해는 받기 싫고, 안 되겠다 싶어서 칼로 크림통을 싹둑 잘라버렸습니다.

그런 후, 우리 셋은 온 손에 덕지덕지 핸드크림을 나눠 바르며 뭐가 좋은지 계속 웃어댔습니다.

김 씨 아저씨는 커피를 참 좋아하십니다. 간식으로 꿍쳐놓은 과자를 드리면 더 좋아하십니다. 그리곤 나가실 때 한마디 하십니다. 몇 개만 더 달라고 말입니다. 하지만 김 씨 아저씨는 결코 제게 미안해하거나, 쑥스러워하거나 혹은 쭈볏거리며 어렵게 요구하지 않습니다. 매번 당연하고 당당하게 요구하십니다. 전 아저씨의 그런 모습이 참 좋습니다.

아저씨의 이야기를 들으면서 화가 날 때도 있고 가끔은 귀찮을 때도 있고 답답할 때도 있습니다. 하지만 좋은 말씀도 참 많이 해주신답니다. 그런 얘기들을 듣다 보면 아저씨가 아직 씩씩하시고 건재하셔서서 감사하단 생각도 들고요.

돌이켜보면 김 씨 아저씨가 저를 한 단계 업그레이드시켜줬다는 생각도 듭니다. 아저씨를 만나기 전에는 '예상치 못하는 상황의 사람들이 오면 내가 어떻게 해야 하나' 하며 늘 불안감을 안고 살았는데 아저씨를 만나고 난 후로는 누가 찾아오더라도 자신이 생겼습니다. 내가 무언가를 해결해주는 사람이 아니라 내담자의 공허한 마음과 외로운 마음을 진심으로 들어만 줘도 된다는 걸 확인했기 때문입니다. 당신의 이야기를 귀담아 들어줄 사람, 그런 친구가 필요했던 거라 생각합니다.

그리고 아저씨 덕에 한 가지 요령이 더 생겼습니다. 조금은 위험해 보이는 내담자가 들어오면 제일 먼저 하는 일이 '나랑 일

대 일로 몸싸움을 한다면 감당할 수 있을까?' 하고 나름의 견적
(?)을 내는 일입니다. 감당하기 어렵겠다 싶으면 제가 준비해둔
방패들부터 훑어보게 됩니다.

실업센터에 와보신 분들은 아시겠지만 제 책상 선반에는 우산
이 있습니다. 사무실 입구에도 큰 우산이 있습니다. 비가 올까
봐서요? 아닙니다. 김 씨 아저씨에게서 얻은 팁입니다. 긴급한
순간 저를 방어해야 하니 어쩔 수 없는 일입니다. 혼자 근무하게
된 후로는 두꺼운 양장 책을 자꾸만 책상 위에 쌓아두게 되네요.
아, 그렇다고 오해는 하지 마세요. 저 그렇게 험한 상담원은 아
닙니다.

김 씨 아저씨, 어디서든 건강하게 잘 지내셨으면 합니다. 그런
데 아저씨, 부탁이 하나 있어요. 다음부터는 우리 한 시간씩만
이야기하기로 해요. 네? 아니면 새로운 이야기라도 준비해주세
요. 이전 이야기는 벌써 다 외워버렸다고요!

완전 동안 언니, 기억하시죠?

우리는 자매인데요,
사실 돈이 하나도
없어서……
일을 하려고요.

　지겹지도 않은지 오늘도 계속해서 비가 내립니다. 계속되는 비를 보자니 따뜻한 볕이 내리쬐고 그 속에서 맛보는 평화로움이 새삼 그리워집니다. '볕이 들던 날이라……, 언제였더라.' 하며 지난 시간을 거슬러 가다 보니 문득 생생한 기억 하나가 떠오릅니다. 몇 해 전, 그날의 기억은 이렇게 시작됩니다.

　햇볕이 창으로 쏟아지던 어느 토요일 한낮, 사무실 창가 자리에 기대어 눈을 지긋이 감고 모처럼 일광욕을 즐기고 있었습니다. 그때 인기척이 났고, 놀란 눈을 떠보니 제 앞에는 젊은 여성 두 분이 저를 빤히 보고 있었습니다.

　"저기……, 일자리 좀……."

　당황한 저는 급하게 말을 꺼냈습니다.

　"아, 네. 일단 여기 좀 앉으세요. 땀을 많이 흘리시네요. 물 한 잔 드릴게요, 잠시만요."

그렇게 숨 돌릴 틈을 드린 후 자리에 마주 앉았고, 그제야 저도 상담원으로 돌아가 찬찬히 두 분을 살펴보았습니다.

샛노란 얼굴빛, 힘없는 목소리, 철근이라도 얹어놓은 듯 잔뜩 내려앉은 어깨, 미소라곤 찾아보기 힘든 무표정한 얼굴을 바라보니 한눈에도 두 분은 일자리를 구하기 어렵겠다는 생각이 들었습니다. 분명 무슨 사연이 있을 것 같았습니다. 그것도 구구절절한 사연일 거란 생각에 긴장되기 시작했습니다.

"음…… 일단, 지금 일이 없으신데 생계는 어떻게 하고 계세요?"

"우리는 자매인데요, 사실 돈이 하나도 없어서…… 일을 하려고요. 여기 오려고 두 시간 거리를 걸어왔어요……."

쭈뼛쭈뼛하며 어렵게 꺼내는 이야기에 말문이 막혔습니다.

'요즘 같은 세상에 돈이 하나도 없다고? 이 말이 넉넉하게 없다는 뜻일까? 뭘까?'

혼란스러웠습니다. 계속 이야기를 듣자니 어떻게 이 지경이 되도록 살았나 싶어서 속도 상하고 한편으로는 아직 젊은데, 뭘 해도 할 나이일 텐데 지금껏 뭘 한 건가 싶어서 화도 났습니다.

"예전에는 일하지 않으셨어요?"

"아뇨, 우리 둘 다 지금껏 쉬지 않고 일했어요. 배운 게 없다 보니까 계속 작은 공장 같은 곳을 다니면서 일했어요. 그런데요, 일하는 족족 월급을 제대로 받아본 적이 없어요. 일 좀 하면 다음 날 사장이 사라지거나 준다 준다 해놓고 안 주고, 우리가 일하는 데마다 그러니까……."

그렇게 말을 잇지 못했습니다. '우리가 일하는 데마다 그러니까…' 에서 이미 이분들은 그런 상황을 운명처럼 받아들이고 있는 것 같았습니다.

'그렇게 바보같이 당하고 살지 말라고요! 왜 그렇게 남들한테 만만하게 보여서 당하고만 사냐고요! 제발 좀!' 하고 당장이라도 소리치고 싶었습니다. 제가 그런 생각을 하는 동안 동생분이 이어서 말했습니다.

"선생님은 참 멋지시네요. 어려 보이는데 이렇게 좋은 곳에서 일하시고요. 저희도 이렇게 책상에서 일하고 싶은데 둘 다 배운 게 별로 없어 이런 건 꿈도 못 꾸고 맨날 신발공장이나 다녔어요. 이제는 작은 공장도 별로 없어서 편의점에서라도 일하고 싶은데 우릴 안 받아주더라고요."

그러면서 어찌나 환하게 웃으시는지, 그날 제가 처음 본 그들의 웃음이었습니다.

"저 어려 보이죠? 역시! 사람 볼 줄 아시네요. 저 완전 동안이죠? 근데 저, 두 분보다 나이 많아요. 얼굴이 크니까 주름 생길 틈이 없죠? 빵빵하니!" 하고 또 시덥잖은 농담으로 어물쩍 넘어갔습니다.

사실 전 두 분보다 서너 살 어린 나이였습니다. 저까지, 두 사람이 막연히 동경하는 딴 세상 사람이 되고 싶지는 않았기 때문에 거짓말을 해버렸습니다.

"그건 그렇고, 단도직입적으로 이야기하죠. 두 분 건강이 많이 안 좋아 보이는데 그런 경우 국가에서 지원을 해주거든요. 동사무소에는 안 가봤어요?"

"갔었어요. 그런데 담당자가 진단서를 끊어 오면 수급자가 될 수도 있다고 그랬어요. 몸이 안 좋긴 한데…… 사실은…… 진단서 끊으려면 돈이 든다더라고요. 그게 없어서…… 갈 수가 없었어요."

정말 미칠 노릇입니다. 건강해지도록 나라에서 지원을 받아야 할 사람들이 진단서 끊을 돈이 없어서 정부지원을 못 받고 있었다니요.

더는 안 되겠다 싶어 우선은 지역 안에 있는 연대단체의 도움으로 의사선생님 한 분을 소개받고, 바로 진료를 받으러 가기로 했습니다.

다음 날 자매와 저는 마치 세 자매처럼 함께 병원으로 가는 버스에 올랐습니다. 그렇게 소풍 가듯 들른 병원에서 진료가 끝나자, 의사선생님께서는 저를 부르셨습니다. 어떤 사이냐고 여쭤보셔서 전후 사정을 설명드렸습니다.

"못해도 족히 며칠은 굶은 것 같은데……, 둘 다 영양실조가 있는 것 같고 빈혈이 심하네요. 일단 자세한 건 더 검사해봐야 하니까 제가 좀 더 큰 병원을 소개해줄게요. 이분들 데리고 지금 그리로 바로 가보세요."

기가 막힐 노릇입니다. 굶었다니요. 영양실조라니요. 우주로 여행을 가니 마니 하는 이 시대에 그것도 30대 자매가요. 이 상황을 제가 어떻게 이해해야 합니까.

애처로운 감상에 젖을 시간도 없었습니다. 저는 두 사람과 함께 근처에 있는 큰 병원으로 갔습니다. 그리고 이런저런 검사를 받는 동안 전 언니 된 심정으로 조마조마하게 결과를 기다렸습니다. 환자보호자로서 기다리는 심정은 내 가족이 아니라 해도 매한가지인가 봅니다. 다행히 큰 병은 아닌 것으로 확인되었고, 영양제를 맞으며 당분간 치료를 받기로 했습니다.

그렇게 한숨 돌리고 있자니 수녀님 한 분이 제 옆으로 오셔서 제 눈높이로 무릎을 꿇고 말씀하셨습니다.

"병원비나 약값은 걱정 마시고요, 이분들 당분간 치료 받으러 올 수 있게 꼭 챙겨주세요. 그리고 혹시 상담하시다가 이런 분들 있으면 꼭 데리고 오시고요."

"정말 감사합니다."

그 말 말고는 드릴 말씀이 없었습니다. 자매가 세상에 방치되고 있다는 생각에 세상 사람들에게 섭섭하고, 무능한 제가 야속해서 한숨밖에 나오지 않았는데 수녀님의 따뜻한 말 한마디, 눈맞춤 한 번에 다시 희망이라는 것을 느낄 수 있었습니다.

그렇게 위로받고 있을 무렵, 모든 일이 끝난 자매가 제 앞에 나타났습니다. 어제와는 다른 너무나 밝은 모습, 한결 예뻐진 모습으로 말입니다. 연신 고개를 숙이고 제 손을 비벼대며 말씀하십니다. 고맙다고, 정말 고맙다고 말입니다.

그 후 동사무소에 서류를 챙겨 넣고 두 사람은 고용지원센터에 실업자 등록도 했습니다. 자매는 건강을 챙기는 동안 컴퓨터라도 배워서 사무직으로 취직을 준비하기로 한 것입니다.

"저도 최 선생님처럼 이런 일을 하고 싶어요. 다른 사람한테 뭔가 해줄 수 있으면 좋겠어요."라며 웃어 보이던 동생분 생각이 납니다.

이제 와 이야기지만 동생분에게는 미안한 생각이 듭니다. '이 일요? 밥벌이 안 돼요. 먹고살기 힘드니까 딴 거 하세요!' 라고 솔직하게 말하지 못해서 말입니다. 정말 저 동생분이 이런 일 하려고 열심히 준비 중이면 어쩌죠? 가서 뜯어말려야 하는 걸까요? 인간적인 갈등이 되네요.

하긴 먹고사는 일이 어디 전부겠습니까. 내 마음이 고프지 않게, 내 정신이 고프지 않게 사는 일 또한 중요하다는 생각이 듭니다. 그래서 아직도 전 이 자리에서 이렇게 사람들을 만나고 있나 봅니다. 배고프고 술 고픈 건 어떻게 견뎌보겠지만, 마음이 고픈 건 도무지 견딜 수가 없다는 것을 지난 시간을 통해 배웠기 때문입니다.

이 두 사람도 주린 배가 채워지면 그 다음엔 비쩍 말라 있는 마음의 화분에 흥건하게 물을 줄 수 있었으면 합니다. 그래서 두 사람의 뿌리가 더 단단해져서 어떤 어려움도 잘 이겨냈으면 하는 마음뿐입니다. 이 비가 그치면 당장 두 사람에게 전화라도 해봐야겠습니다.

　"저 기억하세요? 왜 그때…… 실업센터에 있던 완전 동안 언니요!"

추억맛 우유

아프거나 목욕탕을 나설 때면
엄마가 사주시던
단지 모양의 바나나맛 우유

훌쩍 자란 요즘은……
현실에서 도망치고 싶을 때
무심코 한입 들이켜게 됩니다.

그렇게 꼬맹이였던 저를
만나는 거겠죠.

그러고 나면…… 그렇게……
추억을 한 모금 마시고 나면
다시 힘이 날지도 모르니까요.

상호야, 밥은 먹고 다니냐?

네, 알아요. 집으로
가야 한다는 거요.
집으로 가서 보호관찰소
에도 연락하고 공부해서
졸업장도 따야죠.

며칠째 가방 속에서 만지작거리게 되는 작은 서류 하나가 있습니다.

〈개인상담파일 : 박상호(가명), 1993년생, 남자.〉

다시 한 번 조심스레 꺼내 들고 꼼꼼히 상호의 이야기를 읽어 내려갑니다. 그와 동시에 채 지워지지 않은 상호와의 만남이 떠오릅니다.

"저기, 청소년쉼터 갈 만한 곳 없어요?"

인기척에 놀라 고개를 들어 보니, 고등학생쯤 되어 보이는 남학생이 사무실 입구에 뻘쭘하게 서 있었습니다.

사연은 이랬습니다. 올해 열여덟 살인 상호는 충청도가 집이고, 현재는 가출 상태입니다. 바다가 보고 싶어 부산으로 오게 되었고, 이리 저리 헤매다 '민생상담' 간판을 보고 들어왔다는 것입니다. 며칠은 씻지 않은 듯한 아이가 연신 고개를 떨구고 있었습니다.

"밥은 먹었어요?"

"하루 정도 굶었어요."

이날 따라 제 도시락 반찬이 꽤 괜찮았습니다. 동그랑땡도 있고 계란도 있고 말입니다. 그래서 아주 당당하게 도시락을 내밀며 우선 이것부터 먹으라고 했습니다.

그러자 국장님이 뒤질세라 "이거 왜 이래요. 제 반찬도 오늘 좀 좋아요. 상호 씨 이것도 먹어요."라며 도시락을 떠안겼습니다. 상호가 마음 편히 먹을 수 있게끔 자리를 옮겨주고, 씻을 수 있도록 화장실도 안내해주었습니다.

상호가 없는 사이, 국장님과 저는 그제서야 긴장된 속내를 털어놓았습니다. 이런 상담은 처음이기 때문에 둘 다 무척이나 당황했던 것입니다.

"이제 어떻게 하죠?"

난감한 표정으로 국장님이 물어왔습니다. 전 유난히 청소년들을 어려워하는 터라 꼬리를 빼기로 했습니다.

"저는 일단 청소년상담센터랑 쉼터를 알아볼게요. 국장님은 계속 상호랑 오붓하게 데이트하세요."

그런 저에게 국장님은 눈빛으로 말하더군요.

'배. 신. 자.'

저도 눈빛으로 대답했습니다.

'원래 국장님들은 어려운 일만 죄다 하는 거예요. 그러니 너무

서운해 마세요.'

운 좋게 인근 청소년쉼터 담당선생님과 통화할 수 있었습니다. 담당선생님은 나중에 상호랑 직접 통화하게 해달라고 부탁하셨습니다. 그렇게 전화를 끊자 상호가 사무실로 들어왔습니다. 상호는 밥도 든든하게 먹고 시원하게 머리도 감고 사무실에 있던 여분의 티셔츠로 옷도 갈아입은 말끔한 상태였습니다. 보아 하니 상호는 국장님이 준 티셔츠를 마음에 들어 하지 않는 눈치였습니다. 요즘 학생들이 입는 스타일이 아니었거든요.

'상호야, 미안해. 여기 평균연령이 30대 중반이라 그래. 이해해라.'

상호 아버지는 시골에서 농사를 짓고 계십니다. 어머니가 돌아가시고 학교를 그만두게 되었고 가출까지 하게 되었습니다. 할머니가 계실 때는 그래도 집이 좋았는데 할머니마저 작년에 돌아가셔서 더는 집에 가고 싶지가 않다고 합니다. 요즘도 노점상 할머니들을 뵈면 할머니가 생각나서 이것저것 물건을 사주곤 한다는 상호는 사랑이 고픈 아이였습니다. 가정이라는 울타리가 절실한 어린 나무였습니다.

쉼터 담당선생님과 상호가 통화할 수 있도록 연결해줬습니다. 쉼터 선생님은 상호와 통화하면서 인적사항을 확인하셨고 몇 마디 이야기를 나눈 후 저를 찾으셨습니다. 상호로부터 수화기를 넘겨받자 쉼터 선생님께서 말씀하셨습니다.

"이 친구, 현재 보호관찰 중인데 해당 지역을 벗어난 상태입니다. 며칠 전 다른 상담소를 통해서도 쉼터 입소를 알아봤던 것으로 기록이 나와요. 아무래도 부산지역 쉼터에는 있을 수가 없을 것 같습니다. 가장 좋은 건, 해당 지역 보호관찰소에 이 친구 소재지를 알리고 돌아가도록 하는 게 최선입니다."

'아, 그랬구나. 상호 너 그랬던 거구나. 왜 진작 말하지 않았던 거니······.'

국장님을 따로 불러내 조금 전 청소년쉼터 선생님과 했던 통화내용을 컴퓨터 화면에 한 자 한 자 적어가며 상호의 상황을 알렸습니다. 말로 하다가 상호가 듣기라도 하면 안 될 것 같았거든요. 상호 앞으로 간 국장님이 말문을 열었습니다.

"상호, 본인의 상황은 본인이 더 잘 알고 있죠? 지금 어떤 상황에 처했는지 말이에요."

상호는 그제서야 불미스러웠던 지난 일들에 대해 이런저런 이야기를 했습니다.

가출, 경찰서, 보호관찰, 배고픔과 같은 이야기를 하면서도 무표정으로 일관하던 상호의 얼굴을 잊을 수가 없습니다. 본인의 아픈 삶을, 생전 처음 보는 낯선 이들에게 풀어놓으면서 상호는 어떤 생각을 했을까요.

전 상호가 아픔도 아픔이라 느끼지 못하고 슬픔도 슬픔이라 감지하지 못하는, 감정이 무딜 대로 무뎌진 상태일까 봐 너무나 안타까웠습니다. 한참의 시간이 지나서 국장님께 물어봤습니다. 그때 상호를 보고 가장 걱정스러웠던 것이 뭐냐고 말입니다.

"상호가 이렇게 있다가 노숙이라는 삶으로 빠질까 봐, 그게 제일 겁났어요."

국장님의 답변이었습니다.

"상호, 앞으로 어떻게 살고 싶어요? 이렇게 떠돌면서 살 생각은 아니죠?" 하고 불안불안한 눈빛으로 상호의 답변을 기다리던 그날의 국장님을 이해할 수 있었습니다.

"상호, 지금 상황을 위해서 어떻게 하는 게 해답일까요? 나보다는 상호가 더 잘 알 것 같은데 말야."

"네, 알아요. 집으로 가야 한다는 거요. 집으로 가서 보호관찰소에도 연락하고 공부해서 졸업장도 따야죠. 그런데요, 차비가 없어요. 아버지한테는 돈 달라고 연락하기가 싫어요. 아버지도 제 연락은 안 받고요."

이럴 땐 도대체 어떻게 해야 하는 건지 누군가가 알려줬으면 좋겠다는 생각이 들었습니다. 그래도 이 문제만큼은 상호 스스로가 해결해야 하는 것이라 믿었습니다. 그래서 상호에게 아버지와 다시 한 번 연락해보기를 권했습니다. 끝끝내 거절하는 상호입니다.

상호에게 솔직히 말했습니다. 우리는 실업상태에 있거나 빈곤에 처한 이웃들에게 일자리, 복지제도, 노동, 파산 등의 문제를 상담하고 함께 해결하는 일을 하고 있으며, 주로 아버지, 어머니뻘 되시는 분들이 대부분이라서 상호 같은 청소년 상담은 처음이라고 말입니다. 상담을 하더라도 스스로가 문제해결을 위해 적극적으로 노력하고 우리는 뒤에서 열심히 돕기만 할 뿐, 막무가내로 현금을 주지는 않는다고 말입니다. 그래서 우리가 상호에게 해줄 수 있는 것은 많지가 않다고 덧붙였습니다.

결국 우리가 상호 아버님과 통화하는 것으로 합의를 봤습니다. 하지만 연락이 닿질 않았습니다. 문자메시지도 남겼지만 답이 없었습니다.

"상호! 정말 집으로 돌아갈 생각 있는 거죠? 차비만 있으면 집으로 갈 거죠? 집에 가서 그 다음에 어떻게 할 생각이에요?"

"네, 집으로 갈 거예요. 우선 도착하면 보호관찰소에 연락하고 아는 교회 목사님을 찾아갈 거예요."

상호가 화장실 간 틈을 타 국장님과 긴급회의를 했습니다. 상호를 믿어보자고 말입니다. 아무것도 없는 이 아이를 그냥 보낸다면 또 다른 유혹에 빠질 수 있으니, 우선은 집으로 갈 수 있게만 해주기로 했습니다.

"문정 씨, 돈 좀 있어요? 나 오늘 지갑 안 가져왔는데……. 기차표야 카드로 결제한다고 해도, 부산역까지 가는 버스비는 있어야죠."

"어, 나도 지하철 정액권뿐인데…… 왜 우린 이 모양이에요. 돈 천 원을 안 들고 다녀. 아휴, 정말 지지리 궁상들."

사실, 우리가 좀 그렇습니다. 우리부터가 저소득층이니까 어쩔 수 없는 거죠. 내담자와 충분한 공감이 가능한 곳이 바로 실업센터입니다. 상호 버스비는 어떻게 했냐고요? 다 방법이 있죠. 한 푼 두 푼 모은 저금통을 살짝 뜯었습니다. 그리고 신용카드로 기차표를 예매해서 상호에게 줬습니다.

"상호, 아까 말한 것처럼 우린 원래 이렇게 처음 오는 사람에게 무턱대고 돈을 주거나 하진 않아요. 그런데 저기 누나랑 내가 상호 믿고 상호 걱정돼서 이렇게 주는 거니까 꼭 집에 가야 해요. 대신, 우리가 상호 믿는 거 생각해서라도 집에 도착하면 잘 도착했다고 연락 한 번 해요. 여기 명함."

그제서야 상호 얼굴이 좀 밝아지는 것 같습니다. 저도 괜히 기분이 좋아져서 가기 전에 기념사진이나 한 번 찍자고 상호에게 제안했습니다. 흔쾌히 그러겠다고 합니다. 사진을 찍고 나서 상호가 가까이 오더니 독사진 좀 찍어달라고 합니다. 아이고 이 녀석, 아이는 아이인가 봅니다.

"저기 창가로 가서 포즈 잡아봐. 상호야, 좀 웃어봐라. 그게 뭐냐?"

그렇게 웃으며 상호와의 짧은 만남을 마무리할 수 있었습니다. 상호가 떠난 자리에서 저와 국장님은 아무 말도 않고 멍하니 한참을 있었습니다. 혼란스러웠습니다. 그리고 온몸에 기운이 다 빠졌습니다.

"상호, 집으로 가겠죠?"

미래를 꿈꿀 수 있다는 것이 얼마나 행복한 일인지, 가정이라는 곳이 얼마나 중요한 곳인지 서른이 훌쩍 넘은 이 나이에 새삼 느껴봅니다. 상호 덕에 말입니다.

상호의 꿈은 대학을 나와서 사회복지사가 되는 것이라고 합니다. 꿈을 꾸고 있는 친구라 안심이 됩니다. 꿈이 있다는 것은 살아갈 이유가 되는 것이기 때문입니다. 상호를 믿고 상호의 꿈을 믿기에 우리는 웃을 수 있었습니다. 그래서 마음을 놓을 수 있었습니다. 지금도 거리를 방황하고 있을 또 다른 상호들에게도 꿈이 있고 돌아갈 곳이 있을까요? 무슨 큰일을 했다고 갑작스레 허기가 밀려왔습니다.

"어떻게 천 원이 없어서 저금통을 깨냐고요! 에잇, 밥이나 묵으러 갑시다. 신용카드나 긁어재낍시다."

그제서야 저희도 늦은 점심을 먹을 수 있었습니다.

상호를 만나고 며칠 후 한 통의 문자메시지가 왔습니다.

[귀하의 여행정보가 변경되었습니다.]

도무지 무슨 말인지 이해가 안 돼서 저는 인터넷을 확인해봤습니다. 알고 보니 상호가 기차표의 목적지를 변경했던 것입니다. 우리와 헤어진 지 일주일이 되어가는데, 아직 상호에겐 아무 연락이 없습니다.

"상호야, 밥은 먹고 다니냐? 어딜 가더라도 네 꿈, 놓지 마라. 그리고 우린 아직 네 연락 기다린다."

대체 언제까지 이러고 살아야 됩니꺼

나도 정부에 돈 받고
있는 내 자신이 너무
창피하고 미안해 죽겠어
예. 그런데 우짜겠습니까.

"언니, 옛날에 상담받았던 사람인데요…… 양현자(가명)라
고……."

"아~ 양현자 씨요~" 하고 말끝을 길게 빼면서 수화기를 어깨
에 걸치고 재빨리 컴퓨터 파일을 뒤적거렸습니다.

'양현자, 양현자…… 아, 여기 있다.'

"작년 3월쯤에 오셨던 분 맞죠? 1년이나 됐네요. 별일 없으셨
어요?"

"아이고, 우째 그런 걸 다 기억하세예?"

제가 벌이는 사기 행각 중에 하나가 모르면서 일단 알은척을
하는 것입니다. 중학교 때 선생님들로부터 문정이로 불리던 제
가 고등학생이 된 이후론 3년 내내 이름보다는 번호로 불릴 날이
더 많았습니다. 그때만큼 속상한 적은 없었습니다.

그래서 저를 찾아와 단 한 번이라도 이야기 나눈 분들에게 제

가 겪었던 속상함은 전해주고 싶지 않았나 봅니다. 어떻게든 이분들에 대해 하나하나 기억하고, 제가 먼저 그분들의 이름을 불러드리려고 애쓰게 되었습니다.

큰 키와 마른체구, 60이 넘은 나이에도 예쁘게 화장한 양현자 씨는 사연이 많은 분입니다. 이분에게는 서른이 넘은 아들 하나가 있는데 고등학교 때 친구들의 따돌림으로 정신적인 장애를 겪게 되었다고 합니다. 그 후로 양현자 씨네 가족은 눈물로 하루하루를 보내게 되었습니다.

게다가 몇 해 전에는 든든하기만 하던 남편마저 갑작스런 사고로 가족의 곁을 떠났습니다. 갑자기 먹고살 방도가 없어지자 집을 담보로 대출을 받아 살아왔다고 합니다. 하루하루 빚이 불어나고 부채를 갚지 못하게 되자 집이 경매로 넘어가게 되었던 것입니다.

당장 살 곳이 없어서 발을 동동 구르는 이분께 수급 신청을 하도록 돕는 것 말고는 제가 마땅히 해줄 것이 없었습니다. 양현자 씨는 아들을 보살피면서 생계를 꾸려야 해서 고정적인 일을 할 수가 없었습니다. 그래서 양현자 씨가 택한 것이 화장품 방문판매일입니다. 그래서일까요, 저를 부를 때는 항상 '언니'라는 호칭을 쓰셨습니다. 어머니뻘 어른에게 듣는 '언니'라는 호칭은 '별난호칭 베스트 3'에 들고도 남을 것입니다.

1년 만에 만난 양현자 씨는 몰라보게 변해 있었습니다. 그 곱던 얼굴에는 주름이 가득했고 어떻게 된 일인지 입술 사이로 보여야 할 치아가 보이지 않았던 것입니다. 대체 지난 1년 동안 무슨 일이 있었던 걸까요.

"잘 지내셨어요? 너무 오랜만에 뵙는다 그죠? 자주 연락하고 했어야 하는데 죄송해요."

"은지예, 제가 먼저 연락했어야 했는데 사는 게 팍팍해서 그라지도 못하고……, 꼭 이렇게 필요할 때만 연락해서 느무 미안하지요. 덕분에 수급자가 돼서 도움을 받고 있으면서도 고맙다고 인사도 못하고예."

뭔가 할 말이 있는 듯한데 쉽게 말을 꺼내지 못하고 있는 것처럼 보였습니다. 구멍이 송송난 잇몸을 보이며 수줍게 웃고만 있는 양현자 씨에게 포근한 '엄마미소'를 전합니다.

'많이 힘드셨죠? 기다릴 테니까 천천히 이야기하세요.'

양현자 씨네 수입은 기초생활보장제도 생계급여 15만 원, 장애수당 10여만 원, 남편 국민연금 25만 원, 화장품 방문판매로 버는 10여만 원. 이렇게 총 60여만 원이 전부입니다. 여기서 집세 15만 원, 아들 복지관 프로그램비 20만 원, 각종 공과금을 뺀 나머지 돈으로 밥도 먹고 옷도 사고 교통비도 충당해야 합니다.

그러다 보니 생활이 너무 빠듯하고 저축이라는 것도 할 수가 없고 아들의 장래도 걱정되고 하루라도 편히 잠을 자본 적이 없다고 합니다. 그러다가 언젠가부터 치아가 하나둘 빠지기 시작하고 잇몸질환으로 어금니까지 죄다 뽑게 되었던 것입니다. 그리고 남은 치아는 아랫니 네 개, 위쪽 앞니부터 왼쪽 어금니까지, 전부 해봐야 열 개 남짓입니다.

양현자 씨가 일 년여 만에 저를 다시 찾은 중요한 이유는 그것이었습니다. 화장품이라도 하나 더 팔아야 하는데 치아까지 없으니 사람들을 만날 수가 없었던 것입니다. 아직까지 치과치료는 의료보호로도 보장을 받지 못하는 실정이어서 엄두를 내지 못했던 것입니다. 그렇다고 계속 두자니 벌이가 자꾸 줄어서 그나마 아이를 위해 유일하게 할 수 있던 복지관 프로그램마저 보낼 수 없게 되었다고 합니다. 덜컥 겁이 났던 양현자 씨는 그래서 염치불구하고 다시 문을 두드린 거였습니다.

잠시지만 양현자 씨의 일상을 상상해봅니다. 눈을 뜨면 몸은 다 컸지만 정신은 어리기만 한 아들을 자기보다 먼저 챙겨야 하고, 그 마른 몸으로 다 큰 아들을 이끌고 복지관을 가야 합니다. 또 돌아서기 무섭게 화장품 꾸러미를 지고 지인들을 찾아다녀야 합니다. 오후가 되면 아들을 데리러 가야 하기 때문에 늑장부릴 수가 없습니다. 저녁이 되면 녹초가 되어 자리에 누워보지만 잠을 청할 수가 없습니다.

서른이 넘은 아들을 보고 있자니 화도 나고, 언젠가는 혼자가 될 아들 생각에 가슴을 도려내는 듯 아파질 것입니다. 또한 통장 잔고가 얼마나 남았을까, 어떻게 또 한 달을 버티나 고민해야 합니다. 육십이 넘은 나이에 말입니다. 이런 하루하루가 반복되는데 어떻게 늙지 않을 수 있겠습니까, 어떻게 이가 성할 수가 있겠습니까.

"나도 정부에 돈 받고 있는 내 자신이 너무 창피하고 미안해 죽겠어예. 그런데 우짜겠습니까. 단돈 십만 원이라도 이렇게 받아야지……, 안 그라믄 살 수가 없는데요. 이렇게 나라에 폐를 끼쳐서 미안하기만 하네예."

"그게 뭐가 미안해요! 나라는 국민을 보호할 의무가 있잖아요. 어려울 때 잠시 이렇게 기대 쉬시는 거, 폐 끼치는 거 아니에요. 당연한 거예요. 이럴 때 대비해서 그렇게 열심히 일하고 세금 내고 한 거잖아요. 절대 그런 생각 마세요. 어깨 딱 펴고 당당하게 받으세요."

이놈의 성질머리하고는. 또 그렇게 욱해서 언성을 높이고 마네요.

"우리나라 복지가 참 문제긴 문제라예. 길 가다 보면 폐지 줍는 사람들 보게 되잖아예. 그런 사람들 보다 보면 이런 생각이 들어요. '저 사람도 누군가의 부모일 텐데, 왜 저 나이 되도록 저렇게 힘들게 살아야 하는 건가. 대체 언제까지 해야 하나' 하고 말입니더."

이런 양현자 씨의 말에 저는 그저 고개만 떨굴 뿐 무슨 말을 더 하겠습니까.

"아이고, 팀장님 자꾸 성질 내게만 하네예, 고마해야겠다."

그러고는 주름 사이로 타고 내리는 눈물을 훔쳐내며 애써 웃어 보이십니다. 자꾸만 마음에 맴도는 말입니다.

'저 사람들도 누군가의 부모일 텐데…….'

어쩌면 양현자 씨는 그 말이 하고 싶었던 것일지도 모릅니다.

'나도 다 큰 아들이 있는데 왜 이렇게 살아야 하나, 왜 내 인생에 이런 일이 닥친 건가. 나도 좀 살자, 제발 그만하고 좀.'

애초부터 힘든 삶을 예감한 이가 몇이나 되겠습니까. 모두가 생각하죠. 나는 괜찮을 거라고, 내게는 남들만큼 아프고 힘든 일 없을 거라고 말입니다. 하지만 이렇게 살아가다 보면 왜 나만 이렇게 힘든 거냐며 스스로의 삶이 가장 고단한 삶처럼 느껴지곤 합니다.

그럴 때 들이닥치는 무력감과 공허함은 말로 다 할 수 없는 무게로 다가옵니다. 그렇게 삶의 무게에 짓눌려서 큰숨 한 번 몰아쉬기도 어려워지는 게 우리 이웃들의 모습입니다. 지금 양현자 씨처럼 말이죠.

"구청에서 하는 무료틀니 사업, 우선 거기 신청해보죠. 그리고 저는 민간에서 의료비 지원해주는 곳이 없는지 한번 찾아볼게요. 너무 걱정마세요. 작년에도 당장 거리로 쫓겨날까 봐 노심초사했는데, 이렇게 문제없이 이 자리에 계시잖아요. 다 솟아날 구멍이 생길 거예요. 다 그렇게 되게 되어 있어요!"

전 늘 이렇게 호언장담합니다. 하지만 알고 있습니다, 이런 제 말 백 프로 믿고 무조건적으로 의지하는 분은 단 한 명도 없다는 것을요. 이런 제 억지스런 긍정의 힘에 그저 한 번 웃고 다시 틀

툴 털고 일어설 수만 있다면 저는 그것으로도 충분하다 생각합니다. 이런 저, 너무 무책임한가요?

"그래도 이렇게 털어놓고 나니 너무 속 시원하고 살 거 같네예. 혼자만 오만 가지 생각하다 보니 머리가 뽀개질 거 같았거든예."

저는 양현자 씨께 다시 한 번 구청에 가서 해야 할 일과 이야기할 때 주의할 점을 메모지에 적어드리고 거듭 강조합니다.

"된다 된다 해도 안 될 판국에, 안 된다 안 된다 하면 진짜 안 되는 거 아시죠? 무조건 되는 겁니다. 그렇게 되게 해야죠. 문제 없죠?"

양현자 씨는 '아이고, 귀여운 녀석' 하는 눈웃음으로 대답을 대신합니다. '언니'로 불리던 제가 갑자기 '팀장님'이 되었네요. 묘한 기분입니다.

양현자 씨를 돌려보내고 자리에 앉아 있자니 맥이 탁 하고 풀립니다. 갑자기 집에서 온종일 혼자 있을 '엄마' 생각이 났습니다. 우리 '엄마'도 누군가의 부모인데, 밖에 나와서는 이렇게 착한 사람 탈을 쓰고 남의 말 잘 들어주면서 정작 내 부모에게는 늘 짜증 섞인 말로 무뚝뚝한 표정으로 대하는 제가 갑자기 너무나 창피했습니다. 문득 어머니가 제게 자주 하시는 말이 생각나 웃음이 났습니다.

"야! 사람들은 네가 집구석에서 이러는 거 알고 있나? 내가 다

폭로할 끄다!"

　김 여사 님, 오늘은 일찍 가서 설거지도 하고 이야기할 때 절대
짜증도 안 낼게요. 그러니 그것만은 비밀로 해주세요.

있을 때 잘해

매일 아침이면
의식 치르듯 탈모치료용
샴푸를 챙겨 듭니다.

치료제가 필요하기 전에
잘 챙겼더라면,
아침마다 이러지 않아도 됐을 텐데……

우리 곁에는,
우리 머리카락만큼이나
"있을 때 잘 지켜야만"
하는 것들이 참 많습니다.

방 빼? 못 빼!

경자 씨,
잠 못 자고 있죠?
걱정 마세요.
아무것도 아니에요.
곧 전화할게요.

"상의 드릴 게 있어서 그런데요, 퇴근하고 찾아뵈어도 괜찮을
까 해서요."

젊은 여성분에게서 전화가 한 통 왔습니다. 그렇게 해서 경자
(가명) 씨와 첫 만남을 가지게 되었습니다. 오자마자 물 한 컵을
벌컥벌컥 들이키더니 한참 동안 숨을 고르십니다. 그러는 사이,
저는 습관처럼 찬찬히 경자 씨를 살펴봅니다. '피부가 참 뽀얗구
나, 내 또래 정도는 되겠다' 하는 생각을 하며 경자 씨의 이야기
를 기다리고 있었습니다.

"제가요, 너무 답답하고 어디 물어볼 곳도 없고……, 우리 언
니가 옛날에 여기서 상담받았었는데 여기 와보면 도와줄지도 모
른다고 해서 무턱대고 이렇게 왔어요."

경자 씨 부부는 전세 세입자입니다. 3년쯤 전에 전세계약을 하
고 계약이 만료되던 작년 가을께, 주인에게서 별다른 연락이 없

어 전세계약이 자동갱신되는 것으로 생각했다고 합니다. 계약 당시 전세금을 대출받은 일이 있어서 대출금 연장도 할 겸 은행에 들러서 의논했더니, 담당자도 이런 경우는 자동갱신으로 보기 때문에 대출금도 자동연장되니까 염려 말라고 했던 거죠.

그리고 6개월 후 갑작스레 집주인에게서 연락이 왔습니다. 집을 비워달라는 것이지요. 경자 씨는 집주인에게 은행에서도 이런 경우는 전세계약이 자동갱신이라 했다며 답답한 마음을 호소했습니다. 집주인은 막무가내로 '나는 전세계약 갱신에 동의한 적도 없고 그런 경우, 세입자가 주인에게 재계약을 물어야 하는 거고, 금융감독원에 알아봤는데 은행 측에서 잘못 알고 마음대로 한 거니 은행 측에는 고소할 예정이다. 그러니 집이나 비워달라'는 말만 되풀이했다고 합니다.

그 후로 경자 씨는 애원도 하고 화도 내봤지만 소용이 없었다고 합니다. 주인과는 통화도 할 수 없었다고 합니다. 그런 후로 갑작스레 은행 담당자의 입장도 바뀌었다고 했습니다. 대출금 연장은 유지해줄 테니 그냥 주인 말대로 집은 비워주라며 은행 담당자가 자꾸 연락을 해왔고, 부동산에서는 하루가 멀다 하고 전화해서 집을 비우라며 경자 씨 부부를 괴롭혔습니다.

"처음에는 많이 억울했어요. 이 집에 들어올 때부터 하자가 있어서 고쳐주기로 하고 왔는데 그런 건 하나도 해주지 않고 연락한 번 안 되다가, 3년이나 지나서 갑자기 집 비우라는 연락을 받았거든요. 설마 진짜 법이 이렇진 않겠지 하는 생각도 했어요. 근데 집주인이 고소다, 금감원이다 들먹이면서 하도 쎄게 나오니까 '정말 그런 건가, 우리가 잘못한 건가, 법대로 하면 정말 우리가 쫓겨나는 건가' 하는 생각이 들면서 덜컥 겁이 났어요. 남편은 더럽고 치사하니 그냥 나가자고 하지만 이 돈으로는 당장 갈 곳이 없거든요. 사실 이 동네가 올 초부터 재개발한다고 소문이 돌면서 집값이 많이 올랐어요. 아마 그래서 그러는 거 같아요."

역시 돈이 웬수였습니다.

일단 제가 이리저리 알아보고 다시 연락을 주겠다며 경자 씨를 돌려보냈습니다. 저도 이런 문제로 상담받은 것은 처음이라 당황스럽기도 했습니다. 우선 대한민국 법 중에서 주택, 전세, 임대라는 말이 들어가는 법률은 다 찾아 밑줄 그어가며 공부를 시작했습니다. 그런데 집주인이라고 뭐든지 마음대로 할 수 있는 것은 아니더군요.

경자 씨 덕에 저는 또 하나 더 배우게 되었네요. 그러고 나서 저는 실업센터 회원들을 동원했습니다. 변호사인 분과 주거부문 전문상담원인 분에게 경자 씨의 상황을 설명 드리고, 제가 당장 할 수 있는 것에 대해 자문을 구했습니다. 제 질문이 떨어지기 무섭게 두 분 모두 벌컥 화를 내셨습니다.

"아니, 문정 씨! 그건 보고 자시고 할 것도 없는 거잖아! 뭘 그걸로 고민해? 이건 전세계약 만료시점으로 묵시적 자동갱신된 거고 세입자가 나갈 이유 없어! 은행도 아무 잘못 없네, 그리고 뭐 금감원? 금감원 누가 이상한 말을 했는지 당장 확인해서 알려줘. 항의해야겠네."

아, 정말 든든하죠. 이런 화라면 얼마든지 괜찮습니다. 저는 회원님들의 이런 반응이 정말 고맙고 감사했습니다.

'경자 씨, 잠 못 자고 있죠? 걱정 마세요. 아무것도 아니에요. 곧 전화할게요.'

얼른 경자 씨에게 알려주고 싶은 마음에 제가 다 설레었습니다. 경자 씨에게 최대한 알기 쉽게 설명하기 위해 관련 법조문을 찾아서 두 부를 출력했습니다. 하나는 목소리 큰 집주인에게 주눅 들어서 갈팡질팡하는 은행담당자가, 하나는 경자 씨 부부가 볼 것이죠. 그리고 무조건 윗선에 닿아 있다며 협박하는 집주인이 자꾸 괴롭힐 것을 대비해서 내용증명용 우편물 양식을 하나 만들었습니다.

3일 만에 경자 씨를 다시 만났습니다. 경자 씨는 저를 빤히 보면서 침을 꼴깍꼴깍 삼키며 제 입술만 쳐다봅니다.

"음…… 경자 씨, 휴……."

제 눈치를 살피던 경자 씨는 다소 긴장하며 말합니다.

"왜…… 뭐가 잘못되었어요……?"

"어제 잠은 제대로 주무셨어요?"

"잠은 집주인한테 연락받던 3월부터 한숨도 제대로 못 잤어요. 벌써 4개월째예요. 뭐라던가요? 집 비워야 한대요? 갑자기 어디로 가야 하나……."

"아뇨, 오늘부턴 두 다리 뻗고 주무시라고요! 다음 계약만료일까지는 경자 씨가 어깨에 힘주세요!"

"진짜요? 안 나가도 돼요? 와~ 정말 다행이네요!"

준비한 자료를 내밀며 하나하나 경자 씨에게 설명했습니다. 내용을 하나씩 알게 된 경자 씨가 어찌나 좋아하던지, 저도 그 모습 보면서 빙긋이 웃고 있었습니다.

"이제 아셨죠? 이제 경자 씨는 법도 알고 집주인과 세입자의 권리와 의무도 다 아신 거예요, 그죠? 잘 몰라서, 목소리 큰 사람한테 쫄아서 '저 사람 말이 맞나 보다' 하고 그냥 넘어가지 마세요. 경자 씨 뒤에는 변호사도 있고요, 저같이 어설픈 민생상담원도 있잖아요. 이만한 빽이면 뭐가 겁나요. 그죠? 어깨 힘주고 살아요!"

"정말 저한테도 빽이 생겼네요. 그동안 잠을 제대로 못 잤는데, 이젠 맘 편히 잘 수 있을 거 같아요. 얼른 신랑한테 알려줘야겠어요. 정말 고마워요."

"아, 그런데 이 상담요, 무료는 아니에요. 한 가지 숙제를 하셔야 하거든요. 경자 씨가 오늘 알게 된 내용을 주변사람들에게 많이 알려주시는 거, 그게 숙제예요. 해주실 거죠?"

"그럼요. 하고 말고요. 하지 말래도 할 건데요 뭐."

역시 제가 사람 꼬드기는 재주는 타고났나 봅니다. 연애할 사람 꼬드기는 걸 제대로 못해서 탈이지만요. 그렇게 경자 씨는 반년 만에 가벼운 발걸음으로 남편에게 뛰어갔습니다. 그런 경자 씨 뒷모습을 보고 있자니 제가 다 개운했습니다.

부모님 봉양(?)을 받으며 사는 처지인 제가 요즘 들어 '독립'을 심각하게 고민 중이었습니다.

"엄마, 집 사는 데 얼마면 돼?"

답변은 간단명료했습니다.

"음…… 문정아, 니…… 월급 얼마 받노?"

독립을 준비 중인 동료에게도 상의했습니다.

"독립할까 고민 중인데 가능할까요?"

"음…… 지금 그 상황에서는 절대 못한다에 한 표!"

쩝……, 안타깝고 애석한 일이지만 부모님 밑에서 당분간 더 하숙하며 살아야겠습니다. 그러려면 귀가시간이든 집안 대소사든 눈치껏 알아서 잘해야 재계약이 가능한데, 저로서는 여간 힘든 일이 아닙니다.

경자 씨처럼 집 없는 설움에 비할 바는 아니지만 부모님 밑에서 하숙하는 청춘들의 설움도 만만찮은 일입니다.

"경자 씨, 사실 저도 집주인한테 눈칫밥 먹고 살아요. 저 지금 휴가기간인데도 걸레랑 청소기 들고 대청소 중이거든요. 그래도 우리 꿋꿋하게 잘 버텨내기로 해요!"

아, 그런데 혹시 이 글 보신 부모님께서 "야, 그렇게 독립이 하고 싶어? 그럼 방 빼!" 하시는 건 아니겠죠?

"아부지, 어머니. 당분간은 이 방, 못 빼!"

고백할게요

다 압니다, 아는데요.
아니까 선생님한테 부탁
하잖아요. 거기 계시는 분들
다 좋은 분들이잖아요.
좀 도와주시면 안 돼요?

상담테이블을 사이에 두고 국장님과 한 청년이 마주하고 있습
니다. 1990년생, 올해로 스무 살인 금석이(가명)의 검게 그을린
얼굴은 초췌하기만 합니다. 두 걸음도 더 떨어져 앉은 저에게까
지 금석이의 향이 나는 걸 보니 어디서 한뎃잠이라도 잔 모양입
니다.

"무슨 일로 여기까지 온 거예요?"

"제가요…… 어머니 찾으러 부산에 왔거든요."

"어머니요? 어디서 온 거예요?"

"통영에서요. 아버지가 술 먹고 어머니를 많이 때리셨거든요.
그래서 몇 년 전에 누나랑 엄마가 집을 나갔어요."

혼자 된 금석이는 할아버지댁에서 지냈고 원만하지 않은 가정
환경으로 중학교도 제대로 나오질 못했다고 합니다. 마땅히 취직
할 곳이 없어서 한 달 정도 고기잡이배도 탔다고 합니다. 하지만

금석이는 사회생활을 하기에는 아직 어리기만 한 친구였습니다.

보고 싶은 어머니를 찾아 나선 길이라고 합니다. 그렇게 얼마간 어머니를 찾으러 다녔지만 흔적도 찾을 수 없었다고 합니다. 경찰서에 도움을 청한 적도 있었다고 합니다. 경찰에서는 집 떠난 어머니를 찾는 것보다 금석이가 어머니와 오붓하게 살 수 있도록 일을 구해서 돈을 모으는 게 우선이 아니겠냐며 할아버지가 계신 집으로 돌아갈 것을 권했다고 합니다.

"저도 압니다. 경찰 아저씨 말씀이 맞아요. 스무 살이나 되어서 엄마만 찾는다고 될 일이 아닌 것 같아요. 학교도 마치고 취직하고 돈을 벌어야죠."

"금석이는 금석이가 무엇을 원하는지, 그리고 그걸 해결하는 방법이 어떤 건지도 다 알고 있는 것 같아서 다행이네요. 제가 봐도 이렇게 헤매지 말고 일단 할아버지 있는 곳으로 가서 깨끗하게 씻어요. 그리고 나서 고용지원센터 가서 구직 등록부터 하고, 직업교육도 받으면서 금석이가 잘할 수 있고 하고 싶은 일을 찾는 게 필요할 것 같아요."

"네, 맞아요. 저도 그렇게 생각해요."

그리고 한참 동안 두 사람은 말이 없습니다. 미묘한 줄다리기 같은 시간이었습니다.

"금석이가 지금 필요로 하는 게 뭔가 있는 거죠? 그래서 여기까지 어렵게 문 열고 와서 이런 이야기도 다 하는 거잖아요. 필요한 게 있으면 본인이 직접 이야기해봐요."

국장님이 먼저 용기를 낸 듯합니다.

"네…… 그래도 어떻게 그렇게…… 쉽게 말씀드릴…… 수 가……."

그렇게 금석이는 또 한동안 머뭇거립니다.

"문제도 찾았고 방법도 알았고, 이제 집으로 돌아갈 수만 있으면 되는 거죠? 집에 갈 차비는 있어요?"

어쩌면 처음부터 우리 셋은 알고 있었는지도 모릅니다. 하지만 애써 겨우 핵심으로 들어왔습니다. 서로의 상처를 최소화하기 위해서, 서로의 자존심을 최대한 지키기 위해서 말입니다. 그 누구보다 금석이의 앞날을 진심으로 염려하고 배려한 국장님이 아니었다면 그렇게 먼 길을 둘러 오지 못했을 거라 생각합니다. 이래저래 부족한 제가 상담했다면 아마 어느 틈엔가 서로의 마음에 상처를 냈을지도 모를 일입니다.

"여기, 통영까지 가는 차비랑 밥값이에요. 우리는 원래 이렇게 처음 오는 사람들에게 돈을 주진 않아요. 그래도 금석이는 본인 문제도 잘 알고 해결하고자 하는 의지도 있고 하니까 우리가 믿고 주는 거예요. 알겠죠?"

"고맙습니다. 선생님들 은혜 갚기 위해서라도 가서 깨끗이 씻고 고용지원센터 등록해서 직업훈련도 받을게요. 우선은 주유소나 편의점 아르바이트부터 해서 돈을 벌 거예요."

"통영에 도착하면 이리로 전화 한 번 해주세요. 걱정되니까요."

"네, 바로 전화할게요."

그렇게 우리의 만남은 일단락되었습니다.

다양한 이웃을 만나 함께 일하고 상담을 하면서 제게는 못된 병이 하나 생겼습니다. 상대방의 말을 백 프로 그대로 믿지 않는 습관이 생긴 것입니다. 이제 상대방 말만 믿고 팔 걷어붙이며 해결사처럼 굴어서는 안 된다고 생각하게 된 것이죠. 지난 시간 속에서 마음 다치지 않고 살아남는 법을 본능적으로 터득한 셈입니다. 밝게 웃는 금석이를 보면서도 저는 개운치가 않았습니다. 그저 금석이가 우리와 한 약속대로 집으로 돌아가길 간절히 바랄 뿐이었습니다.

그리고 얼마 후, 혼자 사무실을 지키고 있는데 전화 한 통이 왔습니다.

"저번에 갔던 사람인데요"

"아, 금석이? 잘 있었어요? 어떻게 통영은 잘 갔고요?"

"네. 키 큰 남자분 안 계세요?"

"아, 국장님요? 오늘 출장이라 안 계신데 저한테 말씀하세요, 괜찮아요."

"아, 그래요? 오늘 선생님뿐이세요? 그럼 솔직하게 말할게요."

그때까지 전 반가운 마음에 활짝 웃고 있었습니다. 그러나 그 마음도 잠시였습니다.

"선생님, 제가 부산인데요, 일이라도 구하려면 주민등록증을 살려야 하니까 돈 있으면 좀 주시면 안 돼요?"

그 순간 제 표정은 얼음처럼 굳어버렸습니다. '결국 또 이렇게 되는 것인가' 하는 마음에 온몸에 기운이 빠졌습니다.

얼마 전 사무실에서 우물쭈물 수줍은 듯 조심스레 말하던 금석이었는데, 전화기 너머에는 마치 다른 사람이 서 있는 것 같았습니다. 순전히 제 느낌일지도 모르지만 꼭 맡겨놓은 물건이라도 받으러 온 사람처럼 느껴졌습니다. 이제 와 생각해보면 뒤틀린 제 마음 때문에 이 친구의 진심을 오해한 것은 아닌가 하는 생각도 들었습니다. 하지만 그 순간의 기분만을 말하자면 절망감이 전부였습니다.

"우리는 금석이가 집에 간다는 거 믿고, 그렇게 선뜻 차비를 줬는데, 그 약속도 지키지 않은 금석이한테 어떻게 또 그렇게 하겠어요?"

"다 압니다, 아는데요. 아니까 선생님한테 부탁하잖아요. 거기 계시는 분들 다 좋은 분들이잖아요. 좀 도와주시면 안 돼요?"

'거기 계시는 분들, 다 좋은 분들이잖아요' 라는 말에 전 그만 참았던 감정이 폭발하고 말았습니다.

'좋은 사람들이 만만한 거야? 착하고 좋은 사람들이니까, 그 사람들의 마음은 아무렇게나 들쑤셔도 된다고 생각해? 네가 아무리 어리고 지금 아무리 힘들어도 그럴 권리는 없잖아. 우리는 성인군자가 아니야. 난 그렇게 착하지도 않아. 난 네가 생각하는 그런 좋은 사람이 아니니까, 막무가내로 조르면 될 거란 생각은 꿈도 꾸지 마' 라는 말을 내뱉기 일보 직전이었습니다.

다행히 그 가시 돋친 말은 목구멍에 걸려 꿀꺽하고 삼켜졌지만 이미 삐뚤어진 제 마음만큼은 쉽사리 가라앉지 않았습니다. 돌이켜보면 왜 그리 급하게, 그리고 마치 기다렸다는 듯이 흥분하고 서운해했는지 후회되기도 하고 미안해지기도 합니다.

이 답답한 외침이 단지 금석이만을 향한 것 같지는 않았습니다. 지난 날, 이 자리에서 만난 이웃들로부터 받은 크고 작은 상처들이 한 번에 큰 통증으로 밀려온 거 아닐까 하고 생각하게 됩니다. 이렇게 차오른 독 같은 마음들이 오늘 제 가슴에서 흘러내렸나 봅니다. 아무 말 없는 제게, 금석이는 다시 한 번 물었습니다.

"정말 안 되겠어요?"

침을 꿀꺽 삼키고 심호흡을 하고 말했습니다.

"네, 전 그렇게 못하겠어요. 미안해요. 다른 거라면 뭐든 알아보고 도와줄게요. 그런데 저한테 지금 돈을 달라고 하면 그건 못하겠어요."

"알겠습니다."

찰칵하고 뚜— 그렇게 전화는 끊어졌고 전 한동안 수화기를 내려놓지 못했습니다.

고백하건대 그날의 저는 금석이의 마음을 조금도 보지 않았습니다. 이 자리에서 매번 답답하고 속상함을 느껴야만 하는 제 마음만 들여다봤을 겁니다. 잠시 후 밀려들 후회 덩어리들은 생각지도 못한 채 말입니다. 저는 스스로에게 물어보았습니다.

'약속 지키지 않은 금석이에게 화가 나서 거절한 거야? 그 돈이 아까워서 거절한 거야? 아님 진심으로 이 친구를 걱정해서 나름의 신념으로 거절한 거야? 대체 뭐야?'

그 질문에 저는 어떤 답도 자신 있게 내리지 못했습니다.

제가 큰 잘못을 저지른 것 같았습니다. 어쩌면 금석이는 정말 그 돈이 절실했고 그 얼마의 돈만 있으면 일도 구하고 제대로 살 수 있었을지도 모른다는 생각을 하니, 제가 한 친구의 새 출발을 막은 것만 같아 참 괴로웠습니다. 아직도 전 어떤 방법이 옳은지 잘 모르겠습니다. 그렇게 묵직한 마음으로 여전히 이 자리에 서 있는 저입니다.

얼마 전, 〈울지마, 톤즈〉라는 영화를 봤습니다. 아프리카 수단에서 이웃들과 삶을 나누는 이태석 신부님의 이야기를 보면서 스스로에게 물었습니다.

'너 대체 여기서 뭘 하고 있는 거야? 넌 얼마나 진심으로 이웃들을 만나는 거야? 네 정체가 뭐야?'

그런 과정에서 한 가지 해야 할 일이 떠올랐습니다. 금석이에게 사과해야겠다는 생각이 들었던 것입니다.

"금석아, 누나가 네 청을 들어주었든 못했든, 그런 걸 다 떠나서 네가 이야기할 때 마음을 열고 있는 그대로 네 진심을 들어주지 못했어. 네 이야기를 지레짐작하며 뒷걸음질치듯 대했던 일은 진심으로 사과할게. 금석아, 누나가 미안해. 그리고 언제 다시 한 번 와주겠니?"

흑심과 진심 사이

연필을 깎다 말고
'풉' 하고 웃음이 터지고 맙니다.

〈연필부인 흑심 품었네〉라는
우스개 말이
생각났지 뭐예요.

우리가 품고 있는
세상에 대한 마음은
'흑심'일까요? '진심'일까요?

곤이 아저씨, 스톱!

곤이 아저씨,
고스톱은 스톱하고 사무
실로 다시 좀 와보세요!
같이 갈 곳이 있어요.
네?

"거기 위치가 어디쯤인가 싶어서요."

수화기 너머로 수줍은 목소리가 들려왔습니다.

위치를 물어봤다고 해서 모두 찾아오시는 것은 아닙니다. 대
개 열 명 중 서너 분은 정말 사무실로 찾아오시지만 나머지는 한
번 찾아가겠노라 약속만 하시곤 감감무소식입니다.

하지만 그런 상황들을 이해합니다. 저 역시 대학시절, 학생센
터에 상담받기로 약속하고 잠적한 적이 있었습니다. 다른 사람
앞에서 내 고민을 훌훌 벗어 보이기가 생각만큼 쉬운 일이 아니
었으니까요. 그래서인지 상담약속을 지켜주시는 분들에 대해서
는 감사하기도 하지만, 한편으로는 얼마나 절박하면 이렇게 걸
음했을까 하는 생각도 듭니다.

몇 시간쯤 지났을까요, 사무실 문을 빼꼼히 열고 한 분이 고개
를 내미셨습니다.

"아침에 전화했었는데요."

용감한 한 분이 절박한 한걸음을 내디딘 순간이었습니다.

의자를 바짝 당겨 앉아 인사를 드리고 우선 성함을 여쭤보았습니다.

"저예? 김곤(가명)이라 캅니다."

짧게 대답하시는 틈으로 술 냄새가 폴폴 새어 나왔습니다. 어찌되었건 좀 편안하게 대화를 풀기 위해 입을 뗐습니다.

"그건 그렇고 저희 사무실은 우째 알고 오셨어예?"

"아, 옛날부터 한 번 오바야지, 오바야지 하면서 몇 번 즌화했었심다. 근데 그게 잘 안 되더라꼬요. 오늘도 오까 마까 하다가 쐬주 한잔 걸치고 이래 왔심더."

그렇게 곤이 아저씨의 이야기는 시작되었습니다.

아저씨는 팔순이 다 된 어머니랑 단 둘이 살고 있는 기초생활수급자로 올해 마흔아홉입니다. 아저씨네는 생계급여 66만 원과 어머님의 기초노령연금 9만 원을 합쳐 총 75만 원으로 한 달을 살고 있다고 합니다. 아저씨는 6년 전 공사장에서 일하다가 발목이 골절되었고, 그 후로도 계속 치료를 받고 있어서 제대로 된 일을 하지 못한다고 합니다. 엎친 데 덮친 격으로 어머님은 담낭암, 고혈압, 관절염, 위염으로 고생하고 계시다고 합니다.

"저희를 찾으신 데는 이유가 있으실 텐데, 요새 뭐가 제일 고민이세예?"

"제가 옛날에 핸드폰비 밀린 게 한 80만 원이 있고요, 몇 년 전에 엄마 이름으로 폰을 만들어 쓰다가 생활비가 없어서 전화대출을 받았거든요. 그 돈이랑 해서 이래저래 총 2백만 원 정도가 돼요. 당장 낼 돈이 없으니 혹시나 이놈들이 보증금을 빼 갈까봐 그게 걱정돼서 좀 물어보러 왔심더."

가만히 듣고 보니 개운치 않은 구석이 많았습니다. 아무리 상담 온 어려운 이웃이라고 해도 덮어놓고 편들 수만은 없는 일이거든요. 그래서 여쭤봤습니다.

"빚이 한 일이천은 돼야 파산신청이라도 해보지, 이걸론 파산이고 뭐고 힘들 수가 있어요. 어찌되었건 이 돈은 누군가에게 빚진 거고 갚아야 할 돈이니까 채권자한테 전화해서 수급자라고 사정을 말하면 깎아주기도 해요. 그렇게 해서 한 달에 몇만 원씩이라도 내겠다 하고 정리하는 건 어떨까 싶은데 어떠세요?"

아저씨는 고개만 숙인 채 말이 없었습니다. 뭔가 고민하고 계신 듯 미간은 찌푸려져 있고, 눈빛으로는 '뭘 모르는 소리 하지 마라' 하는 말을 제게 하고 있었습니다. 얼마의 시간이 지나서 곤이 아저씨랑 눈이 마주쳤을 때 슬며시 얘기를 꺼내보았습니다.

"두 분이 생활하시기에 빠듯한 돈이지예?"

하지만 눈으로는 '아저씨 제게 다른 할 말이 있는 거죠? 제가 알아야 도와드리죠. 네?' 하고 말했습니다.

"하……."

깊은 한숨이 터져 나왔습니다.

"이런 말까지는 슨생님한테 안 할라 캤는데…… 사실은요, 제가요……."

한참 뜸을 들이십니다.

"제가 몸이 안 좋아서 집에만 있다 보니, 답답해서 한 번씩 놀러를 나가요. 동네에서 고스톱을 좀 칩니다."

불길한 생각이 몰려왔습니다.

"희한하게 고스톱만 치러 갔다 하면 밥도 안 먹고 주구장창 그거만 하는 거라요. 오죽하면 거기서 같이 치는 사람들도 고만 치고 가라고 할 정도니까요."

"잃은 거 본전 찾으려 계속 치는 거예요?"

"오데요? 이거 해봐야 못 이긴다는 거 뻔히 아니까, 본전 생각은 없고 그냥 재미로 치는 거지예."

"밥도 안 먹어가며 열심히 치는 거면 이길 생각이라도 해야죠!"

답답한 노릇입니다. 외로움을 이기기 위해 선택한 방법이 왜 하필 도박이었는지, 저는 한숨만 나왔습니다.

일반적으로 20일이 기초생활수급자 생계급여 입금일입니다. 곤이 아저씨 말로는 수급비 받고 2~3일이면 그 돈은 몽땅 고스톱 밑천으로 들어간다고 합니다. 미치고 환장할 소리입니다.

"못 살겠네……, 우째 그래 합니까! 엄마가 낼 모레 팔순이구만, 몸도 아픈데 밥은 우째 먹고 살아요."

"요번 달엔 20일이 일요일이라서 18일에 수급비를 받았는데, 벌써 다 쓰고 없다 아입니까."

아저씨를 만난 날은 고작 22일이었는데 말입니다.

곤이 아저씨의 문제는 빚이 아니라 도박중독이었던 것입니다.

"내도 이거 줄여야 한다는 건 아는데 그게 잘 안 돼요. 엄마도 불쌍한 거 알지만 내가 눈이 휙 돌아삐면 그런 건 생각이 안 나는데 우짭니까."

아저씨 눈가는 이내 촉촉해졌습니다. 그 순간 팔순의 편찮으신 어머니를 떠올렸을 거라 생각합니다.

"도박은 그렇다치고, 그럼 뭐 먹고 사시는 거예요?"

"엄마야 노인정 가서 끼니마다 해결하고 오고, 내사 마 화투 칠 땐 밥을 안 먹으니까, 그래가꼬 살아지데예. 공과금 같은 거도 밀려 있고 가스고 뭐고 끊는다 하면 한 번 내고……."

"제가 상담한 지가 6년쨴데요, 여짓껏 상담하면서 강요한 적 한 번도 없거든요. 그런데 오늘은 좀 해야겠어요. 솔직히 말해서 두 사람 먹고 살 돈이 2~3일 노름밑천으로 들어간다면, 그게 말이 됩니까? 무조건 이거 도박중독입니다. 아시죠? 이거 끊어야지 안 그러면 안 돼요. 어머니 고기라고 한 번 해 먹이고 밥이라도 뜨시게 차려주고 싶으시잖아요, 안 그래요?"

너무 속상한 나머지 곤이 아저씨의 아픈 속을 가차없이 쑤셨습니다. 어쩌면 곤이 아저씨 아프라고 그리 쓴소리를 한 건지도 모릅니다. 이내 흥분을 가라앉히고 아저씨를 꼬드겼습니다.

"요즘 이런 중독 치료를 도와주는 데가 많아요. 제가 알아볼 테니까, 만약에 치료하는 곳이 있다면 가볼 생각 있으세요? 아니 이건 무조건 가야 돼요. 아시겠죠?"

"그래야지예, 내도 안 치야지 안 치야지 하면서 잘 안 되니까."

"그럼 오늘 제가 무조건 치료하는 데를 알아볼게요. 그리고 지금 가는 길로 가스비, 관리비 그런 거 전부 다 수급비 통장에다가 자동이체 신청 해놓으세요. 이체 날짜도 수급비 나오는 그날로 딱 해놓으시고요. 사람이 먼저 살아야지 안 그래요? 빼갈 돈이 없으면 안 칠 거 아니에요, 저랑 약속할 거죠?"

"그건 그래 놓으면 되겠네. 그럼 안 밀려도 되고. 나도 맨날 공과금 낼라고 수급비 찾으러 갔다가, 우리 집이 워낙 높은 데 있다 보니까 올라가기 힘들어서 잠시 쉬러 들어간다는 게 그만……. 그러다 그 돈 다 날리고 온다 아입니까."

"아이고, 높이 있는 집이 웬수네요. 무조건 지금 집에 가는 길에 은행 가서 신청하세요, 꼭이요! 치료 받으러도 가시고요. 네?"

아저씨가 떠나고 나서 도박치료센터를 찾아놓고 나니 가슴이 더 답답해졌습니다. 무엇이 아저씨를 낭떠러지로 내몰았는지, 어디서부터 잘못된 건지 잘 모르겠습니다. 굳이 아저씨의 속마음도 잘 모르겠습니다. 그저 내 마음을 달래느라 그러겠노라 약속한 건 아닌가 하는 생각도 들었습니다. 수렁에서 나오고 싶어 손 내민 아저씨에게 오히려 절망감을 주고 다시 수렁으로 들어

가게 만든 건 아닌가, 덜컥 겁도 났습니다.

제가 먼저 아저씨에게 전화할 수가 없습니다. 왜냐고요? 아저씨는 연체로 인해 핸드폰도 집전화도 모두 없는 상태이기 때문입니다. 저는 우리가 약속한 시간에 곤이 아저씨가 전화를 걸어주시길 기다리는 수밖에 없습니다.

무엇이 문제이고 어떻게 해야 한다는 것도 모두가 다 알고 있는데, 아무것도 할 수 없는 이 순간이 고역스럽기만 합니다. 아저씨를 기다리면서 전화 약속을 했다는 점이 후회로 남습니다. 곤이 아저씨에게 사무실에서 만날 약속을 하지 못한 것이 두고두고 마음에 걸렸습니다.

'곤이 아저씨, 고스톱은 스톱하고 사무실로 다시 좀 와보세요! 같이 갈 곳이 있어요. 네?'

이 부장, 그러는 거 아이다!

> 그래도 무리해가꼬 다리
> 더 베리지 말고 물리치료
> 라도 잘 받고 얼른 나사
> 가꼬 다음 일을 궁리해야
> 안 되겠어예?

"그럼 가 볼께예.(우당탕탕)"

오늘도 어김없이 용훈(가명) 씨는 '당기시오'가 대문짝만 하게 적힌 사무실 문을 세차게 미는 통에 우당탕거리며 사라져갔습니다. 용훈 씨는 2004년경, 실업센터에서 재활용 컴퓨터를 이웃에게 나눠드리는 일로 인연을 맺게 된 분입니다. 용훈 씨는 어릴 때부터 혼자 자랐습니다. 학교도 제대로 마치지 못한 채 생계를 위해 어린나이에 배를 탔고 거기서 사고를 당해 마음의 상처를 많이 안고 계시는 분입니다.

"30만 원 정도 나오는 생계급여로는 혼자 먹고살기가 여간 빡씬 게 아이라서, 날일이라도 있다 카면 뭐든 하거든예. 그래가꼬 한 푼 두 푼 모아서 얼른 수급자 때려치우고 내도 보란 듯이 한번 살아보고 싶거든예. 돈도 모두고 기술도 배아가꼬 컴퓨터 수리하는 일이라도 하면 얼마나 좋겠어예."

생각만 해도 기분이 좋은지 연신 싱글벙글입니다.

"내 어렵게 산다꼬 맨날 일 있으면 불러주는 이 부장이란 분이 있거든예. 그분이 저번에도 일거리 주가꼬 공사장에서 일을 했어예."

"아유, 고마운 분이네예."

"그래가꼬 밥도 자주 먹고 술도 한잔하고 그캤는데, 아무리 친해도 내가 조심했으야 했는데 말입니더. 사람이 뭐가 씌인다고 안 그캅니까? 내가 그날 딱 그런 거라예."

"술 먹고 이야기를 나누다 본께 내를 걱정해주는 이 부장님이 억시로 고맙더라고요, 마음이 탁 열리는기, 그래가 고마 내가 수급자인 걸 말하게 됐지예."

기초생활수급자로 생계급여 받는 사람이 몰래(?) 일을 해서 돈을 벌면 생계급여에서 번 만큼 깎이거나 수급에서 탈락되는 게 현실입니다. 하지만 생계급여 자체가 비현실적이라서 1인 가구는 많이 받아야 40여만 원의 지원을 받을 뿐입니다. 그 돈으로 월세내고 공과금내고 나면 10만 원 정도가 남을까 말까 하는 거죠. 그렇다 보니 아무리 아파도 누가 일 시켜준다면 맨발로 뛰어갈 수밖에 없는 겁니다. 저라도 분명 그러했을 겁니다. 내가 살아야 하니까요.

"근데 하필이면 몇 달 전에 일을 하다가 공구리(콘크리트) 호스가 떨어지면서 그기 내 다리를 치뿐는 기라요. 그래가꼬 무릎 인대가 파열됐거든요."

"에헤이, 그래서 한동안 소식이 없었네예. 괜찮아예?"

"수술 두 번 받고 보호댄가 뭔가 해야 된다 카는데, 60만 원이나 하더라꼬예. 그래서 마 가끔 물리치료나 받고 있심다."

"이 부장은 치료비 안 주던가예?"

"세상에 믿을 사람 없다고. 내한테 그래 잘해주고 어려워도 힘 내라, 도와주겠다 카믄서 술 한 빵울씩 농가 먹던 사람이 내보고 수급자면 병원치료 꽁짜 아니냐 그란다 아입니까."

"난중에 치료비는 주겠다고 하니까 내도 믿었지예. 병원 가서도 내가 길 가다가 다쳤다고 했거든요. MR인가 뭔가 그거 찍으라 카대요. 그런 거는 또 의료보호로 안 된다 캐요. 여기저기서 구해가꼬 그동안의 치료비며 수술비를 다 냈거든요. 근데 이 부장이 말이 없다 아입니까."

"아이고 딱 코 걸렸네, 그치요?"

"차일피일 준다 준다 카더만, 인자는 아예 연락도 안 되더라꼬요. 그래서 내가 마 복지공단인가 거기에 산재 신청해뿔까 우짤까 싶어서예."

우선 한숨부터 좀 몰아 쉬어야겠습니다. 휴, 참 답답한 일입니다. 산재 신청을 하는 순간, '나는 일을 하다 다친 사람이다.' 즉, 수급자면서 몰래 '일'을 했다고 고백하는 셈이니 그렇게 떼고 싶어 하는 '수급자'라는 꼬리표를 준비되지 않은 상황에서 예상치 못하게 뜯어내게 되는 겁니다.

그렇게 되면 다친 무릎으로 일당 5만 원짜리 작은 공사장 일도 못하게 되겠죠. 소득 없이 지내다 보면 월세도 밀리고 공과금도 밀리고, 전기며 가스가 하나둘 끊기고 병원비가 없어 물리치료도 못 받게 될 거고요. 그럼 올해 안에 또 한 명의 노숙자가 생길지도 모르는 일입니다.

용훈 씨는 발바닥에 고여 있던 한숨마저 풀어놓는 듯했습니다.

"그럴 끼다 예상은 했심다."

"기막힌 일이지만 일할 때는 수급자다, 그런 말 일체 하지 마입시다."

"내도 하도 많이 당해봐서 조심한다고 했는데. 이 부장이 그칼 줄 누가 알았심꺼. 후회돼 죽겠심더."

"그래도 무리해가꼬 다리 더 베리지 말고 물리치료라도 잘 받고 얼른 나사가꼬 다음 일을 궁리해 봐야 안 되겠어예?"

"그래야지예, 가진 거라고는 달랑 몸뚱아리 하난데……. 휴, 진짜 이 드른 놈의 세상!"

'드른 놈의 세상'이라고 용훈 씨는 들릴락 말락 한 소리로 세상에 대고 소심한 욕을 합니다. 마음 같아서는 더 크게 욕해보라고 권하고 싶었지만, 욕 권하는 상담원은 문제가 있을 것 같아서 꾹 참았습니다. 그렇다고 '이놈의 세상 더럽다' 하고 같이 맞장구치자니 저녁에 코딱지만 한 방구석에 혼자 덩그러니 앉아서 '더러운 세상' 탓만 하고 있을 용훈 씨 모습이 떠올라 그 또한 꾹 참았습니다.

"그래도, 걱정 마이소. 내라고 언제까지 이래 살란 법 있습니꺼. 보란 듯이 한번 살아볼 끼라요. 선생님 모르죠? 내가 그래도 혼자 공부해서 검정고시 합격했다 아입니까."

"미안합니데이, 맨날 도와주는 것도 없고."

"아입니다, 맨날 폐만 끼치고 그라는데요, 뭐. 난중에 국장님
이 한 번씩 컴퓨터 수리하는 거나 좀 갈카주이소."

"난중에 김 사장님 되면 잘 부탁드릴께예."

"아이고 걱정 마이소. 시간 너무 뺐샀다. 그럼 가볼께예.(우당
탕탕)"

'우당탕탕' 거리는 소리가 복도를 가득 메우고 번개같이 사라
진 용훈 씨의 뒷모습을 보자니 문득 오래전, 아주 오래전에 본
〈늑대와 춤을〉이란 영화의 주인공 이름 '주먹 쥐고 일어서'가
떠올랐습니다. 늘 수줍어하며 말하는 데다 코도 빨개지고 눈물
도 그렁그렁 맺히는 마음 여린 용훈 씨지만, 자신의 꿈을 이야
기하는 순간만큼은 더듬지도 않고 목소리도 커집니다. 용훈 씨,
멋쟁이!

홧병 처방전

"아끼면 똥되고 참으면 병된다."
는 말이 있습니다.

아프면 아프다고
싫으면 싫다고

아끼지 말고, 참지 말고
소리 지르며 살아야
할 것 같습니다.

이백억? 그거 얼마 한다고

오실 줄 알고
딱 준비해놨죠.
여기 있어예.

월요일 오전 11시.

'곧 오실 때가 됐는데 말야……'

떠나간 연인도 이렇게 기다려본 적 없는데 이상하게 기다리게 되는 분이 있습니다. 제가 라면아저씨를 만난 건 한 달쯤 전입니다.

사무실을 홀로 지키고 있던 어느 날, 사무실로 누군가가 찾아왔습니다. 거기에는 40대쯤으로 보이는 건장한 아저씨 한 분이 서 계셨죠. 190cm쯤 되는 키에 호리호리한 체형, 웃음기 없는 표정에 수염도 기르시고 막 산에서 내려오신 분처럼 등산 가방에 먼지 가득한 등산화도 신으셨습니다. 바지 양 끝은 빨간 노끈으로 동여매어 찬바람을 막고 있었죠.

"오셨어예, 춥지예. 이리로 좀 오이소."

어색하게 자리를 권했지만 아저씨는 문가에 꼿꼿하게 서서 웃음기 쫙 뺀 얼굴로 "라면 두어 개만 주실 수 있습니까?"라고 말씀하시더라고요.

"아이고, 라면요? 라면은 없는데……, 라면 말고 쌀을 좀 드리면 안 될까예? 쌀은 넉넉하게 있는데."

어려운 이웃들과 나누려고 꾸준히 쌀을 후원받고 있는 터라 사무실에 쌀은 떨어지지 않고 있었거든요. 머리를 긁적이며 미안한 표정으로 아저씨의 답변만 기다리고 있었습니다.

"쌀은 됐고요, 라면은 없는가 보네요."

그제서야 생각났습니다. 동료가 야근 때 비상식량으로 먹으려고 숨겨둔 라면 말입니다.

"아, 맞다! 잠시만요. 금방 가져올게예."

휑하니 주방으로 가서 동료의 유일한 비상식량을 탈탈 털어 왔습니다.

"아이고 딸랑 두 개밖에 없네예. 괜찮겠습니까?"

아저씨는 말없이 라면 두 개를 받으시더니, 야윈 손가락을 빳빳히 세운 채 저를 향해 경례를 하시곤 사무실을 나가셨습니다.

아저씨가 떠난 자리를 바라보면서 혼자 씨익하고 웃고 말았습니다. 실업센터에서 활동한 6년이란 시간이 그냥 지나간 건 아닌가 봅니다. 험상궂게 생긴 노숙자 아저씨의 방문에 저도 모르게 의자를 움켜쥐던 때도 있었습니다. 그때 노숙자 아저씨와는 좋은 친구가 되긴 했지만 처음엔 정말 무서웠거든요. 그러던 제가, 이젠 누가 와도 눈 하나 깜짝하지 않는 걸 보면 능구렁이가 다 된 것 같습니다.

그렇게 이런저런 생각에 잠겨 있는데, 갑자기 사무실 문이 벌컥하고 열렸습니다. 좀 전에 다녀가신 라면아저씨였습니다. 문을 빼꼼히 열어 긴 팔만 내밀고 책상 위에 뭔가를 올려놓으시더군요. 제가 일어서려니 아까처럼 경례만 하시고는 사라지셨습니다.

'뭐지? 도대체 뭘 두고 가신 거지?'

조심스레 아저씨가 두고 간 메모지를 챙겨 봤습니다. 아저씨가 두고 가신 건, 다름 아닌 '수령증'이었습니다. 수첩 크기의 수령증 양면에는 아저씨가 손수 쓴 메모로 가득했죠. 수령금액 란에는 '금 이백억 원정'이라는 어마어마한 액수를 적어놓으셨더라고요. 동료의 비상식량을 묻지도 않고 빼돌린 게 영 미안했는데, 이 수령증을 보면 동료도 좋아할 것 같았습니다.

라면 두 개에 이백 억이라니. 하하, 신문에서나 봄직한 액수를 이렇게 가까운 곳에서 볼 줄이야 상상도 못했네요. 이 금액은 아저씨가 느낀 라면 두 개의 가치가 아닐까 생각해봅니다. 그것밖에 드리지 못해서 미안했고, 그거라도 이리 크게 여겨주셔서 감사했습니다.

그리고 보름쯤 지나 다시 아저씨가 오셨습니다. 두 번째 만나는 거라 그런지 괜히 더 반가웠습니다. 그리고 저 나름대로 믿는 구석이 있어서 아저씨 뵙기가 더 당당하기도 했고요. 때마침 인근 교회에서 라면 다섯 개와 쌀 한 통을 매주 저희 사무실에 지원하게 되었거든요. 그래서 이제는 동료의 비상식량을 뒤지지 않아도 아저씨께 라면을 드릴 수 있게 된 거죠.

"라면 두어 개만 주실 수 있습니까?"

아저씨는 보름 전이나 지금이나 변함이 없으셨습니다.

"오실 줄 알고 딱 준비해놨죠. 여기 있어예."

"다섯 개씩이나 다 가져가면 어찌합니까." 하시며 난감해하시더라고요.

"오실 줄 알고 누군가가 이렇게 주고 가신 거니 운명이죠. 얼른 받으세요."

역시 아저씨의 마지막은 각 잡힌 경례입니다. 그리고 5분 후, 아저씨는 다시 사무실로 오셨고 또 책상 위에 수령증을 올려놓고 가셨습니다.

짜잔! 이번에는 수령액이 무려 '이천억 원'. 아저씨가 받은 따뜻함이 보름 전에 비해 10배는 뛴 셈입니다. 통 큰 라면아저씨 덕에 제 기분도 열 배는 더 좋아졌습니다. 그 후로도 아저씨는 몇 번 더 오셨고 사무실 벽에는 아저씨가 두고 간 '수령증'이 가지런히 붙어 있습니다. 이걸 보고 있자면 한 두어 달 굶어도 배가 부르겠다 싶더라고요.

오가며 사무실에 들르시는 분들마다 "와이구야, 실업센터에 이렇게 큰 돈을 지원해줬단 말이가?", "나도 좀 농가도." 하시며 농담을 건네기도 합니다. 라면아저씨 수령증으로 주변 이웃들까지 즐거워지는 것 같습니다. 다음에 뵐 때는 저도 멋있게 아저씨에게 경례를 해볼까 생각 중입니다. 그러면 무뚝뚝한 라면아저씨도 환하게 웃어주실까요?

제3장

짬짜미, 공모, 사바사바

"그러니까 반빈 씨가 이런 글을 쓴 계기가 대체 뭐죠?"
"사장이랑 저거들이 짬짜미해가꼬 이래 열심히 일하는 노동자들
괴롭히기만 하니까 너무 답답해서 썼습니다, 와요?"
경찰은 반빈 씨 말을 열심히 타이핑하다가 멈칫했습니다.
"그래도 명색이 조서인데 '짬짜미' 라는 말을 쓰긴 좀 그렇잖아요.
우리 같으면 그런 걸 '공모' 라고 말하지만,
또 공모라고 하기에도 이상하고⋯⋯."

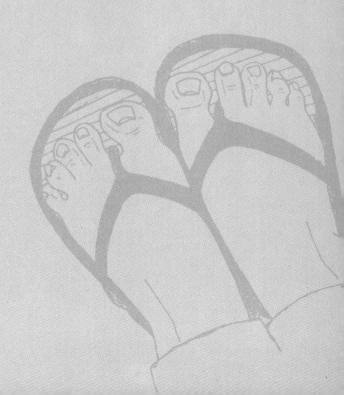

나 쉬운 여자 아니에요!

왜 웃지?
내가 좀 못났나?
외국사람 눈에도 내가
못생긴 수준인가?

"다녀오겠습니다."

닫힌 대문을 열면서 주섬주섬 이어폰을 챙겨봅니다. 언제나 그렇듯 출근할 때는 계단으로 내려가기 때문에 지루함을 조금이라도 덜기 위해서 음악을 들을 생각이거든요.

반사적으로 계단을 향해 몸을 돌리려는데 엘리베이터 쪽에서 이상한 기운이 느껴집니다. 그래서 귀를 막고 있는 이어폰을 뽑고 고개를 돌렸더니 옆집 며느리가 제게 방긋하고 미소를 보냅니다. 제가 엘리베이터 타는 것으로 알았는지 버튼을 누른 채 저를 기다리고 있습니다. 그 미소의 힘에 이끌려 저는 엘리베이터로 덥석 올라타고 말았습니다. 그렇게 우리의 인연은 시작되었답니다.

솔직히 전, 옆집 사람들과 이야기 한 번 나눠본 적 없는 삭막한 아파트 사람이랍니다. 몇 달 전이던가요, 옆집에서 잔치라도 하는지 시끌벅적하더라고요. 알고 봤더니 옆집 큰아들이 결혼을 했다고 합니다. 들리는 이야기로는 국제결혼이라더군요. 오늘 엘리베이터에서 만난 그녀가 바로 옆집 며느리임을 알 수 있었습니다. 그녀가 자꾸 절 보고 웃습니다.

'왜 웃지? 내가 좀 못났나? 외국사람 눈에도 내가 못생긴 수준인가?'

어라, 또 저를 보며 웃습니다. 질 순 없죠. 샤방한 미소로 맞섰습니다. 우리가 미소전쟁을 치르는 동안 엘리베이터가 그만 위층으로 올라가고 말았습니다. 그러자 그녀와 나는 빵~ 하고 웃음을 터뜨립니다. 그녀가 말합니다.

"아기들 타. 예뻐."

저게 대체 무슨 말일까. 무슨 뜻이지? 그렇게 한참을 고민하고 있자니 위층에서 유치원 가방을 멘 꼬마가 탑니다.

'아, 이 꼬마가 탄다는 걸 알고 있었구나. 몇 번 마주쳤나 보다.' 하는 생각이 들자 그녀와 급격하게 친해진 기분이 들지 뭐예요. '엘리베이터에서 내리면 어느 나라에서 왔는지 한번 물어봐야지' 하면서 그때 건넬 대사를 마음속으로 준비하고 있었습니다. 그런데 제가 미처 말을 꺼내기도 전에 그녀가 먼저 말을 건넵니다.

"일할러 가. 어디가?"

"저요? 저도 일하러 가요. 음……, 어느 나라에서 왔어요?"

"나 일할러 가."

낭패네요. 그녀는 한국어 말하기는 가능하지만 듣기가 많이 약한 것 같습니다. 다시 시도해봤습니다. 김 여사에게 주워들은 기억이 나서 말을 건넸습니다.

"베트남에서 온 거예요?"

"웅, 베트남. 여기 느무 추어."

드디어 말이 통했습니다. 그녀가 제 질문을 알아들었다고 생각하니 어찌나 기뻤는지 몰라요. 다시 그녀가 말합니다.

"일할러 가?"

"네, 저도 일하러 가요. 어디서 일해요?"

"나 일할러 가. 얼마 바다?"

어라, 뜬금없이 이건 또 무슨 질문이죠? 설마 월급 얼마 받냐는 질문? 지금껏 제게 이렇게 단도직입적으로 얼마 받느냐고 물어본 사람은 없었습니다. 그래서 저도 어떻게 대답해야 하는지 생각해본 적도 없었는데, 너무나 당혹스러웠습니다. 얼른 화제를 돌려야만 했습니다.

"얼마 못 받아요. 어디서 일해요?"

"베트남 시땅 있어. 거기 가."

아마도 그녀는 인근 베트남 식당에서 일을 하나 봅니다.

"아, 그래요? 나도 베트남 쌀국수 무지 좋아하는데."

다시 우리는 평화로운 대화를 나눴습니다. 그러고 있자니 병이 도지고 맙니다. 이주여성이 일을 한다, 그것도 식당이다. 혹시 월급은 제대로 받고 있는 걸까? 괜한 걱정이 되지 뭡니까.

"사장님은 잘해줘요? 월급도 잘 주고요?"

"응, 사장님 차케. 언제 시어? 난 일욜, 월욜 안 가."

"진짜 사장님 착해요?"

"시땅 가. 사장님 좋아. 지금 시땅 가."

식당 가서 확인해보라는 뜻일까요? 나 출근길인 거 뻔히 알면서 왜 식당에 같이 가자고 하는 걸까. 내가 잘못 해석한 건가?

"나 지금 출근길이라 식당 못 가요. 다음에 갈게요."

"사장님 월급 쥐. 우리 시땅 일해."

아하, 식당 가자는 말이 본인이 일하는 식당에서 일하란 말인가 봅니다. 제가 벌이가 시원찮다고 하니 걱정돼서 일자리를 소개해줄 마음이었나 봅니다. 정말 훈훈한 그녀입니다. 그러나 한편으로는 괜스레 무안하기도 합니다.

"며 쌀이야? 나 이십이야. 베트남에 엄마 있어, 아빠 있어, 동생 있어. 나 돈 마니 버러야 해."

그녀의 속사포 같은 말 속에는 한숨이 잔뜩 깔려 있었습니다. 그녀의 기분이 더 가라앉기 전에 얼른 나이부터 말해줘야겠습니다. 그러고 보니 그녀는 처음부터 지금까지 반말을 하고 있네요. 저는 손가락을 펴 보이며 대답했습니다.

"나 서른하나요. 삼십일!"

"와~ 언니? 언니 예쁘다."

이렇게 말하며 그녀가 제 볼을 꼬집는 겁니다.

이건 또 뭐지? 어떻게 대처해야 하지? 그런데 그녀는 손을 놓지 않네요. 이제 슬슬 아프기 시작하는데 말입니다.

"언니를 이렇게 꼬집으면 안 되죠."

"나 칭구 업서."

"그럼 우리 친구하면 되겠네요, 이름이 뭐예요?"

"차녹(가명), 언니는?"

"난 문정이요. 최문정."

그렇게 우리는 친구가 되었습니다. 서로 마주 보면 씽긋하고 웃고 있자니 그녀가 큰소리로 부릅니다.

"문정아~."

헉. 그녀의 반전에 제가 당하고 말았습니다. 그래도 이렇게 밝은 모습이니 얼마나 예쁜지 몰라요. 아마 그녀의 미소를 본 사람이라면 다들 저처럼 웃고만 있었을 겁니다. 그렇게 그녀의 밝고 예쁜 모습을 넋 놓고 바라보고 있는데 그녀가 제 손을 잡아당깁니다.

"핸드폰."

핸드폰을 달라는 말이죠. 근데 자꾸 말꼬리가 짧아지네요. 핸드폰을 부스럭부스럭 꺼내기가 무섭게 그녀가 제 폰을 낚아채 갑니다. 그러고는 번호를 눌러댑니다. 아마 그녀의 전화번호인가 봅니다.

"우리 칭구, 내 번호."

혼자 속으로 생각합니다. 아무래도 그녀는 선수 같습니다. 제가 이렇게 무방비 상태로 핸드폰 번호를 공개당하다니요. 저 그렇게 쉬운 여자 아닌데, 그녀 앞에서는 그만 아주 쉬운 여자가 되고 말았습니다.

이십여 년 동안, 가족과 친구 그리고 베트남의 하늘, 베트남의 바람, 베트남의 흙 속에서 살아온 그녀가 한 남자를 믿고 대한민국이라는 먼 곳으로 왔습니다. 한참 어리광부리고 친구들과 놀러 다니고 싶을 나이에 그녀는 낯선 땅의 낯선 사람들에게 음식 서빙을 합니다.

그럼에도 불구하고 그녀는 항상 이웃들에게 먼저 미소를 보내고 먼저 안부를 묻습니다. 그런 일에 익숙지 않은 우리는 무표정으로 그녀의 미소를 외면하거나 당황스러워 도망치는 통에 어린 그녀를 더 외롭게 했을지도 모를 일입니다. 그래도 그녀는 분명 먼저 인사를 건넬 것입니다. 고향에 있는 엄마, 아빠 그리고 동생들을 생각하다 보면 마주치는 사람만 봐도 가슴이 뛰고, 뭐라도 나누고 싶은 마음이 들어서가 아닐까 합니다. 저도 차녹을 외롭게 하지 않을, 참 좋은 이웃이 되어야겠습니다.

다음번에는 제가 먼저 엘리베이터에서 기다리며 강력한 미소 한 방 쏘아보려고 합니다. 지금쯤 그녀는 고단한 하루 일을 마치고 집으로 걸어오는 길이겠네요. 차녹, 많이 추우니까 종종걸음으로 후딱 집에 와요.

온도를 높여라

1년 12달, 365일,
밤낮 없이!
우리의 가슴이 온기로
가득 차 있길
바라봅니다.

나더러 앞집 아줌마라뇨

연신 터지는 하품을 뒤로하고 출근길을 재촉했습니다. 저는 지하철보다는 버스를 좋아합니다. 살짝 열어젖힌 창틈으로 시원한 바람도 쐴 수 있고, 창 너머로 사람 구경도 할 수 있으니 조금 더디 가더라도 버스를 더 선호하게 됩니다.

이런 이유로 그날도 출근길 버스에 올랐습니다. 이내 자리를 잡고 창밖으로 시선을 돌렸습니다. 버스가 출발하고 거리의 사람들이 하나둘 스쳐가는 모습을 보고 있는데, 그 가운데 낯익은 그녀가 보였습니다.

"어, 차녹(가명)이다!"

저만치 멀어지는 차녹을 놓칠세라 한참 동안 그녀를 바라봤습니다.

아침에 나가면 남들 잠든 시간이 되어서야 집에 들어오기 일쑤인 저입니다. 그래서인지 옆집 새댁 차녹을 만날 기회가 많지 않아 이래저래 그녀의 안부가 궁금하던 차였습니다.

'내가 마음에 안 들었나? 번호를 따 갔으면 먼저 연락을 해야지' 하며 괜히 차녹에게 서운해하기도 했습니다. 하긴 전화가 걸려온다고 해도 무슨 말을 해야 할지, 과연 대화가 통하기나 할지 알 수 없는 노릇이긴 합니다. 정말 차녹이 제게 전화라도 할까 봐 내심 걱정했던 것도 사실입니다. 전 소심하니까요.

그렇게 귀여운 차녹을 출근길 버스에서 동네 주유소에 앉아 있는 모습으로 만나게 된 것입니다

'어떻게 된 일이지? 몇 달 전만 해도 식당에서 일한댔는데……, 주유소에서 일하나? 한국말도 잘 못하는데 어떻게 주유소에서 일하지? 그냥 놀러 간 건가?'

저 혼자 이리저리 퍼즐을 맞추느라 바빴습니다.

그리고 며칠 후 어느 휴일 버스정류장에서 오도 가도 않는 버스를 기다리며 지쳐갈 무렵, 저만치에서 낯익은 얼굴이 보였습니다. 그렇게 차녹과의 재회가 이뤄진 것입니다. 차녹은 이 더운 여름에 긴팔 추리닝을 입고 있었습니다. 추리닝을 자세히 보니 주유소 이름이 적혀 있더군요. 정말 주유소에서 일하게 되었나 봅니다.

"차녹! 나예요. 문정이. 기억하죠?"

"안냐세요, 일할러 가?"

몇 달 만에 만난 차녹은 반갑게 웃으며 제 손을 잡았습니다.

'일할러 가.'

일하러 가냐는 질문이죠. 이제 한 번 들어봐서 그런지 여유 있게 대답합니다.

"오늘 일요일이라 쉬어요. 이제 식당에서 일 안 해요?"

"조케따, 난 일할러 가. 일욜 일해. 월욜 일해. 자꾸 일해."

일하기가 힘든 건지 한숨부터 푹푹 내쉽니다. 그리고 그녀의 반말 역시 여전합니다. 아니, 더 착착 감기게 말합니다. 설마 손님한테도 이러진 않겠죠?

"어디서 일해요?"

"나 이제 시땅(식당) 안 해. 주유소 일해. 더워."

"그러게요……. 이렇게 더운데 긴팔 입고 힘들잖아요."

그러자 손으로 팔뚝을 가리키며 "아냐, 이게 조아. 뜨거워. 이케 하면 아파. 뜨거워." 하고 답했습니다. 저도 차녹처럼 주유소에서 일해봐서 무슨 말인지 단번에 알아챘습니다. 종일 야외에서 있어야 하기에 햇볕에 노출되는 시간도 많고, 차량에서 나오는 열기도 많아서 반팔을 입고 있으면 더 뜨거우니 긴팔이 낫다는 말일 겁니다.

"근데 이젠 식당은 안 가나 봐요? 언제부터 주유소에서 일했어요? 난 몰랐네. 주유소 힘들 건데 괜찮아요?"

"시땅 힘드러, 돈 작아. 여기 갠차나. 근데 일욜 일해. 안 노라."

차녹의 말이 많이 늘었습니다. 이제 제법 대화가 통합니다.

"자기 여기 일해. 나도 가치해. 그래서 조아. 가치 다녀."

아, 그렇게 된 일이군요. 남편이 주유소에서 일을 하고 있었는데 차녹도 같은 주유소에서 일을 하게 되었나 봅니다. 남편이랑 같이 출퇴근하고, 일하면서도 남편이 든든하게 챙겨주니 마냥 좋나 봅니다.

'좋겠다, 차녹!'

부러운 눈빛을 가득 쏘아 보내려고 고개를 들었더니 때마침 차녹이 누군가를 부릅니다.

"자기, 아페 아주마. 인사해."

그녀가 가리킨 곳을 보니 차녹의 남편이 서 있었습니다. 옆집 할머니, 할아버지, 차녹과는 인사도 하고 농담도 주고받은 사이지만 차녹의 남편과는 여지껏 인사 한 번 하지 않았습니다. 워낙 말씀이 없기도 하지만 큰 덩치에 무표정하기까지 하니, 사실 겁이 좀 났거든요.

그건 그렇고 차녹이 남편에게 한 말이 자꾸 귓가에 맴돕니다.

'아페 아주마.'

객관적으로 해석하자면 '앞에 아줌마', 그러니까 '앞집 아줌마' 쯤으로 해석되는데 설마 저 더러 아줌마라고 한 건 아니겠지요? 차녹은 배신자입니다. 볼 꼬집어가며 '예쁘다' 할 땐 언제고, 이제 와서 아줌마라니요!

너무나 태연한 표정의 차녹을 사이에 두고 옆집 아저씨와 그 앞집 아줌마인 저는 뻘쭘하니 인사를 나눴습니다. 정말 못 말리는 아가씨입니다.

저는 지난번 만남처럼 차녹 앞에서 수줍은 웃음만 흘릴 뿐입니다. 그녀 앞에서 저와 그녀의 남편은 사회성 제로인 사람이 되어버렸습니다.

마치 차녹은 '옆집에 살면서 어떻게 인사도 안 하고 살아요' 하며 두 사람을 꾸짖는 것 같았습니다. 그렇게 차녹과 정신없이 수다를 떨고 있는데 그녀의 남편이 차녹의 소맷자락을 잡아당깁니다.

무뚝뚝한 경상도 남자, 알아줘야 합니다. 제가 눈치가 없었던 거지요. 그만 차녹을 그녀의 남편에게 보내줘야겠다고 생각했습니다. 운 좋게 기다리던 버스도 도착했고 말입니다.

"차녹, 버스 왔어요. 나 먼저 가볼게요. 다음에 또 봐요! 네?"

차녹이 빵긋 웃으면서 마지막 인사를 전합니다.

"드러가요."

버스에 오르면서도 키득키득 정신없이 웃게 됩니다. 멀리 베트남에서 온 어린 그녀가 이젠 부산사람 다 되었습니다. '들어가요' 라고 인사할 정도니 말입니다. 나중에는 '밥 묵었으예? 오데예, 은지예, 아이라예' 하며 고급 사투리를 구사할지도 모를 일입니다. 이제 저도 해석이 수준급이죠? 제가 마음을 여니 상대방의 마음도 보이더라고요.

요즘 TV를 틀면 결혼 이주여성들 뉴스가 자주 나옵니다. 그들의 결혼생활이 아픔과 슬픔으로 얼룩진 모습을 유난히 많이 접하게 됩니다. 저 어린 나이에 먼 나라로 시집 온 것만 해도 고생인데, 말이 통하지 않아 홀로 되고 남편의 폭력으로 눈물 흘리는 모습을 보고 있자니, 제가 무엇을 어떻게 해야 할지 모르겠더군요.

그저 '안됐다, 안타깝다' 하며 흘려보내기엔 웬지 모를 죄책감이 목구멍에 걸려서 내려가질 않곤 했습니다. 아마 저뿐만 아니라 많은 이웃들이 그러지 않았을까 생각합니다.

그런 상황에서 만나게 되는 스무 살의 예쁜 새댁, 차녹을 만날 때마다 그런 슬픈 뉴스는 까맣게 잊은 채 웃느라 정신줄을 놓게 됩니다. 웃음 바이러스를 퍼트리는 그녀이기 때문입니다. 항상 먼저 손을 내밀며 인사하고 이야기보따리를 풀어내는 그녀의 밝은 성격과 적극적으로 살아가려는 모습에 또다시 감동을 받고 맙니다. 그리고 말없이 차녹을 챙겨주고 차녹 앞에서는 웃음을 보일 줄 아는 멋진 옆집 아저씨와, 한국말이 서툰 그녀에게 채용에 있어 공평한 기회를 준 주유소 사장님께도 고맙다는 생각이 들었습니다. 물론 가장 고마운 사람은 씩씩하게 살아가는 차녹이지요.

부러우면 지는 거라고 하지만 이 더운 날, 남편 손을 붙잡고 일터로 향하는 차녹의 모습을 바라보는 사람이라면 결국 누구라도 차녹에게 지고 말 겁니다. 제법 부러운 모습이거든요. 이 자리를 빌어 차녹에게 한마디 해도 될까요?

"차녹, 나예요, 앞. 집. 아. 줌. 마! 담부턴 나도 차녹한테 반말할 거예요. 나더러 쫌생이 같다 생각하지 말아요. 나, 삐져서 그

러는 거 절대 아니에요, 절대! 그리고 차녹, 아무리 좋아도 언
니 앞에서 그렇게 닭살행각 벌이는 거 아니다! 언니 부럽단 말
이다~."

짬짜미? 공모? 사바사바!

"아이고 팀장님요. 저번에 글쓰기모임에 낸 숙제 그거요. 우리 카페에 올린 걸 사장이 봐뿐는가 베요. 그래서 좀 시끄러운가 본데, 그 이름을요. 일단 마 '노동자' 라 바까주이소."

"아, 그랬어요? 그럴 바에 그냥 글을 내릴까요?"

"뭐할라꼬요, 내가 뭘 잘못했다고. 우짜던동 귀찮게 해서 미안합니더."

"아입니다, 바로 바까놓을께예."

작년 9월이었습니다. 「작은책」 글쓰기모임이 부산에도 꾸려진다는 소문을 듣고 저는 첫 모임 장소로 나갔습니다. 그렇게 시작된 인연으로 글쓰기모임 인터넷 카페를 운영하게 되었습니다. 모임 때마다 써내는 글을 혼자 보기 아까운 마음에 그 글들을 카페에 모아, 모임에 나오는 사람들은 함께 보자는 취지로 만들어졌던 비공개카페입니다. 처음 카페가 만들어지다 보니 인터넷이 익숙치 않은 분이나 아직 회원가입이 안 된 분들의 글을 당분간 제가 대신 카페에 올리던 시기가 있었습니다.

그날도 반빈(가명) 씨는 일하느라 바빴는지 제게 전화를 하셨습니다.

"글쓰기모임 숙제 보냈심더. 근데 지는 참석 못하니까 제 거 보심서 맘껏 씹으시소."

반빈 씨는 참 재미있고 소탈하신 분입니다. 웃음을 뒤로하고 얼른 카페지기의 본분으로 돌아와 반빈 씨 숙제를 카페 게시판에 올렸습니다. 그리고 며칠이 지나서 반빈 씨에게 전화가 왔던 것입니다. 올린 글이 문제가 된 것 같으니 글쓴이를 익명으로 처리해달라는 내용이었습니다.

그 일을 까맣게 잊고 지내던 어느 날, 낯선 전화가 한 통 걸려 왔습니다.

"최문정 씹니까? 아, 여기 경찰선데요. 반빈 씨라는 분 아시죠? 그분의 「빵꾸똥꾸 사장니마」란 글이 명예훼손으로 고소가 됐습니다. 최문정 씨가 참고인 조사를 받으러 오셔야겠는데요."

어라, 이건 또 무슨 말이죠. 경찰서요? 조사요? 덜컥 겁부터 났습니다. 처음 실업센터 일을 할 때, 부모님이 내건 조건이 두 가지 있었습니다. 이 동네(?) 남자 만나지 않겠다는 것과 경찰서에 불려 다니지 않겠다는 것이었지요. 4년여 동안 부모님의 조건을 잘 따르면서 지내왔는데, 갑자기 경찰서라니요. 이제 와서 하는 얘기지만 그래도 실업운동 한다고 어설프게나마 활동하는데, 첫 경험(?)이 집시법(집회 및 시위에 관한 법률) 이런 것도 아니고 명예훼손 건이라니, 모양새 빠져도 너무 빠집니다.

비가 억수같이 내리던 만우절에 경찰서로 들어서서 담당경찰 앞에 앉아 있자니, 지나가는 경찰이 제 담당경찰관을 보고 말을 건넵니다.

"빵꾸똥꾸 사건, 아직 안 끝났어요?"

제가 참고인이 된 사건이 여기서는 '빵꾸똥구 사건'으로 불리고 있더군요. 풉, 너무 웃기죠?

대체 무슨 일이냐고요? 아니 글쎄, 반빈 씨가 시조를 한편 지었습니다. 이 시조를 제가 카페에 올렸던 거고요. 그걸 사측에서 어떻게 알았는지 사장을 모욕했다며 명예훼손으로 고소한 것입니다. 그런데 웃긴 것은, 그 시조에는 무슨 일을 하는 회사인지도, 사장이 누군지도 나와 있지 않고, 그저 노동자의 권리를 요구하는 내용만 있었거든요. 그 시조 중에 '빵꾸똥구 사장니마'라는 기가 막힌 문구가 있어서 경찰서에서도 '빵꾸똥꾸' 사건으로 유명세를 치르고 있었던 것입니다.

더 놀라운 사실은 글쓰기모임 카페가 그 당시 비공개 게시판이었거든요. 로그인을 하지 않으면 글이 보이지 않는데 그 글을 반빈 씨 회사 측에서 어떻게 찾아냈느냐는 것이지요. 담당경찰관도 로그인하지 않은 상태로 그 글을 열어보려 했으나 열리지 않았다고 했거든요. 그런데 사측에서 제출한 캡쳐 사진을 보면 로그인을 하지 않은 상태인데 반빈 씨의 글이 버젓이 열려 있더라고요. 정말 미스터리한 일입니다.

어찌되었건 경찰 앞에 앉은 저는 사건 개요를 듣고 너무 황당했습니다.

"아니, 이런 걸로 명예훼손이 되는 거예요? 제가 평소에 엄마 홍보는 글을 대놓고 많이 쓰는데 엄마가 욱해서 고소하면 저도 걸리는 거예요?"

저의 신경질로 참고인 조사가 시작되었습니다. 그러나 조사 내내 웃음이 터져서 조사하는 사람이나 조사받는 사람이나 엉망진창이었습니다.

"「빵꾸똥꾸 사장니마」라는 글을 읽어보셨습니까?"

"「빵꾸똥꾸 사장니마」, 이하 그냥 「빵꾸똥꾸」라 하겠습니다. 여튼 그 글을 보고 기분이 어땠습니까?"

담당 경찰관이 제게 한 질문이었습니다. 이런 질문이 오갔다고 상상해보세요. 얼마나 우스웠겠어요.

그렇게 한참을 조사받다 보니 기분이 이상했습니다. 경찰은 마치 제 마음을 다 이해하고 있는 것처럼 사람 마음을 흔들어놓고, 서서히 본인이 원하는 분위기로 답변을 유도하는 것 같았습니다. 저같이 귀 얇은 사람은 자기가 하지 않은 일도 '그러고 보니 제가 한 것도 같습니다' 라고 말하게 되어버리겠더군요. 이런저런 질문과 답변을 주고받은 다음, 조서 내용을 확인하고 지장 찍는 일만 남았습니다.

"어? 도장 안 가져왔어요?"

"도장 이야기는 안 했잖아요."

"경찰서 처음이에요?"

"그럼 제가 경찰서 단골같이 생겼어요?"

조사받다 보니 쫄았던 마음은 온데간데없고, 어느새 저도 삐딱한 대꾸로 소심한 복수를 하고 있었습니다. 그렇게 지장을 찍고 돌아서는데 가슴은 여전히 쿵쾅거리고 제가 잘못해서 혹시 반빈 씨에게 문제가 생긴 건가 싶어 겁도 나고 미안하고 찝찝해서 견딜 수가 없었습니다.

며칠 후, 다시 경찰서에서 전화가 왔습니다.

"아이고, 어짭니까. 한 번 더 오셔야겠는데요. 조서 내용에서 뭐 좀 안 맞는 게 있어서 반빈 씨하고 같이 한 번만 더 조사하구로 나오이소."

이게 말로만 듣던 대질신문인가요. 아, 그땐 정말 무서웠습니다. 그렇게 며칠 후, 저와 반빈 씨는 오랜만에 경찰서에서 만났습니다. 전 잔뜩 긴장해 있는데, 반빈 씨는 너무나 태연합니다. 경찰이 우리 둘에게 물었습니다.

"『작은책』은 뭐 어떤 책입니까?"

『작은책』을 대체 어디서부터 어떻게 설명해야 하나 싶어 골머리가 아팠습니다. 그래서 전 이래저래 설명하기 귀찮아 간략하게만 대답했습니다.

"『좋은생각』이란 책 아시죠? 그 책처럼 매달 사람들 이야기를 들려주는 책이에요"라고 답변했습니다. 제 대답이 끝나자 반빈 씨가 대답했습니다.

"『작은책』요? 세상의 정의를 밝히는 등불과도 같은 존잽니다. 그렇게 조서에 쓰이소."

내가 못 삽니다. 안 그래도 자꾸 노동자 권리 이야기만 하는 반빈 씨가 못마땅했던 경찰은 정색을 하더군요. 그래도 거기에 굴할 반빈 씨가 아니었습니다. 옆에서 전 키득키득 웃음을 흘리고 있었어요. 그리고 속으로 응원했습니다. '잘한다, 얼씨구, 옳거니' 하고 말이죠.

경찰은 분위기 전환을 위해 다른 질문을 했습니다.

"그러니까 반빈 씨가 이런 글을 쓴 계기가 대체 뭐죠?"

"사장이랑 저거들이 짬짜미해가꼬 이래 열심히 일하는 노동자들 괴롭히기만 하니까 너무 답답해서 썼습니다, 와요?"

경찰은 반빈 씨 말을 열심히 타이핑하다가 멈칫했습니다.

"그래도 명색이 조서인데 '짬짜미'라는 말을 쓰긴 좀 그렇잖아요. 우리 같으면 그런 걸 '공모'라고 말하지만, 또 공모라고 하기에도 이상하고……."

그러더니 갑자기 가만있는 저를 쳐다보더라고요.

"최문정 씨, 글쓰기모임도 하고 하시니까 잘 아시겠네요. 짬짜미 말고 무슨 말을 쓰면 좋겠어요?" 하고 물어왔습니다.

반빈 씨도 기대에 찬 표정으로 저를 보고 있었습니다. 갑자기 불똥이 제게로 튀었습니다.

아, 난감한 순간입니다. 빵꾸똥꾸 사건에 휘말려 경찰서 나들이한 것도 모자라, 국어실력까지 검증받아야 하다니요. 제가 무슨 잘못을 그리 많이 했나요. 그래도 명색이 『작은책』에 글도 쓰고 글쓰기모임에도 나름 열심히 나가고 있는데 체면치레라도 해야 할 것 같아 바쁘게 머리를 굴렸습니다.

'뭐가 있을까? 짬짜미, 짬짜미. 지들끼리 몰래 뒤에서 말 맞춰서 일 저지른 거니까, 음…… 맞다!'

갑자기 마땅한 생각이 났습니다. 두 눈을 크게 뜨고 경찰관과 반빈 씨를 번갈아 쳐다봤습니다. 두 사람 역시 기대에 찬 눈빛으로 제 대답을 기다리고 있더군요. 키보드에 올려진 경찰관의 손은 제가 입을 열면 당장이라도 달려 나갈 기세였습니다.

"괜찮은 단어 있습니까?" 하고 재촉하는 담당 경찰관입니다. 고민 끝에 결정한 단어를 말했습니다.

"음…… 사바사바?"

순간 분위기가 싸해졌습니다.

"뭐요? 사바사바요?"

그러자 경찰관이 말했습니다.

"좀 쉬었다 하입시더."

'사바사바' 이거 아니던가요? 흠, 분위기 보니 아닌 것 같습니다. 반빈 씨 표정도 '팀장님 와 그라요. 창피하요' 라고 말하는 것 같았습니다. 나 참, 그럼 짬짜미라고 쓰던가! 경찰관 자기가 할 일을 왜 나한테 물어보냐고요.

결국 그 사건은 무혐의 처리가 되었습니다. 무혐의 처리된 후,

제일 먼저 반빈 씨에게 전화했습니다.

"반빈 씨, 제가 그때 빵꾸똥꾸 사건을 글로 쓰고 싶은데 그래도 될까요?"

"팀장님 마음대로 하소."

"그럼 이름을 가명으로 할 건데 뭐로 해드릴까요? 원하는 걸로 해드릴게요" 하고 인심을 썼습니다.

"그럼 마, 원빈으로 해주이소. 닮았다 아잉교."

그러마 하고 끊었지만 영 내키지 않았습니다. 원빈이라뇨, 안될 말이죠. 그래서 빵꾸똥꾸 사건의 피의자나 글 읽는 사람이나 한 발씩 양보하는 선에서 마무리 짓기로 마음먹고 '반(半)빈 씨'로 가명을 정했습니다.

그때 빵꾸똥꾸 사건 후로 인터넷에 다른 사람의 글은 올리지 않고 있습니다. 이렇게 이번 계기로 소심한 제 모습을 발견하게 되었습니다.

살아오면서 세상에 존재하는 수많은 권력과 권위, 힘에 의해 스스로 무릎 꿇던 저를 마주하니 그 모습이 너무 못나서 참 속상했습니다. '왜 난 반빈 씨처럼 좀 더 당당하지 못했을까' 그런 생각으로 얼굴이 붉어졌습니다. 창피했던 거지요.

모든 힘 앞에 쫄지 않고, 겁내지 않고, 당당하게 할 말을 해야 내 마음도 병들지 않고 이 세상도 병들지 않는다는 걸 배웠습니다. 그리고 또 하나 배운 것이 있습니다. 경찰서 갈 땐 도장을 꼭 들고 가야 손가락에 인주가 안 묻는다는 사실!

참, 그 후로 안 사실인데요, '짬짜미'는 버젓이 국어사전에 올라 있는 표준어였습니다. 두고두고 그 일이 마음에 걸리더라고요. 그 경찰관 찾아가서 "짬짜미라는 말도 몰라요? 그거 표준말이에요!" 하고 말하고 싶었지만 역시 경찰서는 다시 가고 싶지 않더라고요. 그 담당 경찰관은 아직도 '짬짜미'라는 말을 비속어쯤으로 알고 있는 건 아닐까요?

잘 좀 말아봅시다

단무지, 시금치, 계란, 당근, 우엉……
이렇게 별별 재료가 다 들었는데도
한입 베어 물고 나면,
영락없는 "김밥 맛"입니다.
우리 또한 그러한 것 같습니다.
나와 내 친구, 가족, 동료, 이웃들……
이런저런 다양한 사람들이
김밥처럼 잘 어우러져 지낼 때,
"세상 사는 맛"이 나는 것!

나, 부티 나는 사람이야!

야! 더 이상 못 줘. 나도 감자튀김 못 먹었단 말야. 내가 먹을 건 좀 남겨둬야지.

"네, 무슨 말인지 알겠습니다. 저기, 잠시만요. 저한테는 필요 없는 것 같습니다. 죄송합니다. 참, 그리고 똑같은 전화를 지금 세 번째 받는 건데요, 다음에 또 하실 건 아니시죠? 부탁드립니다."

제 신용도가 좋으니 한도를 올려주겠다며 오늘도 신용카드 회사에서 전화가 왔습니다. 거절할 때마다 담당자는 "만약을 대비해 한도를 높여두는 게 도움이 되지 않을까요?" 하고 거듭 물어옵니다.

"피차 사랑의 빚조차도 지지 말자는 것이 제 신조라서요. 전만약을 대비해서 카드 한도 높이기보다는 씀씀이를 줄일게요." 하고 진지하게 대답을 합니다. 그러면 상대방도 기가 막히는지 길게 말하지 않고 끊어버리더라고요. 아차, 이건 상담원을 놀리려고 하는 말이 아니라 '만일에 대비한' 저의 진심 어린 대책이랍니다.

약아빠지기로 유명한 카드회사가 인정한 사람, 신용도 높은 사람이 바로 접니다. 하하, 새해 들어 카드사뿐만 아니라 저를 믿고 깊은 신뢰를 보이는 분들이 부쩍 늘고 있어서 이런 사실에 좋아해야 하나, 말아야 하나 고민이 될 정도랍니다.

얼마 전이었습니다. 급하게 출장 갈 일이 생겨 서둘러 길을 나서다 보니, 점심도 챙겨 먹지 못한 채 터미널을 들르게 되었습니다. 생각보다 터미널에 일찍 도착한 덕에 약간의 여유가 생겼습니다. 이때 가장 먼저 할 일은 성격이 더 예민해지기 전에 간단한 요기라도 해서 허기를 달래는 일이었습니다.

짧은 시간과 저의 얇디얇은 지갑에 어울리는 메뉴를 찾아야만 했습니다. 마침 인근에 햄버거 가게가 보이더라고요. 게다가 점심시간이라서 할인까지 해주기에 더 고민하지 않고 햄버거 가게로 가서 햄버거 세트를 시켰습니다.

그리고 매장 가운데에 자리를 잡고서, 읽다 만 책을 꺼내 들고 여유 있게 배를 채우고 있었습니다. 고개를 푹 숙이고 책 읽기에 열중하고 있는데, 발아래 시선으로 누군가가 제 앞에 서 있음을 느끼게 되었습니다. 대수롭지 않게 여기고 다시 책을 보려는데 갑자기 제 눈앞으로 시커먼 손이 불쑥 들어왔습니다. 그 손에는 빨간색 감자튀김 포장이 쥐어져 있었습니다.

'요즘은 이런 종이도 다 수거해 가네. 폐지 줍는 분들의 경쟁이 더 치열해졌구나' 하고 생각하는 순간, 제 눈앞에서 감자튀김 포장지를 쥔 손이 거세게 흔들리고 있었습니다.

'이건 뭐지? 어쩌란 거지?'

너무 당황해서 고개를 들어 보니 20대 즈음의 덩치 좋은 청년이 제 앞에 서 있었습니다. 무표정을 넘어 비장하기까지 한 표정에서 그가 무엇을 원하는지 단박에 알아챌 수 있었습니다.

그렇습니다. 그가 노린 것은 제가 아껴둔 맛있는 감자튀김이었습니다.

창피하고 당혹스러운 마음에 '이대로 두고 자리를 뜰까?' 하는 생각도 들었습니다만, 그러기엔 저 역시 여전히 배가 고픈 상황이었습니다. 그리고 이대로 도망치면 후회할 것만 같았습니다.

그래서 정신을 차리고 제가 아껴 먹던 감자튀김을 한 움큼 쥐어주었습니다. 그리고는 '이 정도면 가겠지?' 하는 마음에 그를 쳐다봤습니다.

그는 '야! 이게 뭐야! 좀 더 줘봐, 쪼잔하게' 하는 눈빛으로 말하고 있더군요. 저 역시 짧은 순간 눈으로 대답했습니다.

'야! 더 이상 못 줘, 나도 감자튀김 못 먹었단 말야. 내가 먹을 건 좀 남겨둬야지.'

그러나 눈빛 대화에서 제가 그에게 밀렸습니다. 결국 그에게 감자튀김 한 개 남기지 않고 모두 빼앗기고 말았습니다. 그러자 청년은 제 옆에 바짝 붙어 앉아 감자튀김을 우걱우걱 입속으로 쑤셔 넣기 시작했습니다.

멍하니 그런 그를 보고 있자니 제 목이 다 메이는 것 같아 먹고 있던 콜라를 건네주었습니다. 그리곤 '야, 치사하게 준 거 안 뺏어 먹어, 이거 마시면서 먹어' 라며 다시 눈으로 말했습니다.

꾸역꾸역 잘도 먹는 그를 보니 괜히 웃음이 나오더라고요. 뿌듯한 마음도 들었고요.

'그래 그래, 많이 먹어.'

그리고 이내 그에게서 시선을 거두고 고개를 들어 보니, 그 큰 가게를 메운 많은 사람들이 우리 둘을 구경하고 있는 게 아니겠습니까. 이 친구 포스에 쫄아 내 밥을 다 내주고 도망치는 거라 오해받을까 싶어 최대한 천천히, 그리고 무척이나 여유 있는 표정으로 유유히 가게를 빠져나왔습니다. 출장 가는 길 내내 피식거리며 웃을 수밖에 없는 기막힌 상황이었습니다.

이뿐만이 아닙니다. 지난주던가요, 친구와 간식 삼아 거금 천 원을 들여 붕어빵 세 개를 사 들고 지하철을 탔습니다. 몇 정거장을 지나자 겨우 자리가 생겨 앉을 수 있었습니다. 자리에 앉자마자 건너편에서 주무시고 있던 아저씨가 벌떡 일어나더니 제게 손을 내미는 게 아니겠어요.

한 번 당해봐서인지 아저씨가 무엇을 원하는지 단번에 알아챘습니다. 저 역시 본능적으로 붕어빵 봉지를 움켜쥔 손을 등 뒤로 숨기고 말았습니다. 그러나 전 그의 다부진 표정과 지하철에 가득 찬 사람들의 시선에 밀려, 붕어빵 봉지를 쥔 손에 힘을 뺄 수밖에 없었습니다.

참고로 전 붕어빵을 정말 좋아합니다. 친구가 온갖 생색을 내며 사준 붕어빵인데 그걸 내놓으라니, 한숨이 절로 나왔습니다.

갓 구워 따뜻하고 고소한 냄새를 풍기는 붕어 한 마리를 미적미적 꺼내 들고 시커멓게 부르튼 아저씨의 손에 올려놓았습니다. 그리곤 아저씨의 눈을 바라보며 용기 내 한마디 했습니다.

"이제 없어요."

그리고 손에 쥔 붕어빵 봉지를 다시 등 뒤로 숨겼습니다. 친구는 그날을 회상하며 "그거 주려면 다 주지, 치사하게 없다고 뒤로 숨기냐?" 하고 핀잔을 주더군요. 이제 와서 하는 말이지만 모양새는 좀 빠졌을 것 같습니다.

그러고 보니 그때 아저씨는 맨발에 슬리퍼 차림이었습니다. 슬리퍼 구멍으로 나온 열 발가락은 한겨울 추위를 견디지 못해 시커멓게 얼어 있었고요. 아저씨에게 붕어빵을 주고 나서도 긴장이 됐습니다. 혹여 아저씨가 다시 저희 쪽으로 와서 난감한 일이 생기면 어쩌나, 하고 걱정됐거든요.

걱정에 잠겨 있는데 친구가 옆구리를 쿡쿡 찔렀습니다. 그리곤 귓속말을 하더군요.

"우리 그냥 이번에 내려서 다음 차 타자."

이 친구도 사람들의 시선이 부담스러웠나 봅니다. 지하철 문이 열리자 도망치듯 내린 후, 친구와 저는 역내 벤치에 앉아 심신을 정비했습니다. 그리곤 꽉 다물어진 봉지를 열고 힘겹게 지켜낸 붕어빵 두 개를 오붓하게 나눠 먹었습니다. 그날 따라 붕어빵이 어쩌나 맛있던지요.

이것으로 끝이면 말을 안 합니다. 오늘 아침엔 어땠는지 아세요? 지하철에서는 낯선 아저씨가 제 앞에 서서 "2천 원만 주세요" 하고 말을 걸어왔습니다. 제 옆 사람과 저 사이에 애매하게 선 것도 아니고, 정확히 제 앞에 서 계시더군요. 모른 척 가만히 있자니 계속 '2천 원만 달라' 하셨고 목소리도 점점 커지는 것 같았습니다. 왜 하필 저를 지목했는지는 과학수사대도 모를 일입니다.

그러나 이번만큼은 전 아무것도 줄 수 없었습니다. 그저 제가 내릴 때까지 묵묵히 아저씨의 시선을 외면하고 있을 수밖에 없었습니다. 아저씨에게 "저 체크카드랑 지하철 정액권밖에 없어요" 하고 말할 용기가 없었기 때문입니다.

이만하면 저, 이웃들에게 무한 신뢰를 받고 있다고 자랑할 만한가요? 저만 보면 왠지 밥도 같이 나눠 먹을 거 같고, 돈도 척척 내줄 것 같은 신뢰감이 드나 봅니다. 이런 제게 친구가 말하더군요.

"야, 그거 복이야. 네가 얼마나 부티 나 보이면 그러겠냐? 게다가 인상이 좋으니까 그렇게 편안하게 다가오는 거지. 얼마나 좋냐?"

"아무리 그래도 왜 하필 나야? 나도 그 당시엔 돈도 없고 무지 배고팠단 말야."

"넌 집에 가면 밥 있잖아."

"그 사람들도 집에 가면 밥이 있었던 건 아닐까?"

"야! 설령 그분들이 집에 밥이 있었더라도 너한테 손 내밀 정

도라면, 그 용기에 대한 응원으로 네 감자튀김이랑 붕어빵 정도
는 줄 수 있는 거 아냐?"

제 친구 말솜씨 참 좋죠? 친구의 말을 듣고 있자니 금세 설득
이 돼서 고개를 끄덕이고 마는 저입니다. 친구 말에 따르면 전
부티와 편안함을 겸비한 멋진 청춘이 되는 셈입니다. 그리고 제
가 그토록 아끼는 식량을 기꺼이 나눠 먹은 마음씨 좋은 이웃이
되는 것입니다.

역시 제 친구는 좀 멋집니다. 웃어야 할지 울어야 할지 갈피를
못 잡는 제게 다소 억지 같은 논리로, 그러나 무척이나 위안이
되는 말로 저를 웃게 해줍니다. 그러나 한편으로 당장 먹을 게
필요한 이웃들이 눈에 띄게 늘어나는 현실을 떠올리고 있자니
등줄기에서 식은땀이 날 지경입니다.

얼마 전에 쓴 '때려치울 준비만 5년째' 란 글을 화장실에서 보
시던 어머니께서 "야! 이번 글 솔직히 짠해서 못 보겠다! 때려치
아라!" 하고 외치셨는데 이번 글을 읽으시면 '우리 딸 사주에 돈
줄이 안 끊긴다고 했는데 철학관 놈이 나한테 사기를 친 건가.
와 저런 사람들만 꼬이노?' 하고 복장을 치시겠습니다.

엄마! 그래도 누군가에겐 여유 있고 편안하게 보여서 다가오
고 싶게 만드는 매력적인 딸을 두신 게 얼마나 자랑스러운 일입
니까. 그런 넉넉한 인상과 부티는 어머니와 아버지께서 만든 작
품이니, 저를 탓하기보단 당신들의 작품을 즐겁게 감상하시는
건 어떠실지요.

다음번에 이런 일이 생기면 더욱 능글맞게 잘할 것만 같습니다. 옷깃만 스쳐도 인연이라는데, 눈이라도 한 번 더 맞추고 이런저런 이야기도 한 번 해봐야 우리의 인연에게 덜 미안할 것 같습니다. 과연 다음에는 누구와 무엇을 나누게 될까요. 흥미진진해집니다.

누구 탓을 하겠습니까

당신을 향한 날 선 그 손가락.
당신도 나도 아프게만 하는
그 손가락.
이 녀석, 잠시 접어두고

머리나 긁적여볼래요.
어디서부터
잘못된 건지
당신이 아닌, 내 속에서
그 해답을 먼저 찾아볼래요.

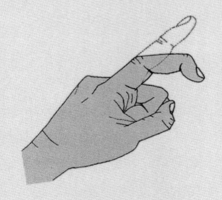

'서비스센터 진상녀'가 될 뻔했어

그래, 가자!
오늘, 다 죽었어!
나한테 잘못 걸렸어.

"아, 이놈의 핸드폰 또 이래!"

오늘만 벌써 스무 번 넘게 핸드폰 전원이 꺼졌다 켜집니다. 서비스센터를 몇 번 들러서 고치기도 했는데, 최근 들어서는 시도 때도 없이 이상한 증세를 보이네요. 그러다 보니 저도 모르게 짜증이 나기 시작했습니다.

"일 년도 안 돼서 이따위로 작동할 걸, 왜 그렇게 비싸게 팔아먹어? 그리고 바꾸지도 못하게 약정이나 걸어버리고. 나쁜 놈들!"

혼자서 분노를 얼마나 쏟아냈는지 모릅니다. 너무 답답해서 지인에게 속상한 마음을 털어놨습니다.

"그런 건 무조건 서비스센터 가서 따져야 해! 서비스센터에서는 고상하게 말해 봐야 아무 소용없어. 무식하게 소리 지르고 모른다고 배 째라고 당장 바꿔내라고 해야 겨우 들어준다고. 새 제품으로 안 바꿔주면 한 발짝도 못 나간다고 드러누워버려!"

그의 말을 듣고 있자니 전투력이 급상승하더군요. 전화를 끊고 한참을 망설였습니다.

저는 태생적으로 싸움, 그것도 말싸움을 싫어하는 편입니다. 차라리 한 대씩 원펀치 날리고 쿨하게 정리하는 걸 선호하는 편이거든요. 그런데 지금은 저의 싸움 선호도를 고려할 타이밍이 아니었습니다.

한달 후면 핸드폰 A/S 보장기간이 끝나지만 저는 통신사의 족쇄인 약정이란 놈에 붙잡혀 있는 처지였던 것이죠. 빨리 수리하지 않으면 좋으나 싫으나 일 년은 이 상태로 더 버텨야 한다는 소린데, 전 그럴 자신이 없었습니다.

어떻게든 싸움을 피해보고자 약정에 따른 위약금까지 알아봤더니, 이 도둑놈들이 삼십만 원이라는 돈을 위약금으로 내야 한다고 합니다. 삼십만 원이란 소릴 들으니 전투력이 더더욱 높아지더군요. 그래서 결심했습니다. 지인 말대로 무슨 일이 있어도 내일 서비스센터를 들러 담판을 짓겠다고 말이죠.

'서비스센터 진상녀' 라고 인터넷에 뜰지도 모르지만 난 내 할 말을 하고야 말겠어! 막상 그렇게 결심하고 나니 서비스센터 측의 예측 불가능한 반응 때문에 가슴이 떨려오기 시작했습니다. 이 상태로는 서비스센터에 들어가면 울어버릴 수도 있겠다는 생각이 들었습니다. 오, 그건 정말 곤란한 일입니다. 이런 증상을 극복하기 위해서는 '연습' 만이 살길입니다.

"뭐라고요? 못 바까준다고요? (한쪽 입술 꼬리를 추켜올리고 한쪽 눈꼬리는 짜부라뜨린다. 다리는 반드시 짝다리를 할 것!) 이것 보세요! 하루에 수십 번도 더 꺼졌다 켜졌다 하는 핸드폰을 어떻게 쓰란 말이에요! 예?!!"

"어차피 기사님하고는 얘기해봐야 소용없고! 여기 높은 사람 나오라고 하세요. 안 그럼 나도 오늘 못 가요! (의자에 주저앉듯 퍼질러 앉으며 진상을 부린다.) 제가 거짓말하는 줄 아나 본데, 이거(핸드폰을 테이블 위에 버르장머리 없이 던지며) 오늘 하루 만 직접 써보세요, 나한테 고친다 어쩐단 소리는 꺼내지도 마세요! 깨진 도자기에 아무리 본드 발라 봐야 얼마 안 가서 또 물 새게 돼 있으니까 당장 새 걸로 바까주이소!(눈에 힘을 빼면 절대 안 됨. 미간에 골을 만들고 시종일관 이 자세를 유지해야 함)"

그렇게 험한 모양새로 홀로 거울 앞에서 전쟁 준비에 열중하고 있었습니다. 참 씁쓸한 생각도 들었습니다. 내가 내 권리를 말하려는데 왜 이렇게 전쟁 치르듯 준비해야 하는 걸까, 왜 상대방이 내 말을 안 들어준단 걸 전제하고 이렇게 마음 졸여야 할까, 내 잘못이 없는데도 왜 내가 이리도 떨리고 조마조마하고 힘이 들까, 갑자기 별별 생각이 다 들었습니다. 누군가와 싸울 생각을 하니 가슴이 묵직하고 아무 일도 손에 잡히지 않았습니다. 전쟁은 그 내용이 무엇이든 사람이 할 짓이 아닌가 봅니다.

드디어 결전의 날이 왔습니다. 서비스센터에 도착하고 숨 돌릴 틈도 없이 제 차례가 다가왔습니다.

'그래, 가자! 오늘, 다 죽었어! 나한테 잘못 걸렸어.'

한 번 더 스스로에게 주문을 걸고 씩씩하게 기사님 앞에 앉았습니다. 그리고 연습한 대사를 꺼내려는데, 뽀얀 얼굴에 인자한 얼굴의 기사님께서 방긋방긋 웃으면서 "고객님, 무슨 일로 오셨습니까?" 하고 제 눈을 빤히 바라보는 게 아닙니까.

'그래, 저 아저씨가 무슨 죄겠어요. 기쁜 마음으로 출근해서 처음 맞이하는 손님이 지난밤 내내 전투 준비한 사람이란 걸 알기나 할까. 아저씨, 그렇게 선량하게 웃으면 저더러 어쩌란 거예요.'

하긴 기사님에게 분풀이해서 내게 돌아오는 것이 뭘까? 이분한테 소리 지르고 버르장머리 없이 굴고 나면, 내 마음은 편해질까? 나라면, 내가 기사님이었다면 어떨까. 내 마음 힘들게 하며 협박하는 사람보다는, 솔직하게 말하면서도 상대방 기분 상하지 않게 배려해주는 사람에게 어떻게든 도와주고 싶은 마음이 더 들지 않을까?

꼭 얼굴 붉혀가며 싸운다고 해결된다는 보장은 없습니다. 설령 그렇게 해결된다 한들, 나나 상대방이나 기분 좋게 마무리 짓지 못할 게 뻔한 일이었습니다. 소비자고발원에 상담을 하든 핸드폰회사 본사에 메일을 보내든 이성적으로 할 수 있는 방법은 여러 가지 있는데, 왜 난 굳이 서로에게 힘든 '싸움'을 선택했는지 돌이켜보았습니다.

내가 원하는 결과를 손에 쥐기에 가장 간편하고도 가장 빠른 방법이 '싸움' 이어서 여러 사람 마음을 다칠 걸 알면서도 결국 그 방법을 택한 것입니다. 그런 방법밖에 떠올리지 못한 제가 애 처롭게 여겨졌습니다.

그래서 지난밤 연습한 전투기술은 모두 내려놓고 핸드폰 고장 으로 인해 얼마나 속상한지, 해결할 수 있는 방법은 무엇이 있는 지 솔직하게 의논하는 방향으로 마음을 바꿨습니다.

"기사님, 휴…… 사실 저 지금도 너무 속상해서 마음이 떨리는 데요, 제 이야기 좀 끝까지 들어주시겠어요?"

아무 대답 없이 선한 눈빛으로 어서 말해보라는 신호를 주는 기사님이 든든했습니다. 그렇게 한참을 떨리는 목소리로 그간의 핸드폰 증상과 그로 인해 불편했던 생활을 차근차근 설명했습니 다. 그동안 기사님은 단 한 번도 제 말을 끊지 않으셨고, 중간중 간 "아이고 그러셨어요?", "정말 불편하셨겠는데요" 등의 추임 새까지 넣어주셨습니다.

그러자 저 역시 마지막 말이 "그러니까 당장 이거 바꿔주세요! 나 이거 안 바꿔주면 못 나가요!" 대신에 "더 이상 이 핸드폰을 신뢰하고 못 쓸 거 같아요. 그래서 말인데 새 기계로 바꿔주실 수는 없나요?"라고 제가 봐도 참 착하게 말하게 되더군요. 그 말 을 하고도 얼마나 두근거렸는지 모릅니다. 사실 기대를 놓아버 렸다는 말이 맞을 겁니다. 포기하고 있는 제게 기사님께서 한마 디 하셨습니다.

"고객님, 말씀대로 새 기계로 바꿔드릴게요."

아, 이런 일이 있을 수 있구나. 너무 후련했습니다. 굳이 전쟁을 치르지 않아도 서로가 행복하게 원하는 걸 얻을 수 있는 방법이 있다는 사실에 저는 너무 기뻤습니다. 그 와중에도 대외적 이미지를 고려했습니다. 너무 기쁜 티를 내면 없어 보일까 봐 새침한 표정으로 "아무리 비싸고 좋은 거면 무슨 소용 있어요, 고장 안 나는 거면 돼요. 굳이 최신 모델이 아니어도 고장만 안 나면 돼요" 하고 마음에도 없는 소리를 했으니까요.

이제 저는 제 앞에서 이유 없이 전투적으로 변하는 내담자에 대해 조금은 이해할 수 있게 되었습니다. 어떤 심정이었을지 제가 겪어 봐서 안다니까요. 그리고 답답하고 속상한 마음에 저를 찾는 분들께, 과연 제 자신은 어떤 모습으로 비쳤을까 돌아보게 되었습니다.

서비스센터 기사님에게 한 수 배워 가네요. 세상에는 배울 사람도, 배울 일도 너무 많은 것 같아요. 고맙습니다, 기사님.

이 정도는 돼야, 짜파게티 요리사지!

덥고도 더운 여름입니다. 더위로 잠은 금세 달아나고 그렇다고 이렇다 할 일을 할 만큼 기력이 남아도는 것도 아닙니다. 그래서 휴가 내내 배 깔고 누워 밀린 숙제하듯 영화만 계속해서 보게 되었습니다. 그러다 불쑥하고 찾아든 민생고, 바로 '허기짐'과 맞닥뜨리게 되었습니다.

손 하나 까딱하기 싫은데 배에서는 뭐라도 좀 내놓으라며 한참 전부터 난리도 아닙니다. 그런 제 속도 모르고 멋진 영화배우들은 키스신이며 액션신을 열심히도 찍고 있네요. 배고프면 이 멋진 볼거리도 아무것도 아닌 것으로 전락해버릴 수 있답니다.

'도저히 안 되겠어!'

그렇게 만 하루 만에 허리를 펴며 자리에서 일어섰습니다.

맘먹고 일어서서 그런지, 뭐라도 할 수 있을 것 같은 자신감이 생기더군요. 적당한 오후 시간의 볕이 창가로 스며들면서 추리

닝 차림으로 한가하게 하루를 보내고 있자니, 영화 속 한 장면같이 여유로웠습니다. 그런 영화를 보면 주인공들은 어쩜 그리 하나같이 부지런한데다 요리도 어찌나 잘하던지요.

'그래, 이왕 이렇게 된 거, 나도 한 번 해보자. 명색이 휴가인데 나한테 스페셜한 요리 선물을 한번 해보는 거야!'

그런데 어쩌죠? 제가 자신 없어 하는 1,224가지 일 중에 요리가 단독 1위거든요. 어떻게 편 허리인데 이대로 접을 수만은 없었습니다.

'용기 잃지 말고 한번 해보자! 처음부터 잘하는 사람이 어딨겠어. 사실 나도 안 해서 그렇지 제법 요리감각이 있을 거야. 음, 늘 먹는 일반라면 말고 오늘은 특별한 날이니까……. 그래, 짜파게티! 그걸 한번 해보는 거야.'

우선 수납장을 뒤적여서 구석에 남아 있는 짜파게티 하나를 찾았습니다.

'이야, 이거 얼마 만에 끓여보는 짜파게티냐.'

못해도 오륙 년은 더 된 것 같아요. 자전거도 한 번 타는 걸 배우면 몸이 기억하는 것처럼, 짜파게티도 한 번 끓였다면 제 몸이 기억할 거라는 믿음을 가지고 요리사로 변신하기로 했습니다. 세상 사람 각자가 살아가는 방식이 다르듯, 라면 끓이는 방법 또한 각양각색이더군요. 저도 저만의 방식으로 짜파게티를 끓인답니다.

저랑 같이 한 번 끓여보실래요? 제가 비장의 조리법을 알려드릴게요. 포장지 뒷면에는 친절하게도 맛있게 끓이는 방법이 나와 있지만, 전 이를 간단히 무시하기로 했습니다. 설명서에 따르면 면을 삶다가 적정량의 물을 버린 후 스프를 넣는다고 하는데, 저는 짜파게티를 끓일 때 물을 버리지 않는답니다.

혹자는 '그게 무슨 짜파게티냐, 물파게티지 않냐', '국물 있는 짜파게티 따위 너나 먹어' 또는 '그건 짜파게티가 아니라 짜장조림이야' 하고 불신의 눈빛을 보낼지도 모르겠습니다. 새로운 방식이라고 너무 거부감 나타내지 마세요. 제가 팔을 걷어붙인 이상, 그 맛은 여러분의 상상 그 이상일 테니까요. 우야던동 맛있으면 되는 거 아니겠어요?

절 믿고 한번 따라와보세요. 적정량의 물을 냄비에 붓고 물이 끓기를 기다립니다. 기다리는 동안 뭐하냐고요? 노느니 염불한다고 그냥 있지 말고 냉장고를 뒤적여서 쓸 만한 재료를 찾아보시면 됩니다.

분명 여사님들이 쓰다가 어정쩡하게 남겨둔 감자 반쪽, 말라가고 있는 양파, 오그라든 대파 부스러기, 허옇게 되어가고 있는 당근 등 짜파게티를 수놓을 녀석들이 쏠쏠하게 나올 겁니다. 이 녀석들을 잘 씻어서 먹을 만한 사이즈로 또각또각 썰어냅니다.

평소 미식가이기보다 대식가이길 선호하는 저이기에 녀석들도 무조건 썸둥썸둥, 제법 크게 썹니다. 감자나 당근은 빨리 익지 않으니까 써는 즉시, 끓는 물속에 넣어주세요. 안 그럼 덜 익은 감자에 앞니가 박히거나 잘 익은 감자와 죽이 된 면을 마주해야 할지도 모르니까요.

에헤이, 양파나 대파는 지금 넣는 게 아니에요. 좀 기다려봐요. 그새 물이 팔팔 끓고 있네요. 이제 하얀 속살을 드러낸 면을 퐁당 하고 넣습니다. 이때 면을 습관적으로 반으로 똥강 잘라버리는 분이 있는데, 이번만큼은 그냥 넣어보세요. 짜장면의 묘미는 바로 '후루룩 쩝쩝' 이니까요. 그리곤 물이 약간 짤곽해질 때까지 끓이다가 거침없이 시커먼 스프를 넣으세요.

물파게티 두려워서 벌벌 떨고 계시는 분! 저만 믿고 따라오세요. 물에 풀어진 스프는 면과 감자, 당근을 얼싸안고 구석구석 파고들 겁니다. 소울메이트라도 만난 것처럼 이들의 깊숙한 곳까지 서로를 공유합니다.

이 녀석들이 냄비에 들러붙지 않게 잘 저어만 주세요. 방심했다간 식후에 냄비를 끌어안고 씨름을 해야 할지도 모르니까요. 그렇게 심혈을 기울여 면과 감자, 당근, 스프가 하나가 되도록 다독이다 보면, 어느새 물파게티의 모습은 사라지고 촉촉한 짜파게티의 자태가 나타날 겁니다.

참, 다독이는 와중에 양파나 대파가 있으면 와락하고 녀석들에게 안겨주세요. 이제 웬만큼 다 됐다 싶을 때, 유난히 뾰족한 젓가락 하나를 뽑아드시고요. 그리곤 가장 맘에 드는 감자를 향해 '푸욱~' 하고 찔러보세요. 찔렀을 때 거침없이 젓가락이 들어간다면 오케이! 마지막으로 식용유같이 생긴 스프를 면에 빙 둘러 뿌려주면 요리 끝! 어때요? 쉽죠? 그리고 맛있을 것 같죠?

어릴 때 어머니가 이런 말을 해주셨습니다.

"문정아, 혼자 있을 때일수록 더 잘 차려 먹어야 한데이. 그래야 나중에 어디 나가도 그런 대접받게 되는 거데이. 혼자라고 아무렇게나 먹고 그러지 마래이."

평소 때는 반찬통 그대로 꺼내 들고 대충 먹어치우지만 오늘따라 갑자기 그 말씀이 생각나 김 여사가 아끼는 접시에 손을 대기로 했습니다. 예쁜 접시에 잘 끓인 짜파게티를 소로록 부어 담고 상을 차렸습니다. 모든 일을 끝내고 나니 스스로가 대견스럽고 감동스럽기까지 했습니다. 차려낸 모양이 제법 요리 같았거든요.

맛은 어땠냐고요? 물어 무엇하겠습니까. 최고였죠. 맥주도 한 잔 곁들였다면 더할 나위 없이 멋진 휴가가 되었을 텐데 말이죠.

이쯤 되니 다들 입맛이 다셔지시죠? 제가 끓인 짜파게티 드시고 싶으신 분은 언제든 연락 주세요. 멋지게 끓여보겠습니다. 참고로 전 한 번에 1인분만 할 수 있다는 걸 기억해주세요. 1인분밖에 안 해봐서 물 조절을 잘 못하거든요. 아시잖아요, 제가 49% 부족한 거요.

삼겹살 굽는 방법

언제 익냐며
뒤적거리다 보면
맛있는 삼겹살을 잃게 됩니다.

빨간 핏물이
올라올 때까지
기다린 후,
그때! 뒤집어야 제맛이 납니다.

모든 일에는 "때"가
있기 마련입니다.

비자발적 채식주의 햄버거 만들기

에이, 그렇게 고개
내젓지 마세요.
생각보단 그럴듯한
수제용 햄버거거든요.

갑작스레 주어지는 휴일에는 뭘 해야 할지 몰라 우왕좌왕하다가, 어영부영 시간 보내고 해 질 무렵이면 땅을 치고 후회하곤 합니다. 지금 당장 뭐라도 하지 않으면 열 시간 뒤엔 '내가 대체 하루 종일 무얼 했단 말인가!' 하며 가슴치고 있을 것 같습니다. 그래서 침대에서 뭉그적거리기를 그만두기로 결정했습니다.

제 특성 중 하나가 '잘한다, 잘한다' 해주면, 진짜 잘하는 줄 알고 더 잘하려고 노력하는 거예요. 물론 '못한다'고 하면 이리저리 고민할 것 없이 일찌감치 때려치우는 결단력(?)도 가지고 있답니다. 멋있죠? 그래서 연애를 하게 되면 상대방에게 주의사항을 일러줍니다.

"세상에서 나란 사람 다루기가 제일 쉬워, 무조건 잘한다 잘한다 하면 더 잘하려고 난리 칠 거야."

이렇게도 저란 사람은 참 유치한 사람입니다. 타인을 통해 인정을 받아야만 스스로를 믿게 되는 소심하고 자신감 없는 사람이 바로 저니까요.

잘하지 못하기 때문에 잘할 수 없을 거라 예단하고 그동안 시도조차 하지 않던 '요리'. 더는 '잘하지 못하는' 취약 분야로 던져둘 것이 아니라, 오히려 자신감 회복 프로젝트로 활용해야겠다는 생각이 들었습니다. 지난번 물파게티에 힘입어 요리사로서 자리매김했으니, 오늘은 특별히 새로운 메뉴에 도전해서 확실히 자신감을 찾아보면 어떨까 생각했습니다.

그렇게 용기 낸 걸음으로 주방으로 자리를 옮겼습니다. 심호흡을 한 후 케이블 채널에서 보던 외국요리사들의 요리강습을 머릿속에 떠올려보았습니다.

'그래, 그 사람들은 냉장고에서 대충 이것저것 꺼내서 30분이면 근사한 요리 하나 뚝딱이더만, 까짓것 나도 해보지 뭐.'

우선 냉장고부터 열어봤습니다. 어라, 시작부터 난감합니다. 상상 속 냉장고에서는 과일이나 고기도 좀 나오고 TV속 요리프로그램처럼 파슬리나, 하다못해 쪽파라도 한 쪽 나오는 것으로 설정되어 있었거든요. 그런데 웬걸요? 막상 냉장고를 열어보니 햄버거용 빵 하나가 찌그러진 채로 말라 비틀어져 있을 뿐이었습니다.

'요리고 나발이고 이대로 접어?'

괜히 울컥해지고 말았습니다. 괜한 호들갑에 배만 급격히 고파진 터라 이대로 물러설 수도 없더라고요.

'그래, 일단 뭐라도 해보자!'

우리가 즐겨 찾는 그 '무대뽀' 정신으로 재무장하고 팔을 걷어붙였습니다. 오늘의 요리는 수제햄버거로 결정했습니다. 어디서 주워들은 것은 많아가지고 말이죠.

우선 말라 비틀어진 빵에게 잃어버린 시간을 되찾아주는 것이 급선무였습니다. 분무기에 신선한 물을 담고 빵을 향해 '빵야빵야' 골고루 뿌려줬습니다. 이러면 빵에도 촉촉하게 새 생명이 깃들 테니까요. 한쪽 귀퉁이가 찌그러진 제 인생도 이렇게 물 한줄기로 말끔해지면 좋겠다는 생각을 하게 되네요.

원래의 모습으로 돌아온 빵이 반가웠습니다. 하지만 이 반가움도 잠시, 단칼에 햄버거빵 허리의 2/3가량을 잘라버렸습니다. 그리고 속 재료의 수분이 빵에 흡수되는 것을 방지하기 위해 버터를 발라야 하는데, 저희 집에 버터가 있을 리가 없죠. 그래서 선택한 것이 언제 사놓은 건지 알 수 없는 샐러드용 드레싱이었습니다. 그리고 상추 한 장을 꺼내어 빵에 살짝 깔아 줬지요. 제법 모양새가 그럴듯합니다.

그 다음이 이번 요리의 하이라이트! 햄버거하면 아무래도 빵 사이에 포옥하고 안겨 있는 고기가 핵심인데, 아무리 냉장고를 뒤져보아도 고기를 대신할 만한 것이 없지 뭡니까. 그 흔한 참치 통조림도 없다니, 우리 집 가정경제가 많이 어렵긴 한가 봅니다. 여기에서 수제햄버거를 향한 꿈이 무너질 것인가. 조바심 내며 냉장고를 구석구석 뒤지고 있었습니다.

'어라, 바로 이거다!'

햄버거의 포인트인 고기를 대신할 만한 뭔가를 발견했습니다. 제가 찾은 재료는 바로 콩자반입니다. 외양간에서 쇠고기가, 닭장에는 닭고기가 있다면 밭에는 콩이 있지 않겠습니까. 그것도 두피건강에 좋다는 검은콩이니 참 잘된 일이죠. 빵 사이에 잘 졸여진 콩자반을 숟가락 가득 담아 꾹꾹 눌러 넣었습니다. 남부럽지 않을 만큼 넣었습니다.

상상이 안 된다고요? 그럼 명절에 송편 빚을 때 밀가루 반죽에 콩고물을 밀어 넣는 장면을 떠올리시면 될 것 같아요. 에이, 그렇게 고개 내젓지 마세요. 생각보단 그럴듯한 수제용 햄버거거든요.

아직 끝이 아닙니다. 마지막까지 정성을 다해야 하잖아요. 새끼손가락에 물엿을 한 방울 묻혀 햄버거 빵 위에 살짝 발라보았습니다.

왜냐고요? 햄버거 빵에 귀여운 깨가 빠지면 이 또한 분위기가 안 살거든요. 그래서 빵 가운데에 통깨 열 알 정도를 잘 붙여주면 됩니다. 그렇다고 통깨를 너무 많이 바르면 조잡해져서 역효과를 낼 수 있어요. 과하지 않게 하는 것이 중요합니다.

아, 정말 멋지지 않나요? 이렇게 해서 의도치 않게 채식주의자용 수제햄버거가 멋지게 탄생했습니다. 보기에도 어느 햄버거집에 뒤처지지 않고 영양면에서도 알차고, 맛도 그야말로 일품입니다. 못 믿으시겠죠? 저도 한 입 베어 물기 전에는 믿지 못했답니다.

막상 요리세계에 뛰어들고 보니 요리라는 것도 단순히 한 끼 때우기 위한 일이 아니더라고요. 오 분이면 위장 속으로 빠져들 한 끼의 반찬을 마련하면서도 몇 시간을 공들여 재료를 다듬고 다양한 시도를 하는 데다, 새로운 모양새를 만들어내기도 하니 말이죠. 세상에 쉬운 일이란 없고 정성 없이 이뤄지는 일이란 없나 봅니다.

직접 만든 음식을 먹어서 뿌듯하기도 하고, 요리의 매력을 맛볼 수 있어서 의미 있는 시간이었습니다. 그런데 문제는 돌아서니 다시 배가 고파졌다는 사실입니다. 천지도 모르고 사이즈만 키운 제 위장 탓인가요?

제4장

김 여사, 나 좀 살려줘

"엄마, 뭐하는 짓이고? 왜 이거 안 들고 가노. 튀는 거가?
빨리 이거 가져가라. 에헤이, 엄마~."
불러도 대답 없는 이름, 김 여사. 제 목소리가 너무 컸는지
사람들이 자꾸 쳐다보는 통에 더 이상 큰소리를 낼 수 없었습니다.
외투며 가방을 급하게 끌어안고 한 손에는 계산서를 움켜쥐고
김 여사를 쫓아 내달렸습니다.

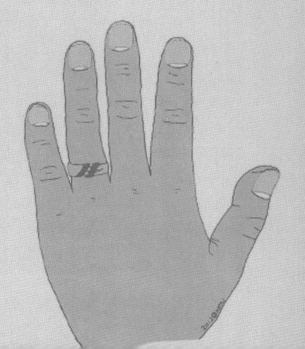

바람이 북쪽으로 불어야 하는 이유

제가 이런저런 일자리 정보가 많긴 하지만 아버지만 특권처럼 따로 줄 수가 없어요. 이렇게 되면 내부자 거래지 뭐겠어요?

저녁식사를 마친 아버지께서 근심 어린 눈빛으로 창밖을 내다보십니다. 그걸 아는지 모르는지 바람은 거세게만 불어댑니다. 그러자 아버지께서는 깊은 한숨을 내쉬며 혼잣말을 하십니다.

"바람이 북쪽으로 불어야 할 텐데……."

저녁 잘 드시고 무슨 뜬금없는 말씀이실까? 무슨 걱정거리라도 있는 걸까? 아니면 정치적 뜻이 담긴 의미심장한 이야기인가? 뒷짐 지고 계시는 아버지의 모습이 안쓰럽게 다가왔습니다. 그래서 이내 여쭤보았습니다.

"왜 그래요? 무슨 일 있는 거예요? 왜 바람이 북쪽으로 불어야 한다고……."

"아, 그거? 그래야 낙엽이 옆 동으로 몰려가지. 그거 다 치울라면 또 쎄가 만발이나 빠진다. 제발 북쪽으로 불어야 할 낀데……."

에헤이, 그럴 줄 알았습니다. 괜히 가슴 졸였지 뭡니까. 아버지

대답에 정신없이 웃다 보니 아버지와 있었던 예전 일이 문득 생각났습니다.

저는 취업 취약계층 대상으로 민생상담을 하다 보니 고령의 남성 구직자들을 자주 만나게 됩니다. 영락없이 우리 아버지 친구뻘 되는 분들인 거죠. 이런저런 딱한 사정을 듣고 나면 어떻게든 한 자리 알아봐야겠다 싶어서 워크넷과 벼룩시장을 뒤지고, 어디에 일자리가 났다고 하면 자동적으로 내담자들이 떠오르곤 했습니다.

하지만 이분들에게 있어 '직업의 선택'은 "아나, 곶감아~" 같은 소리입니다. 일반적으로 고령의 남성 구직자를 고용하는 곳은 경비, 주차관리, 청소를 대행하는 용역업체 정도입니다. 우여곡절 끝에 가뭄에 콩 나듯 한두 분이 취업하고 나면 하늘을 날아갈 것같이 개운해지곤 했습니다.

그러던 어느 날, 아버지께서 말로만 듣던 정년퇴직이라는 것을 하게 되었습니다. 활동가가 한 명이라도 있는 집안에서 실업자가 발생한다는 것은 상당히 위협적인 사건입니다. 우리 집안에도 그런 위협적인 일이 발생한 것이었습니다. 부모님 노후 봉양을 위해 내가 제대로 돈을 벌어야 하는 건 아닐까? 고민과 걱정이 켜켜이 쌓여만 가고 있었습니다.

그런 저와는 다르게 아버지께서는 여유가 넘쳤습니다. 알고봤더니 그 여유의 원인이 바로 저였던 것입니다. 당신 딸이 또래 구직자들의 일자리를 찾아주고 못 받은 월급도 받게 해준다는 것을 아신 아버지께서는 딸을 든든한 빽 삼아 큰 힘 들이지 않고 경비 일을 쟁취하실 심산이셨나 봅니다. 우리 딸이 여기저기 용역회사 사장들, 큰 빌딩 건물주들과 막역한 사이여서 어려운 이웃들 취업시켜준다고 생각하시는 아버지께 차마 "아부지, 저 워크넷과 벼룩시장 뒤져서 면접정보 알려주는 게 전부예요…….사실, 별다른 빽도 없어요…….'라고 말씀드릴 수가 없었습니다.

집안의 생계위협이 현실화되기 전에 어떻게든 아버지의 상상을 깨야겠다는 생각이 들었습니다. 그리고 독한 마음먹고 아버지에게 언성을 높여 말했습니다.

"제가 이런저런 일자리 정보가 많긴 하지만 아버지만 특권처럼 따로 줄 수가 없어요. 이렇게 되면 내부자 거래지 뭐겠어요? 아버지가 좀 이해해주세요." 하고 세게 나갔습니다.

아버지는 제 사기극에 압도되서서 배신감 반, 흐뭇한 마음 반으로 알 수 없는 표정만 남긴 채 고령구직자의 길로 접어드셨습니다.

집에 가서라도 일자리 찾는 일을 도와드릴 법한데, 그게 참 말처럼 잘 되지는 않았습니다. 워크넷 한 번 검색해서 출력만 해드려도 되는데, 그게 어찌 그리 귀찮고 하기 싫은지 아버지가 알아서 하셨으면 하는 생각뿐이었습니다. 자식새끼 키워놓아 봐야 아무 소용없다는 말, 들을 만하죠.

아버지가 작성한 이력서를 훔쳐봤더니 제가 구직자를 대상으로 강의할 때 종종 보여드리는 '나쁜이력서 사례' 중 하나로 이용해도 괜찮을 정도였습니다. 그래도 저는 그런 아버지를 그저 방관만 했습니다.

다행스럽게도 유능한 아버지는 작은 아파트 경비 일을 하고 계십니다. 얼마 전 월급명세서를 봤는데, 분명 최저임금 위반이었습니다. 하지만 굳이 아버지께 말씀드리지는 않았습니다. 괜히 말해서 제 일이 많아질까 봐 겁도 났고, 회사에 말을 꺼냈다가 일자리도 짤리고 집안 경제까지 휘청일까 봐, 걱정도 되었기 때문입니다.

가만 생각해보니 사무실 인근 미용실, 목욕탕, 복덕방 등 많은 가게의 이웃들에게 인사 한 번 제대로 한 적도 없었습니다. 그래서 저는 감히 '활동가'라 말하기가 부끄럽고 창피하고 죄송스럽기만 합니다. 사무실 문을 열고 들어갈 때만 활동가이고 문을 열고 나가면 그저 사는 게 힘들고 주변 일에 무관심하기만 한 생활인일 뿐이기 때문입니다.

술자리에 가면 가장 많이 나오는 안주가 '세상을 다 바꿔야 한다'입니다. 그러나 저는 세상을 바꿀 힘도, 자신도 없습니다. 그러면 내가 지금 여기에 왜 있는 것일까, 하는 질문을 되물으면서 종종 풀이 죽곤 합니다. 하지만 다른 건 몰라도 내 가족과 내 이웃이 좀 더 '함께', 좀 더 '행복'하게 살 수 있도록 '나'부터 변하는 일만큼은 할 수 있지 않을까, 라는 생각으로 스스로를 위로

해봅니다.

아버지는 아직도 베란다에서 바람의 방향을 심각하게 지켜보고 계십니다. 정말 바람이 북쪽으로 분다면, 정말 그렇게만 된다면 아버지 일은 덜었다 치더라도, 옆동 아저씨는 정말 욕보실 것 같습니다. 그래도 팔은 안으로 굽는다고 저도 바람이 북쪽으로 불었으면 하는 마음입니다.

어깨가 무거운 이유

'혹시 필요할지 몰라' 하며
주섬주섬 담다 보면
가방 무게에 어깨가
내려앉을 것 같습니다.
일어나지도 않을 일을
염려하며
애써 많은 짐을
지고 사는
바보가
여기 있습니다.

달력의 비밀

아이고,
두 분의 대화 중심에
있던 '저거'라는 게
'저거'였단 말이야?
소사, 소사, 맙소사.

"뱅미 샘, 부산의 문정입니다. 혹시 올해 다이어리 괜찮은 거 들어온 거 없어요?"

새해가 되면 늘상 새 마음, 새 출발을 핑계로 새 수첩을 탐하게 됩니다. 올해도 어김없이 새 수첩에 대한 욕심을 뿌리치지 못하고 멀리 서울에 있는 지인에게 전화를 걸었습니다.

"음……, 제가 원하는 스타일은요. 하루 한 장 쓸 수 있는 넉넉한 메모 공간이 있고, 이왕이면 들고 다니기 편한 크기의 수첩이에요. 어떤 건지 아시죠? 그런 수첩 있어요?"

얻어 쓰는 주제에 요구하는 것도 까탈스러운 저이지만 지인은 불편한 기색 없이 다 들어주십니다.

"웅! 내가 여기저기서 주워 온 것 중에 문정이 말한 스타일이 있긴 해. 말한 거랑 딱 맞긴 한데, 매월 달력에 하루도 빠짐없이 열사분들 성함이 적혀 있어서 마음이 참 그러네. 그래도 괜찮겠어? 이거라도 보내줘?"

"네, 더 의미 있네요. 그걸로 저한테 좀 보내주세요."

전화를 끊고 뱅미 샘과 나누던 대화를 거슬러 가보았습니다. 몇 해 전, 부모님과의 일이 떠올랐기 때문입니다.

저는 이 나이 되도록 꿈을 꿔보지 않은 날이 거의 없습니다. 눈을 뜨고 있을 땐 하루하루 살아가기에 정신없고, 눈을 감고 있을 땐 꿈속에서 날아다니고 뛰어다니느라 기력 빠지는 통에 아침에 눈뜨는 일이 여간 어려운 게 아닙니다.

아침잠에 약한 제가 눈을 뜨게 되는 가장 큰 이유 중 하나가 바로 어머니, 아버지의 떠드시는 소리랍니다. 아침부터 어찌나 떠드시는지 로또에 당첨되는 꿈을 꾸다가도 벌떡 일어날 지경입니다.

그날도 어김없이 꿈속을 허덕이는데 두 분의 대화로 잠이 깼습니다. 침대에 누워 이불을 둘둘 감고 뒤척이며 방문 너머 흘러오는 두 분의 이야기를 곱씹고 있었습니다.

"우리는 여기 이름 안 올랐나?"

"우리가 거기 와 있겠능교!"

"우리도 여기만 거래하지 않나? 그럼 있어야지."

"무슨 소리 하능교, 뭐 말하는데? 당신 뭐 보고 있는데?"

"에헤이, 봐라 이거. 여기 고객들 이름 쭈루미 써놓은 거 아닌가? 얼마나 더 해야 우수고객 취급받노."

잠결이라도 듣다 보면 대충 무엇에 대한 이야기인가 눈치채기 마련인데, 어찌된 일인지 그날은 두 분의 대화를 들어도 들어도 무슨 말인지 도통 알 수가 없었습니다. 듣자하니 두 분도 서로 소통이 되지 않는지 옥신각신하기 시작했습니다.

"당신도 참 무식하구로. 이게 오데 고객 이름잉교? 당신은 항상 눈치가 참 없드라 카이까는."

"눈치 없긴 내가 뭐 없어? 나만 한 사람이 어딨다고."

"내가 그때 〈포세이돈 어드벤쳐〉 영화 보고, 돈까스 먹으러 안 갔어야 해. 그 영화랑 돈까스가 머라고 홀랑 넘어가설랑은. 그때 내가 좀 더 정신 차렸으면 교수 부인쯤 되어 있을 낀데……."

그냥 뒀다가는 부부싸움으로 번질지도 모른다는 생각이 들었습니다. 부부싸움이 나면 가장 불편한 건 아무래도 저라서, 무슨 수를 써서라도 그것만은 막아야 합니다. 이쯤 되면 아무리 잠이 좋아도 더는 침대에 있을 수가 없습니다. 지난 밤 어디론가 던져버린 안경을 찾아 쓰고 당장 두 분이 계시는 거실로 달려 나갔습니다.

"뭔데? 대체 뭔데 그래요? 잠을 잘 수가 있어야지. 또 머 가꼬 그래요?"

"깼나? 살살 말한다고 했는데 들리던갑네. 그건 그렇고 니가 베짱이가! 만날 천날 이 늙은 엄마가 밥상 다 차려놔야 일어나고!"

아뿔싸, 벌써 불똥이 제게 튀기 시작했나 봅니다.

"아니 그게 아니고, 둘이서 무슨 이야기를 하고 있었는데요?"

그제서야 생각났다는 투로 엄마가 고자질하듯 제게 말씀하십니다.

"아니 느그 아부지가 저거, 저기 적힌 저거 보고 고객 이름이란다 아이가? 그게 말이 되나? 고객 이름을 뭐할라 적어놨겠노. 안 그렇나? 느그 아부지가 저래 눈치가 없다."

당하고만 있는 것이 억울했던지 아버지께서도 한 말씀 하십니다.

"그럼 저게 대체 머꼬? 당신은 아나?"

"아이고, 딱 보면 모르겠어요? 저건 그날 그날 당직자 이름 아잉교. 이제 알겠능교?"

대체 '저거'라고 가리키는 게 뭘까? 잠에 덜 깬 눈을 비비며 거북이마냥 고개를 쭉 뽑아 두 분이 가리키는 '저거'를 바라봤습니다.

'아이고, 두 분의 대화 중심에 있던 '저거'라는 게 '저거'였단 말이야? 소사, 소사, 맙소사.'

두 분이 보고 있던 것은 달력이었습니다. 그 달력에는 매일매일 깨알 같은 글씨로 사람 이름이 적혀 있었습니다. 우리 집에 걸린 달력은 죄다 은행에서 얻어온 것이다 보니 아버지께서는 그 이름이 은행 고객명이라 여겼고, 우리 이름을 올려주지 않은 은행에 괘씸해하고 계셨던 것입니다.

한편, 어머니께서는 그 이름이 은행 당직자 이름이라 생각하셨던 겁니다. 그것도 모르는 아버지를 눈치 없다 여기며, 지난날

아버지가 어머니를 꼬드긴다고 사준 돈까스와 그때 보여준 영화마저 원망하고 계셨던 것입니다.

저는 그런 두 분에게 어디서부터 어떻게 말해야 할지 몰라 잠시 생각에 잠겨 있었습니다. 그러다 보니 어느새, 아버지는 어머니의 의견에 동의를 하셨는지 머리를 긁적이며 말씀하셨습니다.

"그라고 보니 당신 말이 맞는갑네. 은행 당직자 이름인갑다. 그러니까 맨날맨날 적혀 있지. 역시 당신이 좀 빠르네. 희안하데이. 그런 걸 뭐할라꼬 우리한테 나눠주노. 웃기네. 참 내."

일단 물 한 잔부터 하고 숨을 고르며 두 분께 말씀드렸습니다.

"엄마, 아빠. 여기 매일매일 날짜에 적힌 이름은 은행 고객명도, 은행 당직자명도 아니고요. 좀 더 사람답게 사는 세상을 위해 용기 내고 한 걸음 더 나갔다가 돌아가신 분들 이름이에요. 전태일이라는 이름 들어보셨죠? 그분이랑 비슷한 분들이에요."

"그럼 여기 숫자는 뭐꼬?"

"아마 돌아가신 연도일 텐데."

"야야, 말이 되나? 여기 보면 최근 연도도 있다 아이가. 전태일처럼 죽은 사람 하면 옛날에야 많았지만, 요샌 그런 게 어딨노? 세상이 얼마나 변했는데 안 그렇나?"

"그러게요. 세상이 많이 변했다고 해도 우리가 모르는 사이 또 이렇게 많은 사람들이 돌아가신 거죠."

"무시라, 아이고 무시라. 니는 함부래 그런 거 하지 마라! 여 와서 밥이나 먹고 얼른 출근해라!"

부산울산경남열사회에서 산 새해 달력을 거실 한쪽에 걸어뒀더랬습니다. 열사회 달력에는 매일매일의 당직자로 오해받을 만큼 수많은 이름이 빼곡이 적혀 있습니다. 그렇게 적힌 가슴 아픈 이름들을 보며 아침부터 논쟁을 벌인 부모님들을 보고 있자니 그저 귀엽기만 했습니다. 그리고 한편으론 이렇게 곁에 있어 주셔서 감사하단 생각도 새삼스레 밀려왔던 것입니다.

출근길을 재촉하며 달력을 가득 메운 이분들이 어떤 분들이고, 왜 적혀 있는지 다시 생각해보게 되었습니다. 존재는 알았으나 그 존재의 의미를 잊고 지내던 이름들에 대해서 말입니다.

몇 해 전 그날의 일로 인해 터진 웃음과 그 뒤에 이어지는 묘한 씁쓸함과 시큰함이 오래도록 남아 제 기억 속을 떠돌고 있나 봅니다. 아직도 그 미묘한 감정이 이토록 생생하게 전해지니 말입니다.

얼마 전 뱅미 샘이 보내준 다이어리가 사무실로 도착했습니다. 펼쳐보니 역시나 빼곡하게 적힌 이름들이 눈에 들어옵니다. 1월, 2월, 3월,…… 11월, 12월을 한 장 한 장 넘기며 마음으로 이야기합니다.

'부디 편히 쉬십시오.'

이제 이 달력에 새로운 이름은 그만 쓰였으면 하는 마음뿐입니다.

엄마, 미안해

> 엄마, 미안.
> 이상하게 내 손만 닿으면
> 이래 되네. 우짜면 좋노.
> 맨날 민폐만 끼치고
> 진짜 미안. 내 밉제?

모처럼 늦잠을 계획한 휴일입니다. 꿈을 꼭꼭 씹어가며 맛있게 자고 있는데, '달그락' 거리는 소리가 정신없이 들려왔습니다. 애인이라도 생길 것 같은 좋은 느낌의 꿈이었는데……. 아쉬움에 잔뜩 찌푸린 얼굴로 거실로 나가보았습니다.

이게 웬일입니까? 엄마가 너무 아끼는, 그래서 지금껏 한 번도 음식을 담아본 적이 없는 접시부터 지난밤에도 입으로 쑤셔 넣던 수저까지 모두 거실 바닥에 널브러져 있지 뭡니까.

어라? 이사 가는 건가? 내가 자는 동안 몰래 도망가시려고 했나? 의심스런 눈빛으로 김 여사를 쳐다봤습니다.

"아이고, 야야, 말도 마라. 싱크대 있다 아이가. 와 싱크대 물 내리가는 데 있다 아이가. 거서 물이 밤새 쩰쩰 샜는갑다. 온 천지가 물이더라고."

평소 과장법을 잘 쓰는 김 여사의 말이라 곧이곧대로 믿진 않았지만, 막상 주방에 가보니 가관이 아니었습니다. 싱크대에서 흐른 물은 거실을 통과하는 실개천을 하나 만들어놨더군요. 때마침 CSI(과학수사대)라는 미국 드라마에 심취해 있던 터라 과학적으로 이 상황을 조사하기로 했습니다. 물이 새게 된 경로, 그 원인을 파악하기 위해서는 '현장'을 잘 살펴야 하거든요.

"물이 저래 자꾸 새는데, 얼른 냉장고도 옮기놔야 될 낀데, 큰일이네."

김 여사님의 말은 결코 독백이 아니라 '문정아, 니 말이다, 니. 니보고 하란 소리다'로 들려왔습니다. 냉장고를 한 번 바라보고, 김 여사를 한 번 쳐다봤습니다. 김 여사는 다시 눈빛으로 '그래, 니! 거기 니 말이다!' 하는 신호를 보내셨습니다. 뭐, 물론 백 프로 제 느낌일지도 모르지만 중요한 건 그 상황에서 제가 그렇게 느꼈다는 거죠.

솔직히 말하자면 그동안 전 김 여사를 기쁘게 해준 적이 많지 않습니다. 김 여사가 원하는 대학을 간 것도 아니고, 김 여사가 원하는 직장을 들어간 것도 아니고, 그렇다고 김 여사가 간절히 원하고 바라는 몸무게를 가진 것 또한 아닙니다.

그래서일까요, 이번만큼은 김 여사를 기쁘게 해드리고 싶었습니다. 지금 상황에서는 물이 없는 곳으로 냉장고만 옮겨드리면 김 여사가 너무나 행복해하실 것 같습니다. 양쪽으로 문이 열리는 자줏빛의 섹시한 우리 집 냉장고. 이제 이 녀석을 안전한 거실 귀퉁이로 옮기기만 하면 됩니다. 자랑스러운 딸이 될 수 있는 절호의 기회인 것입니다.

"내가 해볼게요."

나만 믿으라고 가슴팍을 멋지게 두드리며 김 여사를 물러나게 했습니다. 그리고 잠시 냉장고를 바라보며 호흡을 가다듬었죠. 힘을 쓰기 전에는 섣불리 움직이기보다 침착하게 견적부터 내야 합니다. 어떤 식으로 어떻게 하겠다는 견적이 제대로 나와야 힘을 집중시킬 수 있고, 그에 따른 좋은 결과도 낼 수 있기 때문이죠. 일단 섹시한 냉장고를 슬쩍 건드려봐야 합니다.

'작용-반작용'이라고 하나요? 슬쩍 건드렸을 때 제게 전해 오는 냉장고의 반응을 근거로 제가 가지고 있는 힘의 몇 퍼센트를 집중시킬지 산출하는 게 좋겠다는 생각이 들었습니다. '지가 커 봤자, 무거워 봤자지' 하는 심정으로 슬쩍 들어보았습니다.

어이쿠야, 낭패 났습니다. 꼼짝도 안 하더라고요. 단순히 힘만 가지고는 불가능하겠다는 생각이 들었습니다. 그렇다고 물끄러미 저만 바라보고 있는 김 여사에게 "엄마, 이거 안 되겠다!"라는 절망적인 말을 할 수가 없었습니다. 김 여사에게 사랑받을 기회를 놓치고 싶지 않았습니다. '힘' 하면 '우리 딸'이라시던 김 여사에게 '당신 딸도 이제 한물 갔다'는 가슴 아픈 현실을 차마 보여드릴 수가 없었습니다.

"뭐, 별거 아니네. 대충 밀면 되겠네. 내가 알아서 해놓을 테니 방에 가서 쉬고 계세요. 내가 하면 다 되지, 안 되는 게 어딨어요. 안 그래요? 하하하."

내가 웃는 게 웃는 게 아니었습니다.

말은 자신 있게 했는데 꼼짝도 않는 저 녀석을 대체 어쩌면 좋을지 근심, 걱정이 가득했습니다. 이럴 때일수록 냉정을 되찾아야 합니다. '맥가이버'라는 드라마를 보면 주인공은 위기상황에서도 침착하게 일을 처리하곤 했습니다.

'그래, 나라고 못 할 게 뭐 있어? 침착하게 생각해보자. 학교 다닐 때 물리 배웠잖아. 거기에 어떤 원리가 있을 거야. 그래 맞아. $F=ma$! F가 힘이었지. 여기서 m은 물체의 질량이고 a는 가속도였잖아. 역시 최문정! 죽지 않았어!'

다시 화색이 돌았습니다. 사람은 생각하는 동물이 맞나 봅니다. 생각하면 다 실마리가 풀리니 말입니다.

'자, 다시 생각해보자. 빠른 속도로 달려오면 가속도는 커질 테고, 내 질량은 이미 충분히 크니까 F는 어마어마해지겠지? 그렇게 생긴 나의 F로 냉장고를 움직이는 거야! 승산 있어. 한번 해보자.'

생각은 이 정도면 충분한 것 같았습니다. 이제 실천할 일만 남은 거죠. 육상대회에 나선 멀리뛰기 선수라도 된 것처럼 두어 걸음 뒷걸음을 치고 크게 심호흡을 했습니다. 손바닥을 쫙 펴고 양팔을 든 채 출발했습니다.

"으랏차차, 간다~ 파~악."

그리곤 놀라운 일이 일어났습니다. 냉장고가 움직이는 게 아니겠습니까. 이때 물러서면 제자리로 돌아오니까 멈추지 않고 '영차 영차'를 되뇌이며 냉장고와 씨름을 했습니다. 그러자 조금씩 조금씩 냉장고는 뒷걸음질치기 시작했습니다. 한껏 필 받은 저는 더욱 가열차게 밀어댔습니다. 그렇게 5분가량을 밀었을까, 갑자기 김 여사의 기절초풍하는 소리가 들려왔습니다.

"니 지금 뭐하노! 일이 우째 되고 있는 기고!"

제 이론대로라면 '나의 F'가 냉장고의 움직임에만 영향을 미쳐야 하는데, 어찌된 일인지 냉장고 아래의 장판을 짓이기는 데 더 많은 영향을 미치고 있지 뭡니까? 냉장고는 원래 있던 자리에서 30cm쯤 옮겨진 어정쩡한 위치에 우두커니 서 있고, 주방 한가운데 장판은 잔뜩 늘어난 채로 불룩 솟아 있습니다. 독도가 우리 집 주방으로 옮겨온 것만 같았습니다.

"야, 니 지금 이거 우짤 끼고? 장판을 이래 놓으면 우짜자는 거고. 에헤이, 못 산다 진짜로! 안 되면 말지 그걸 뭐할라고 밀어재끼가꼬 일을 크게 만드노!"

김 여사는 당장 울음보라도 터뜨릴 것처럼 항의하셨습니다.

"내가 뭐 이래 될 줄 알았나?"

기어들어 가는 소리로 항변했지만 별 소용없는 짓이었습니다. 이 순간을 모면하는 방법은 오직 '자책' 뿐입니다.

눈썹은 더 처지도록, 입꼬리도 더 내려오도록 눈은 쫙 내리깔고 양손은 가지런히 앞으로 모았습니다.

"엄마, 미안. 이상하게 내 손만 닿으면 이래 되네. 우짜면 좋노. 맨날 민폐만 끼치고 진짜 미안. 내 밉제?"

"아이고, 장판을 여기만 뗄 수도 없고, 이걸 우째야 되노."

"그럼 이참에 거실 장판 새로 다시 하면 되겠네. 그 비용은 내가 낼게요."

"맨날천날 돈 없다고 하는 게 니 아이가."

"모으면 되지……."

그리곤 고개를 푹 숙인 채로 방으로 들어왔습니다. 엄밀히 말하면 자숙의 시간인 셈이지요.

잠시 마음을 안정시키고 빼꼼히 주방을 내다봤습니다. 눈에 유난히 거슬리는 장판섬 앞으로 거실을 들락거릴 때마다 또다시 장판섬을 마주할 테고, 그럴 때면 죄책감과 김 여사의 핀잔을 들어야 하겠죠. 어휴, 방에 있으면서도 계속 신경이 쓰였습니다. 급한 마음에 장판섬에 신문지를 깔고 다리미로 좀 다려봤습니다. 그나마 울퉁불퉁하게 솟아 있던 장판섬이 다림질 후엔 네모 반듯하게 되었습니다.

아, 하루의 시작이 너무 우울하게 진행되는 것 같습니다. 어떻게 됐냐고요? 냉장고를 옮기기 위해 장정 몇 명을 부른 상황입니다. 그동안 '혼자서도 잘해!'를 외치며 씩씩하게 지내왔는데 유일하게 잘할 수 있던 힘쓰는 일도 이젠 제 의지대로 되질 않습니다. 참 속상한 일입니다.

저도 이제 나이를 먹어가나 봅니다. 이젠 힘이 아니라 머리를, 머리보다는 지혜를 써야 하는 나이인가 봅니다. 이렇게 사소한 일에도 상처받는 그런 나이인가 봅니다. 나이 들어감을 다른 것도 아니고 냉장고 옮기다가 느낄 줄은 미처 몰랐네요.

"하드의 추억"

엄마가 언제 사줄지 몰라

아껴가며 핥아먹던

꼬마의 아이스크림

VS

이쯤이야 언제든 살 수 있다며

감흥없이 베어 먹는

어른의 아이스크림

언제의 아이스크림이 더 맛있었나요?

나, 다단계 아니란 말이에요

아이다.
엄마보고 사라는 기
아이고. 내가 사 온
거라 카이까.

"엄마, 밥 주세요."

"나 마음이 아파."

"나랑 사귈래?"

이처럼 세상에는 놓쳐서는 안 되는 중요한 목소리, 지나쳐서는 안 되는 이야기들이 많습니다. 우리가 외면해서는 안 되는 중요한 소리 가운데 하나가 이랜드 사업장에서 흘러나오고 있는 요즘입니다.●

사업주는 노동자에게 제대로 된 임금을 주지도 않고 툭하면 대량해고로 노동자들의 목숨줄을 쥐고 흔들었습니다. 더 이상 참을 수 없던 노동자들은 거리로 나설 수밖에 없었던 것이지요. 한 집안의 엄마이고 아빠인 노동자들은 사업주의 횡포에 맞서야 했

● 2007년, 이랜드 기업의 홈에버 사업장에서 비정규직 보호법을 피하기 위해 많은 노동자들이 대량 해고된 일을 말함.

고, 사업주의 횡포로 인한 생활고를 겪어야만 했습니다. 이랜드 해고자들은 길어지는 투쟁 탓에 칫솔을 판매하기도 했답니다.

　대형마트에 가면 더 싸게 살 수 있는 것이지만 저는 애써 칫솔 한 꾸러미를 구입했습니다. 이렇게라도 그들이 혼자가 아님을 말해주고 싶었습니다. 그리고 불편한 진실을 애써 외면하려는 제 감성을 향해 조그마한 자극이라도 주고 싶었습니다. 겨우 칫솔 몇 개 샀을 뿐인데 어찌나 뿌듯하던지요. 이 기분 그대로, 어깨를 잔뜩 치켜올리고 당당하게 김 여사에게 칫솔 꾸러미를 내밀었습니다.

　"엄마, 이거 봐라. 내가 칫솔 사다 놨다. 맘껏 써라."

　저는 김 여사에게 큰소리치며 욕실에 칫솔을 가지런히 진열하고 있었습니다. 김 여사는 설거지하느라 바쁜지, 제 말은 듣는 둥 마는 둥하고 있었습니다.

　"에헤이, 듣고 있어요? 내가 칫솔 사 왔다고."

　겨우 칫솔 한 꾸러미 사 왔으면서 생색이란 생색은 다 내려는 저입니다. 여전히 달그락거리는 소리만 들릴 뿐, 별 반응이 없지 뭐예요.

　'칫솔이 너무 약한가?'

　또 불안해지기 시작했습니다. 그때 저만치 떨어진 주방에서 까칠한 목소리가 날아들었습니다.

　"이젠 하다 하다 엄마한테 칫솔까지 팔아먹을라고 그라나?"

　세제 거품이 잔뜩 묻은 고무장갑을 조심스레 받쳐 들고서 저를 바라보는 김 여사의 표정을 잊을 수가 없습니다. 의심과 한심함, 염려와 한탄, 분노와 처량함 등 이 모든 감정이 녹아든 표정 말입니다.

"아이다, 엄마보고 사라는 기 아이고, 내가 사 온 거라 카이까."

"네가 샀다고? 그짓말하고 있네, 또 누가 주던데?"

이게 우리 집에서의 제 이미지입니다. 사실, 김 여사의 반응이 새삼스러운 것도 아닙니다.

"참 나, 의심도 많다. 내 돈 주고 사 왔다 카이까 그라네."

"네가? 네가 네 돈 주고 집에 필요한 걸 사 올 인간이가? 안 그렇나?"

사 와도 의심받을 바에 원래 이미지대로 김 여사한테 칫솔 몇 꾸러미를 웃돈 얹어 팔 걸 그랬습니다. 이제 와서 칫솔의 의미를 설명하자니 타이밍도 너무 늦은 것 같고, 그렇다고 나에 대해서 왜 그렇게 삐딱하게 생각하냐고 따지고 들 수도 없는 상황이었습니다.

우야던동 일 크게 만들지 않으려면 침착하게 잘 넘겨야 한다는 것쯤은 본능적으로 간파했답니다. 이럴 때 가장 좋은 방법은 능글맞은 화제 전환뿐입니다.

"누가 샀고 그런 게 짜달시리 중요하나? 우쨋든 이 칫솔 완전 좋은 거래요. 여기에 은나논가 금나논가가 있어서 닦았다고 하면 완전 하얗게 된다더라."

위기를 모면하려다 보니 사기꾼 모드로 변해버리고 말았습니다. 제 말이 끝나기도 전에 못 다한 주방일 하느라 눈앞에서 사라진 김 여사. 아시다시피 세상 모든 김 여사가 그러하듯 우리 김 여사 포스 또한 장난이 아니십니다.

제 말은 아랑곳하지도 않고 남은 설거지를 하시는 김 여사입니다. 그러다 갑자기 저를 향해 휙 돌아보시더니 잠시 뜸을 들인 뒤 한마디 하십니다.

"근데 니……, 다단계 같은 거 하다가 걸리면 죽는다. 호적에서 확 제낄 거다. 그래 알아라. 알겠나?!"

암요, 다단계라뇨. 제가 감히 그런 거 할 배짱이겠어요, 어디? 비록 그날 이후 김 여사에게 저는 '다단계 할 우려' 있는 딸내미로 전락했지만, 그래도 전 김 여사를 완전 사랑합니다.

요즘 우리 가족은 제가 다단계로 의심받아가며 사 온 칫솔을 아주 잘 쓰고 있답니다. 그 덕에 저녁에는 거실에 따로 전등을 켜지 않아도 될 듯합니다.

왜냐고요? 이랜드 노동자들의 소망이 담긴 칫솔로 이를 빡빡 닦았더니 이에서 광이 나지 뭐예요. 전등을 대신해 매일매일 웃으면서 치아를 드러내고 있습니다. 어때요, 슬슬 이 칫솔이 탐나기 시작하시죠?

김 여사가 돌아온다

나도 성인이야,
내 일은 내가
알아서 해!

　오늘 아침 눈을 떴을 때 괜히 우울해졌습니다. 서글픔, 아쉬움, 후회, 갖가지 안타까운 감정이 다 찾아들었답니다. 이불 속에서 뒹굴거리며 '왜 이렇게 우울할까'에 대해 곰곰이 생각해봤습니다.

　문제의 시작은 바로 '어제' 있었습니다. 어제는 제 인생에 있어 몇 번 올까 말까 한 대박 같은 날이었거든요.

　바로 김 여사가 집을 비우게 되었다는 것이죠. 표현력 없는 아부지도 내심 '자유다' 하고 외쳤을지 모릅니다. 이런 기회가 살면서 몇 번이나 있을까 돌이켜 보자면 다섯 손가락에는 꼽힐 것 같아요.

　사람은 살다 보면 숱한 '기회'의 순간을 맞이하게 됩니다. 어떤 이는 이 '기회'가 기회인지 모르기도 하고, 또 어떤 이는 '기회'가 왔는지조차 감지하지 못하기도 합니다. 또 다른 이는 동네 어귀에서 '기회'가 오기만을 기다리고 있기도 합니다.

이처럼 '기회'란 녀석은 삶에서 그리 자주 마주하게 되는 것이 아니어서 한번 만났을 때 제대로 알아차리고 제대로 내 걸로 만들어야 하는 거죠. 친구 말마따나 저는 물에 빠져도 입만 동동 뜰 스타일인가 봅니다. 이렇게 이론은 잘 알고 있으면서 정작 현실에서는 이론대로 실천을 하지 못하니 말입니다.

어제 저는 일찍 귀가를 했습니다. 그것도 밤 열 시도 채 되지 않은 초저녁(?)에 말입니다. 뿐만 아닙니다. 제 식도, 후두, 위장, 혈액, 뇌 등 모든 장기에 알코올 한 방울 묻히지 않고 신선한 상태를 유지했다는 사실도 놀라운 일이었습니다. 줘도 못 먹는 바보가 여기 있나 봅니다. 그게 뭐 그렇게 속상해할 일이냐고 고개를 갸웃하실지도 모르겠습니다.

어느 영화의 한 장면이 생각나네요. "나도 성인이야, 내 일은 내가 알아서 해!"라고 반항하는 자식에게 부모님이 뒷통수를 치며 한마디 하셨습니다.

"내 집에 있는 한, 내 법을 지켜!"

그 후 자식의 반응은 굳이 말하지 않아도 아시겠죠? 눈치채셨겠지만 저는 서른 해가 넘도록 부모님의 부양, 아니 '봉양'을 받으며 살고 있는 남세스러운 청춘입니다. 그리고 우리 집에는 부모님만의 법령도 존재합니다. 그렇다 보니 가끔씩 부모님의 감시망이 느슨해질 때면 작은 일탈을 꿈꾸곤 합니다.

어떤 일탈일까요? 그리 대단한 것도 아닙니다. 그동안 소홀했던 동료들과 시간에 관계없이 맘 편히 인생도 논하고 술잔도 기울이는 것, 그리고 '미안합니다, 먼저 갈게요'라고 말하지 않는 것. 그것이 제가 꿈꾸는 작은 일탈이었던 거죠.

그렇다고 평소 금주를 한 것도 아닙니다. 단지 '늦게 가면 욕을 바가지로 먹을 텐데', '거실에서 불 끄시고 나 기다리고 있음 어쩌지' 하는 불안감을 떨치고 싶었을 뿐입니다. 마신 술잔의 수와 대문을 연 후에 쏟아지는 김 여사의 걸죽한 악담은 비례하기 때문에 늘 긴장할 수밖에 없습니다.

오늘 오후가 되면 내 인생의 황금 같은 기회가 사라집니다. 김 여사가 다시 컴백홈하는 거죠. 아쉽지만 별 수 없습니다. 왕의 귀환을 받아들이는 수밖에요.

그래서 오늘 아침 잠에서 깨며, 기회를 살리지 못한 제가 서글퍼졌던 것입니다. 그 때문에 그리도 우울해졌나 봅니다. 기회를 잘 살리기 위해서는 언제 올지 모를 기회를 대비해 늘 준비해야 하는 것인데 '내게 그런 기회가 오겠어?!' 혹은 '기회? 오면 그때 하면 되지' 하는 안일한 자세로 사는 제 자신이 문제였던 거죠.

결국 이렇게 저는 또 모니터 앞에서 빈둥대고만 있습니다. 비단 이번 일만이 아닐 것입니다. 살아가면서 만났을지도 모를 수많은 기회를 이런 식으로 놓쳤다고 생각하니 스스로가 참 어리석게 여겨졌습니다.

한편으로는 기가 막히기도 합니다. 나이 서른이 넘어도 부모님이 집 비웠다고 설레어 하며 일탈을 꿈꾸는 제 모습을 보니, 참 못난 놈 같습니다. 언젠가 제가 부모님을 봉양하는 그날이 온다면 김 여사는 글을 남길지도 모릅니다.

'오늘 우리 딸, 집에 없는 날이에요, 저도 일탈할 거예요' 하고 말이에요. 김 여사에게 복수할 그날을 손꼽아 기다려봅니다.

오지랖

출근길 지하철 옆자리에 앉은
추레한 남자.
문득 그의 손가락에 끼워진
약속의 반지를 보며 생각합니다.

'아, 이 사람도 누군가에게는
더없이 사랑스럽고
소중한 사람이겠구나'

세상 모든 사람은
누군가에게 그 무엇과도
바꿀 수 없는 귀한 존재임을……
당신이 내게 그러하듯.

어색한 부녀의 애틋한 통화

아빠, 딸 오늘
하루만 더 늦을게요.
먼저 주무세요. 네?

"세상 천지, 니가 최고로 바쁠 끼다. 대통령 만나는 기 오히려 더 쉬울 끼다."

부모님께서 제게 하시는 말씀입니다. 어휴, 정말 그런 것 같습니다. 하루도 거르지 않고 뒷꿈치 바짝 들어 도둑고양이마냥 집으로 들어오니 말입니다.

월요일은 주간회의를 하니까, 화요일은 결혼 앞둔 친구를 만나야 하니까, 수요일은 글쓰기 모임이 있으니까, 목요일은 듣고 싶던 강연이 있으니까, 금요일은 한 주가 끝나니까, 토요일은 다음 날이 일요일이니까, 일요일은 일요일이니까.

그런 이유를 하나하나 대니 매일 밥 먹듯이 귀가가 늦어질 수밖에요. 어느 하나, 이유 같지 않은 이유는 없죠? 예전엔 자식과 하숙생 사이를 넘나들었다면, 요즘은 하숙생과 자취생 사이를 아슬아슬하게 줄타기하고 있거든요. 저도 양심은 있는지라 부모님께 죄송해하던 차였습니다.

때마침 오늘 점심 무렵, 전화가 한 통 왔습니다. 무뚝뚝하기로 유명한 아버지였습니다. 저 역시 그렇게 싹싹한 딸이 아니라서 전화기에 뜬 '발신자 : 아부지' 라는 글자에 잠시 머뭇거렸죠. 그렇게 시작된 최 씨 부녀의 애틋한 통화내용은 이랬습니다.

"여보세요."

아빠인 걸 뻔히 알면서도 애써 어색함을 감추려 딴소리를 한 셈입니다. 아니나 다를까 아빠도 "여보세요"로 응수하셨습니다. 그래도 제가 딸이니 먼저 손을 내밀었습니다.

"어, 아빠."

그제서야 아빠도 조심스럽고도 인자하게 말씀을 꺼내셨습니다.

"그래, 요새 잘 지내나?"

이 한마디에 갑자기 고개가 푹하고 숙여졌습니다. 마치 '네 죄를 네가 알렸다!' 하고 묻는 것 같았거든요. 아무 말 못하고 있자니 아빠의 두 번째 공격이 시작되었습니다.

"별일은 없제?"

"네, 맨날 똑같죠 뭐. 별일 없어요."

"잘 지낸다니 다행이다. 궁금해서 전화 한번 넣어봤다."

아빠도 고수는 고수인 것 같습니다. 무슨 말을 어떻게 해야 할지 모르게 만드시는 통에 진땀 좀 뺐거든요. 언제나처럼 궁지에 몰릴 땐 '화제전환' 이 최고의 약입니다.

"식사는 하셨어요?"

"그래, 내 걱정은 말고 너도 얼른 점심 챙겨 먹고."

예상대로 아빠는 저의 화제전환용 멘트에 말려 급히 마무리 인사를 하시는 것 같았습니다. 불편한 마음도 이제 곧 끝나겠다 싶었습니다. 그런데 불쑥 아빠가 질문을 던지시는 게 아니겠습니까. 여기선 질문이 나올 타이밍도 아닌데 말이죠.

"재미는 있냐?"

'재미는 있냐'는 것이 일하는 게 재밌냐는 뜻일까요, 아니면 요새 매일 늦게 다니는 게 재미 좋냐는 건지, 사는 게 재밌냐는 건지 아빠의 속을 도통 알 수가 없었습니다. 그렇다고 '뭐가요?' 라고 되묻자니 가슴 한켠에 죄송한 일이 너무 많아서 그러지도 못했습니다.

그래서 그저 기어들어가는 목소리로 "네……."라고 했습니다. 그러자 아빠가 대답하셨습니다.

"그럼 됐다, 열심히 해라. 열심히 말이다."

힘주어 말씀하신 '열심히 말이다', 이게 진짜 열심히 하라는 소리인지, 비꼬는 말씀인지, 반어법인지 이 또한 알 수가 없었습니다. 거의 패닉상태였던 거죠. 얼른 마무리 인사를 하고 전화를 끊어야겠다 싶었습니다.

"네, 아부지도 건강하게 잘 지내시고요."

"그래, 담에 보자."

정신없이 마무리를 하는 통에 얄궂은 인사말을 선택했지 뭐예요. 이렇게 아빠와의 통화는 1분여 만에 끝이 났습니다. 이게 무슨 그렇게 특별한 통화내용이냐고요?

중요한 것은 아빠와 제가 한집에 살고 있다는 사실이죠. 물론 김 여사도 함께 말입니다. 이렇게 한집에 사는 아빠가 딸한테 전화해서 건넨 첫인사가 '잘 지내나?' 였고 끝인사가 '다음에 보자' 였다는 점은 죄송하고도 또 죄송할 일입니다.

수신제가치국(修身齊家治國)이 어쩌고저쩌고라고 그러지 않습니까. 부모님의 봉양을 받고 사는 입장에서 수신(修身)은 그렇다 치고 제가(齊家)까지는 아니더라도 충가(忠家) 정도는 해야 하는데, 이마저도 부족하니 죄송한 마음뿐입니다. 수신(修身)도 안 되고 제가(齊家)도 안 되면서 대체 무얼 하겠다는 건지, 갑작스런 무기력증이 몰려왔습니다.

미안해하던 자식은 이내 못난 자식놈이 되고 맙니다. 그렇게 한 번 두 번 못난 자식놈이 되더니, 결국엔 나쁜 자식까지 되려고 합니다. 두 눈 질끈 감고 나쁜 자식이 되어보니, 웬수 같은 자식 되는 것은 그리 어렵지 않은 일이더군요. 너무 가까이에 있어 오히려 가장 나중에서야 챙기게 되는 부모님께 유난히 죄송스런 날이었습니다.

"아빠, 딱 오늘 하루만 더 늦을게요. 먼저 주무세요. 네?"라고 문자를 보내고 나니, 아차하는 마음이 들었습니다. 가만히 수첩을 꺼내 이번 달 일정을 살펴봤습니다.

'아, 괜히 문자했다. 그냥 가만있을 걸.'

따져 보니 내일도, 모레도 달력에 빼곡하게 뭔가 적혀 있지 뭡니까. 그렇다고 "아빠, 내일도 늦을 것 같아요. 아니 그냥 이번 주까지만 늦을게요."라고 다시 보낼 수도 없는 일이었습니다.

　아빠, 그냥 당분간은 먼저 주무세요. 그래도 제가 집에는 꼬박 꼬박 들어가잖아요, 네? 제가 아침에 좀 더 일찍 일어나서 사랑하는 아빠, 엄마 두 분의 얼굴 볼 수 있도록 할게요. 아무리 그래도 세상에 이런 딸 없다는 거, 알고 계시죠?
　"그래, 세상 천지 니 같은 딸이 어딨노!" 하는 두 분의 음성이 들려오는 것만 같습니다.

니는 왜 검사 할 생각을 안 하노?

내가 놀러나 다니는
사람 같아 보여요?

모처럼 사랑하는 엄마, 아빠와 함께 식탁에 모여 앉았습니다. 김 여사는 금세 맛있는 반찬을 뚝딱 해내는 마술사입니다. 이렇게 맛있게 차려진 밥을 맛있게 먹고 나면, 열 번 중에 여섯 번 정도의 설거지는 아빠가 하십니다. 아빠의 손매가 섬세하지 못한 탓에 김 여사의 끊임없는 지도편달이 이어지지만 웬만해선 큰 저항 없이 해내시고요.

제 역할은 뭐냐고요? 그러게요. 사실 저는 딱히 하는 게 없습니다. 밥 다 차려지면 "정아~" 하고 저를 부르는 소리가 납니다. 식사를 마치고 나면 싱크대에 밥그릇 담아두고 휑하니 나가면 그만입니다. 그렇다고 아무것도 안 하면 자식의 도리가 아니기에 저만이 할 수 있는 일을 꼼꼼히 찾아봤습니다. '과연 내가 할 수 있는 일은 뭐가 있을까' 하고 말입니다. 그렇다고 김 여사와 아빠의 일을 가져갈 수는 없는 노릇이죠.

그러다가 찾아낸 틈새시장이 있었습니다. 바로 음식 만든 사람을 기분 좋게 하는 일과 설거지 할 사람의 일을 덜어주는 겁니다. 무슨 뜻이냐고요? 쉽게 말해서 이왕 먹는 음식을 두고 '우와, 진짜 맛있어요', '역시 김 여사는 알아줘야 해', '엄마, 그냥 식당 하나 차려!' 처럼 쉬지 않고 칭찬하면서 먹기로 한 거죠. 그럼 힘들게 요리한 사람도 보람을 느끼고, 옆에 있는 사람도 괜히 더 맛있게 먹게 될 테니까요.

그리고 설거지할 사람을 위해 밥 한 톨 남기지 않고 싹싹 긁어 먹기로 한 겁니다. 설거지할 때 음식쓰레기를 분리하고 헹궈낸 다음, 다시 씻자면 두세 번의 손이 더 가잖아요. 진공청소기 정신으로 밥, 국, 반찬할 것 없이 깨끗하게 비워내는 건 정말 자신 있답니다.

그렇게 각자의 역할에 충실하기 때문에 우리 가족의 식탁에선 평화로움이 가득합니다. 뭐, 물론 저만의 착각일 수도 있지만 표면적으로 얼굴 붉힐 일은 거의 없다고 보면 됩니다. 주로 음식 이야기, 집안대소사 이야기와 함께 적당한 칭찬과 호응으로 이뤄졌으니까요. 그렇게 평화롭기만 한 아침식사 시간이 팽팽한 긴장감으로 물든 건 김 여사의 작은 질문에서 시작되었답니다.

휴일 아침이지만 여느 날과 다름없이 같은 시간에 아침식사가 이뤄졌습니다. 전 어김없이 "정아~" 하는 소리에 외출복을 주섬주섬 챙겨 입으며 식탁에 앉았습니다. 그리고 늦은 귀가를 대강

공지하고 딴청 피울 생각에, 들리는 둥 마는 둥하게 "저 오늘 사무실 나가요" 하고 말했습니다. 나중에 또 늦니 마니 핏대 올리시면 그제서야 '아침에 말했는데' 라고 할 계획이었거든요. 그런데 제 전략과 달리 넌지시 건넨 제 말을 김 여사가 들었나 봅니다. 당황스러울 만큼 해맑고 화사한 표정을 지으며 말씀하시더군요.

"네가 짜달시리 뭐 하는 일이 있다고 토요일에도 사무실에 나가노?"

이 정도 수위의 말은 그동안 많이 들어왔지만 오늘 따라 울컥하게 되더라고요. 이렇게 좋은 날에, 맛있는 음식 앞에서 아픈 소리를 듣고 있자니 저 아래 발톱 밑에 심어놓은 자존심 한 올이 탁하고 풀려버리지 뭐예요.

"어떻게 그런 말을 해요? 내가 대기업 다니다가 휴일 출근한다고 했어도 이렇게 말했을 거예요? 내가 놀러나 다니는 사람 같아 보여요?"

자격지심이 하늘을 찔렀습니다. 말을 해놓고도 '너무 과했나?' 하며 갸웃거리고 있었는데 그런 미안함도 잠시였습니다. 김 여사는 더더욱 순수하고 미소 띤 얼굴로 대답했습니다.

"어, 맨날 놀러 다니데."

항복. 더는 할 말을 찾지 못하고 애꿎은 밥만 퍼 먹고 있었습니다. 그렇게 침묵의 식사 시간이 이어졌습니다. 그러다 불쑥 김 여사가 다시 말문을 열었습니다.

"그 와 있다 아이가, 텔레비전에 자주 나오고 단병혼가 하는 사람 말이다."

대꾸하고 싶지만 조금 전 일로 맘이 상해 있는 컨셉이라서 쉽게 대꾸를 할 수 없었습니다.

"에헤이, 있다 아이가. 그 얼굴 길고 머리 까진 사람 말이다. 아나?"

김 여사가 많이 답답했나 봅니다.

"응, 국회의원도 하셨잖아."

마지못해 툴툴거리듯 대답을 했습니다. 다음 나올 말이 어떤 내용인지 상상도 못하고 말이죠.

"그래, 그 사람. 그 사람 딸 검사 됐다매?"

애써 태연한 척, 그러나 내심 뭔가 굉장히 찜찜한 뉘앙스였습니다.

"그랬겠지. 근데 뭐?"

또다시 울컥하고 맙니다. 그때까지 아빠 조용히 식사만 하고 계셨답니다. 그런 아빠를 바라보시며 김 여사가 한마디 하셨습니다. 궁금해 죽겠다는 듯이 말입니다.

"느그 아부지도 얼굴 길고 머리 까졌는데……."

상상도 못한 대화의 흐름이었습니다. 밥이 입으로 넘어가는지 코로 넘어가는지 분간도 안 되더군요.

"그래서 뭐?"

저도 한판 붙자는 심정으로 감히 김 여사한테 쌍심지를 켜고 되물었습니다. 역시 김 여사는 고수였습니다. 신경전의 고수 말입니다. 냉정을 잃지 않고 봄꽃처럼 화사하고 온화한 미소도 잊지 않은 채 말씀하셨습니다.

"아니 그러니까, 느그 아부지도 할 만큼 했는데 넌 뭔가 해서……, 니는 왜 검사 할 생각을 안 하노?"

두 손 두 발 다 들었습니다. 제가 이렇게 억울해하고 속상해하는 게 이해가 되시죠?

사무실에 와서 일을 하자니 농담 반 진담 반으로 이뤄진 식사 시간의 일화가 머릿속에서 떠나질 않았습니다. 혹자는 그러더군요. '김 여사는 아직도 문정 씨가 뭐라도 되길 바라시는 건가요?' 하고 말입니다.

'제가 쉰이 되고 예순이 되면 어떨까?' 하고 곰곰이 생각해봤습니다. 그때도 부모님께서는 여전히 제가 좀 더 나은 사람이 되길 바라고 계실 것 같습니다. 부모님이니까요. 자식을 끔찍이도 아끼고 사랑하는, 그래서 가끔은 본인이 더 많이 아픈 부모님이니까요. 울컥하고 서운한 마음도 잠시더군요. 가슴이 짠해졌습니다.

'내가 이 나이에 더 나은 뭔가가 될 순 없어요.' 혹은 '왜 내가 두 분을 위해 뭔가가 되어야 하는 거죠?' 라는 질문보다는 두 분이 생각하는 '더 나은'의 기준을 바꿔드릴 수 있으면 좋겠다는 생각도 들었습니다.

지금은 '은행 잔고가 타인과 크게 다르지 않은 생활'이 부모님이 생각하는 '더 나은' 삶의 기준일지도 모릅니다. 하지만 한참이 지난 어느 날에는 '내 딸의 행복 그 자체'가 두 분이 생각하는 '더 나은' 삶의 기준이 되었으면 합니다. 설령 그렇지 않다 하더라도 저를 향한 부모님의 사랑이나 신뢰에 대해서 조금도 의심하거나 안타까워하지 않겠습니다. 제가 너무나 아끼고 사랑하는 부모님이니까요.

　"엄마, 아빠! 그런데 검사는 말야, 내가 안 된 게 아니라 못 된 거야. 다 알면서 그래."

할머니의 봄

시장 모퉁이……
굽은 등에서, 주름진 손끝에서
'봄날의 향'을 느낍니다.
문득, 할머니가
그리워지는 날입니다.

평화를 앗아간 담배 한 개비

왜? 또 무슨 일인데?
아빠가 김치통이라도
쏟았나? 아니면 맨발로
베란다에 나갔나?
왜? 말해봐라.

아빠가 어느새 많이 늙으셨습니다. 그래도 동네 체육관에서 단련된 탄탄한 근육을 품고 계셔서 그런지, 같은 연령대 아버님들에 비해서는 젊어 보이십니다. 아빠는 정년퇴직 이후에도 마냥 놀 수 없다며 스물네 시간 격일제 근무를 하고 계십니다. 낮과 밤이 바뀌는 피곤한 생활 때문에 짱짱하던 건강도 골골해질 수밖에요. 특히 요즘은 이가 좋지 않아서 고생이 이만저만이 아닙니다. 그래서 일을 마치고 쉬어야 할 시간에 부지런히 병원치료도 다니셔야 합니다.

며칠 전이었습니다. 아픈 이로 고생하는 아빠가 안쓰러웠는지 김 여사는 비밀 프로젝트를 준비하셨습니다. 격려 차원에서 아빠가 치료받으시는 병원 앞으로 몰래 찾아가 '서프라이즈~'하며 깜짝 놀라게 해주고, 맛있는 밥도 한 끼 대접하실 생각이셨던 거죠. 그게 무슨 프로젝트냐고 핀잔 주실지 모르지만 저희 집에서는 이 정도면 굉장한 이벤트입니다.

야심차게 깜짝 이벤트를 계획하신 김 여사는 제게 아빠가 치료받는 병원의 위치를 물어보셨습니다. 다른 날 같으면 제 할 짓 다 하고 느지막하게 답장을 보냈을 텐데 이날따라 단박에 답장을 보내게 되었습니다. 그것도 평소와 달리 무척이나 세세하고 친절하게 위치를 알려드렸지요. 저의 발 빠른 답장과 상세한 설명이 앞으로 큰 화를 불러올 거란 사실은 생각지도 못한 채 말입니다.

그날 밤이었습니다. 대문 밖에서부터 심상치 않은 기운이 넘쳐 흘렀습니다. 전 엘리베이터에서도 우리 집 분위기를 맡을 수 있는 개코거든요. 그렇지 않아도 허구한 날 늦어서 잔뜩 쫄아 있던 때였습니다.

'아, 이거 또 잘못하다간 욕 쎄빠지게 먹겠고만' 하고 대문을 빼꼼히 열었습니다. 일단 집안 상황을 스캔해보았죠. 아빠는 최대한 참한 자세로 거실 소파에 앉아 계셨습니다. 그리고 텔레비전 볼륨도 최대한 작게 해두셨더군요. 순간 알아차렸습니다.

'아, 내가 뭐 잘못한 건 아니구나. 휴, 살았다.'

일단 제 목숨은 무사하다는 걸 확인했지만, 가만히 보니 한바탕 엄청난 쓰나미가 휩쓴 직후임을 알 수 있었습니다. 정확한 상황 파악을 위해 김 여사의 동태를 살펴보았습니다. 팔짱을 끼고 무심한 표정으로 텔레비전만 응시하고 있던 김 여사 주변으로 안방엔 냉기가 가득 차 있었습니다.

'아빠가 단단히 사고를 쳤군. 아빠, 미안. 내가 도와줄 게 많지 않은 상황 같아.'

이렇게 악화된 상황에서는 자칫 잘못하면 모든 불똥이 제게 튈 가능성이 높습니다. 그렇기 때문에 무슨 일이 있어도 이번엔 김 여사 라인으로 서야만 하는 거죠. 어쩝니까, 살 사람은 살아야죠. 안 그래요?!

저는 김 여사 옆에 바짝 당겨 앉아서 옆구리를 찔러댔습니다.

"왜? 또 무슨 일인데? 아빠가 김치통이라도 쏟았나? 아니면 맨발로 베란다에 나갔나? 왜? 말해봐라."

그때까지만 해도 뚱한 표정으로 콧구멍만 벌렁이며 화를 삭이던 김 여사가 더는 못 참겠다는 듯이 말문을 열었습니다.

사건은 이랬습니다. 아빠가 치료받는 병원 위치를 확인받은 김 여사는 깜짝 등장을 위해 설레는 마음으로 길을 나섰습니다. 버스에서 내려, 길만 건너면 되는 거리였습니다. 그렇게 병원을 향해 몇 걸음 걷다가 문득 손에 들려 있어야 할 교통카드가 보이지 않더랍니다. 주변에 흘렸나 싶어서 허리 숙여 두리번거리기 시작한 거죠. 한참을 그렇게 찾다가 머릿속에서 번쩍하고 떠오르는 기억이 있었다고 합니다.

'아, 맞다. 아까 내리면서 요거 들고 있다, 이자뿌기 전에 가방에 넣자 싶어 도로 넣었지.'

가방 속 버스카드를 확인하고서 다시 가던 길을 재촉하려고 고개를 드는 순간, 건너편 병원 입구에 서 있는 한 남자가 김 여사 눈에 팍 꽂히더랍니다.

첫사랑이라도 만났냐고요? 차라리 그런 거면 다행이게요. 김 여사 눈에 클로즈업된 그 남자의 손에는 담배가 들려 있었고 그분의 정체는 바로 40년이 다 되도록 김 여사와 함께 사는 아빠였습니다.

아빠도 무심코 고개를 돌리다 김 여사와 아주 정확하게 눈이 딱 마주쳤다고 합니다. 이 대목에서 저는 저도 모르게 '아, 아빠는 이제 죽었구나' 하고 생각했습니다.

김 여사와 눈이 마주친 순간, 아빠도 너무 당황한 나머지 부리나케 담배를 내던졌겠죠. 그리고 눈앞에는 공포 영화 〈여고괴담〉의 한 장면처럼 길 건너의 김 여사가 성큼성큼 아빠를 향해 달려왔던 거고요. 상상만으로도 제 심장은 오그라들더군요.

'아빠, 대체 어쩌자고. 어휴……'

아빠는 한때 애연가였습니다. 당시 담배포장지를 접어서 방석 만드는 것이 유행이었는데, 아빠도 거기에 동참하실 정도였지요. 한번은 소풍 때 솔담배 포장지로 만든 방석을 자랑삼아 들고 간 적도 있었거든요. 그때가 제 나이 아홉 살 무렵이었는데, 아마 그 무렵에 아빠는 담배와 이별을 하셨을 겁니다.

담배를 끊었다기보다는 강제로 끊김을 당했다는 게 정확한 표현일 수도 있겠네요. 제가 어릴 때 금연을 시작하셔서 그런지, 아빠의 담배 피우는 모습은 여전히 상상하기 어렵습니다. 김 여사도 다른 건 몰라도 금연에 성공한 아빠의 성실함을 높이 사고 있던 터였거든요. 그렇게 25년 가까이 비흡연자로 살고 있는 남편을 자랑스레 여기고 있었으니, 김 여사가 느낀 배신감은 실로 엄청났을 것입니다.

신호등은 야속하게도 김 여사의 걸음을 쉽게 허락했고, 몇 분도 되지 않아 김 여사와 아빠는 같은 공간에 나란히 서게 되었습니다. 평소 늘 '난 우아하고 곱게 늙을 거야' 하며 스스로를 절제하시던 김 여사. 이날도 그 우아함은 유지하고 싶으셨나 봅니다. 조용히 아빠에게 말씀하셨다고 합니다.

"우리 좀 걷죠."

아, 이 포스 장난 아니었을 겁니다. 차라리 동네 망신시켜가며 큰소리 한 번 듣고 마는 게 나을지도 몰라요. 아빠의 심장을 조여오던 그 공포감, 상상이 가십니까? 병원에서 집까지 장장 한 시간 거리를 걸으셨다고 합니다.

아쉬운 사람이 우물 파랬다고 벼랑에 몰린 아빠가 나설 차례지요. 말이 없기로 유명한 아빠지만 지금 이 순간은 입을 열어야 삽니다. 끊임없이 해명하고 설득하고 용서를 받지 않으면 가중처벌 받을지도 모르거든요. 김 여사 말에 따르면, 걷는 내내 아빠는 김 여사의 손을 잡으며 매달렸다고 합니다. 눈물 납니다, 정말. 배신감에 분노하던 김 여사가 말했습니다.

"당신, 예전부터 좀 수상하다 했으요. 대체 언제부터 속여가며 피온 거라요?"

"여보, 진짜 오해다. 진짜로 5개월 전에 처음 핀 거다. 일 그만두고 마음도 울쩍하고……, 진짜 얼마 안 된 거다."

애타는 아빠 마음 모르는 바는 아니지만, 저는 내심 그 정도로는 김 여사 마음 결코 못 돌릴 거라 생각했습니다.

'아빠, 말로만 해선 김 여사한테 어필 못 할 텐데……' 하고 속으로 아빠를 걱정했습니다. 그런데 제 걱정도 잠시였습니다.

"담배 핀 지 얼마 안 됐다고 딱 잡아떼사터만, 그거 갖고는 안 되겠다 싶은지 느그 아빠가 희한한 짓을 한다 아이가."

"무슨 짓? 무슨 짓을 했는데?"

"갑작시리 담배하고 라이터를 꺼내더만, 저 짝에 있는 아파트 담벼락으로 던지삔다 아이가."

담배 투척 퍼포먼스입니다.

'아빠, 그거예요. 40년을 함께 살더니 이제야 감이 온 거예요?! 그 정돈 해줘야, 그래도 뭔가 느낌이 오잖아요. 브라보!'

하긴 그렇다고 김 여사가 이런 퍼포먼스에 쉽게 마음을 느그러뜨릴 상대가 아니란 것쯤은 아버지도 잘 알고 계실 겁니다.

저도 고등학교 무렵, 얼토당토않은 퍼포먼스 벌였다가 제 상처만 더 깊어진 적이 있었거든요. 성적이 형편없이 나왔는데 떨어진 성적보다 부모님께 잔소리 듣는 일이 더 걱정됐습니다. 그래서 선수를 쳤습니다.

영화의 한 장면처럼 "나도 잘하고 싶다고요. 한다고 해도 안 되는 걸 어떻게 해요!" 하고 땅바닥에 퍼지고 앉아 울어 재꼈죠.

그러고 나면 전원일기의 김혜자 씨 같은 이미지의 엄마가 "괜찮아, 다음에 잘하면 되지. 너무 속상해 마라" 하면서 다독여주고 아름답게 마무리되는 훈훈한 결말을 상상하고 벌인 퍼포먼스였거든요.

웬걸요, 현실의 마무리는 달랐습니다. 울고 있는 저를 보시던 김 여사는 기가 찬다는 표정으로 콧방귀를 끼시며 "하다 하다 별 짓을 다 한데이. 뭐 잘했다고 우노! 어!" 하고 호통을 치는 게 아니겠어요. 뻘쭘해서 눈물이 쑥 들어가더라고요. 전 그날 이후로 김여사에게 절대 감성전략은 안 쓰거든요. 아빠한테 진작 귀띔해줄 걸 그랬나 봐요.

이렇듯 김 여사는 언제나 객관적이고 이성적이십니다. 여고생인 저를 향해 그랬듯이, 퍼포먼스를 마무리한 아빠를 향해 김 여사는 한마디의 판결문을 외쳤다고 합니다.

"5개월이고 나발이고 그게 중요한 기 아이라. 우찌 됐던 당신은 배신자야, 배신자!"

배신자는 곧 종신형에 가까운 것이죠. 이렇게 한 번 찍힌 이상, 평생을 불리한 위치에 서야 하는 것이 아빠의 운명입니다. 아빠, 너무 좌절하지 마세요. 언제는 불리한 위치 아니었나요?! 힘내요.

아빠는 어떠한 벌도 달게 받겠다며 한 가지 부탁만 들어달라고 거듭 요청했다고 합니다.

"무슨 부탁하셨는데?"

"느그 아빠가 무슨 부탁했는지 말해주까?"

"빨리 말해봐라. 궁금하다."

"느그 아빠가, 당신이 하라는 거 반항 안 하고 싹 다할 테니까 느그들한테는 오늘 일 절대 말하지 말라 카대."

"근데 내한테 말하면 우짜노?"

"니가 내 딸이가? 지금 이 순간부터는 내 친구다, 알았나!"

"어, 알았다. 창숙아."

그 일이 있은 후론 아빠는 줄곧 풀이 죽어 시름시름 앓고 계십니다. 그런 아빠를 향해서 김 여사는 하이킥 한 방을 날리십니다.

"와요, 니코틴빨이 없으니 기력이 없어요?!"

그 말에 다시 한 번 땅 속으로 땅 속으로 점점 내려앉으시는 우리 아빠. 새삼스러울 것도 없지만 요즘 우리 아버지는 더욱더 김 여사님 명령에 복종이십니다.

김 여사는 김 여사대로 아빠와의 약속을 지켰다고 합리화하고 있고, 아빠는 아빠대로 김 여사가 언제 발설할지 몰라 노심초사 하며 제 눈치만 보고 계신답니다. 저는 양쪽을 상대로 적절히 협박할 빌미를 가지고 있는 셈이고요.

지지리 복도 없는 우리 아빠, 내가 1분만 더 늦게 김 여사에게 답장을 했더라면, 김 여사가 교통카드를 잃어버렸다고 착각만 하지 않았더라면 이런 불상사는 생기지 않았을 텐데 말이죠.

이 사건으로 제가 얻은 것은 김 여사와 아빠 사이의 긴장감 속에 생긴 작은 자유며, 제가 잃은 것은 아빠의 당당함에서 비춰지던 든든함과 김 여사의 발랄함 가득한 웃음입니다. 제가 얻은 자유, 기꺼이 내놓을 수 있으니 하루 빨리 우리 집에 평화가 깃들기를 바랄 뿐입니다.

다시 한 번 생각하지만 가족 간에는 절대 사기 치거나 눈속임 하지 말자고요. 결과가 너무 참혹하잖아요. 참, 이 글 보신 분들도 아빠한테는 이 사실 절대 비밀로 해주세요, 아셨죠?

먼저 지갑 열면 지는 거다

야, 억수로 비싸네. 예상했던 거랑 다르데이. 전에 왔을 때는 안 이랬는데 주인이 바꼈나.

"오늘 늦나?"

"왜요?"

"아니, 별 약속 없으면 내랑 보쌈 묵으러 안 갈래? 요새 내가 영 기운도 없고 해서……, 갈래 말래?"

"알았어요, 가지 뭐."

퇴근 무렵, 김 여사가 제게 전화를 한 것입니다. 이럴 때는 기다렸다는 듯이 냉큼 오케이를 해야 합니다. 천지도 모르고 튕긴답시고 머뭇거렸다가는 욕먹기 딱 좋은 상황이거든요. 모든 가정에는 나름의 규칙이 있습니다. 물론 저희 집도 암묵적 규칙이 존재한답니다. 그 규칙은 바로 먼저 말 꺼낸 사람이 한턱 쏴야 한다는 것이죠.

그래서 전 늘 전략적으로 접근합니다.

"닭고기가 대체 무슨 맛이었는지 감이 잘 안 오네……."

혹은 "비도 오고…… 이런 날은 시원한 짬뽕 국물을 후루룩~

캬, 정말 예술이겠군" 하며 먹는 시늉까지 더하면서 실감나게 독백을 하죠. 누구나가 들을 법한 큰소리로 효과음도 넣어가면서요. 그러다 보면 결국 가족 중 누구 한 명은 걸려들게 마련입니다. 강태공이 낚시하는 심정으로 낚싯대 드리우고 잠시 기다리고 있자면, 도저히 못 참겠다는 듯이 누군가는 외칩니다.

"중국집이든 닭집이든 일단 전화 걸어봐라, 하여튼 저거는…… 도움이 안 된다. 얼른 전화해라."

하하하, 없이 사는 제가 살아가는 비법입니다. 오늘 역시 김 여사의 부름에 두말 않고 오케이한 데는 이런 이유도 작용한 거랍니다. 이번에도 김 여사가 먼저 제안했으니 당연히 김 여사가 쏘는 거죠.

요즘 김 여사가 감기몸살로 고생을 많이 하셨거든요. 이제 어느 정도 좋아지시니까 슬슬 고기가 당기시나 봅니다. 그렇지 않아도 신나는 퇴근길인데 공짜로 맛난 음식 먹을 생각에 발걸음은 더욱 가벼워졌습니다.

집 근처에는 유명하고 큰 보쌈집이 하나 있습니다. 오늘의 목적지는 바로 그 집! 평소 치킨이나 자장면 외식으로 만족해하는 우리에게 이 유명한 보쌈집은 사치이기도 하답니다. 그래서 괜히 걱정이 되더군요.

"엄마. 이 집 쫌 비쌀 낀데, 괜찮겠나?"

"모르겠다. 한 번쯤은 확 써 재끼는 거지. 니 카드 있다 아이가?"

'니 카드?'

니 카드라뇨. 이건 무슨 말씀? 이건 나중에 나한테 덤터기 씌울 수도 있다는 일종의 경고입니까? 이럴 때일수록 정신을 바짝 차려야 합니다. 이렇게 당한 게 한두 번이 아니니까 미리 선을 그어야 했습니다.

"어? 뭐라 하노? 내 카드 없다. 잘 생각해라."

나한테서 돈 뜯어낼 생각 조금도 하지 마시라는 경고를 에둘러 했죠. 그런 경고에도 김 여사는 흔들리지 않고 대꾸 없이 자리로 가서 앉으시는 게 아니겠어요. 불안한 마음이 없는 건 아니지만 저 역시 '에라, 모르겠다' 하는 심정이었습니다.

'무조건 지갑 없다고, 배 째라고 드러누우면 어떻게든 되겠지. 안 되면 나 혼자 뛰쳐나오면 되지 뭐.'

돈 걱정보다 배고프다고 아우성치는 뱃가죽을 달래는 일이 급선무였습니다.

김 여사도 배가 고프긴 매한가지였나 봅니다. 자리에 앉자마자 서둘러 메뉴판을 여시더라고요. 그런데 잠시 김 여사의 눈빛이 흔들리는 것을 목격했습니다.

"야, 억수로 비싸네. 예상했던 거랑 다르데이. 전에 왔을 때는 안 이랬는데 주인이 바꼈나."

"거 봐라, 내가 잘 생각하랬잖아. 우짤까? 걍 나가삐까?"

김 여사의 눈치를 살피며 대답을 기다렸습니다. 김 여사는 오래 고민하지 않고 대답했습니다.

"됐다 마. 묵자. 걍 써 재끼자. 쫄지 마라. 묵자, 묵어."

역시 쿨한 김 여사입니다. 이런 거 보면 김 여사가 저보다는 배짱도 두둑하고 통이 큰 것 같습니다. 그래도 나는 걱정된 나머지 마지막으로 한 번 더 확인했습니다.

"진짜 괜찮겠나? 나한테 덤터기 씌우지 마라. 내 돈 없디."

아픈 엄마 몸보신 한 번 시켜주는 것 가지고 자꾸만 돈타령하니, 너무 쫌스러운 자식 같아 민망하기도 합니다. 하지만 어쩝니까. 안 그러면 맨날 적자인 인생인데요. 김 여사도 이런 제가 지긋지긋하신지 큰소리로 외치셨습니다.

"시키라 고마! 걱정 말고."

전 이렇게 당당한 김 여사가 참 좋습니다.

이제 가격 걱정하지 않고 느긋하게 메뉴를 둘러봐도 될 것 같았습니다. 그래서 천천히 훑어보고 있었답니다. 와, 오리훈제도 있고 보쌈도 있고 녹두전도 있고, 없는 게 없지 뭐예요. 군침만 꼴깍꼴깍 삼키는 찰나, 김 여사의 버럭 하는 음성이 들려왔습니다.

"뭘 그렇게 오래 보노? 고마 제일 싼 거 해라, 퍼뜩! 니는 선택의 여지가 없다. 내가 혼자 오기 뻘줌해서 니 불렀다는 사실을 잊지 마라."

김 여사, 은근히 약이 좀 오른 모양입니다. 우여곡절 끝에 이집에서 제일 싼 보쌈정식 2인분을 시켰습니다. 가장 싼 메뉴라고는 하지만 두 사람이 먹고 나니 영수증에는 무려 3만 원이 넘는 금액이 찍혀 있었습니다. 아찔한 가격입니다. 평소 근검절약이 몸에 밴 김 여사도 좀 찜찜했는지 결의에 찬 얼굴로 말하더군요.

"이왕 이렇게 된 거……, 그릇까지 다 씹어 먹자."

"어, 엄마. 걱정 마라. 내 그런 거 잘한다."

우리 모녀는 삼십여 분 동안 말없이, 정말 아무 말 없이 그릇까지 씹어 먹을 태세로 먹어 재꼈습니다. 정말 맛있더군요. 실컷 먹고 된장찌개도 두 번이나 리필해서 먹었습니다. 그뿐만이 아닙니다. 이것저것 더 달라고 하며 실려 나올 정도로 계속해서 먹어 재꼈습니다. 행복했습니다. 이대로 누워서 한숨 자고 나면 천국이 따로 없을 것만 같았습니다.

그러나 아무리 행복해도 방심해선 안 될 시간이 왔습니다. 무슨 소리냐고요? 우리에겐 아직 계산이라는 마지막 관문이 남아 있잖아요. 전쟁과도 같은 계산 말입니다. 무슨 일이 있어도 지갑만큼은 사수해야 합니다.

이제 먹을 만큼 다 먹고 나자 김 여사가 말없이 외투를 챙겨 입으셨습니다. 뭐라 말씀하시겠지 싶어서 저도 천천히 일어설 채비를 했습니다. 그런데 제가 외투를 채 입기도 전에 김 여사가 먼저 벌떡 일어서서 나가시는 게 아니겠습니까. 물론 테이블 귀퉁이에는 계산서가 참하게 놓여 있었지요. 허겁지겁 외투를 입으며 따라나섰습니다. 그리고 김 여사 뒤통수에 대고 외쳤습니다.

"엄마, 뭐하는 짓이고? 왜 이거 안 들고 가노. 튀는 거가? 빨리 이거 가져가라. 에헤이, 엄마~."

불러도 대답 없는 이름, 김 여사. 제 목소리가 너무 컸는지 사람들이 자꾸 쳐다보는 통에 더 이상 큰소리를 낼 수 없었습니다. 외투며 가방을 급하게 끌어안고 한 손에는 계산서를 움켜쥐고 김 여사를 쫓아 내달렸습니다. 김 여사의 발걸음이 카운터에 다다랐을 때, 저도 재빠르게 계산서를 내던지듯 김 여사에게 안겨주었습니다. 전 끝까지 포기하지 않았죠. 무슨 영문인지 모르던 종업원은 계산서를 받아 들며 말했습니다.

"네. 삼만 천 원입니다."

그러나 종업원의 말에 김 여사나 저, 우리 둘은 아무 대꾸도 아무 움직임도 없이 서로를 마주본 채 그저 눈빛만 주고받을 뿐이었습니다. 그렇게 속으로 전쟁을 치르고 있었던 것입니다. 시간이 지체될수록 제가 밀리는 것만 같았습니다. 김 여사는 눈빛으로 말했습니다.

'야, 엄마 아프잖아. 딸이 돼가지고 이것도 안 하나? 니가 인간이가?'

저도 질 수는 없죠.

'엄마 아픈 거야 내가 알지. 아는데……. 내가 여기 오쟀나? 치사하게 이러지 말자.'

'내 그냥 나가쁜다?'

'에헤이, 엄마. 내 요새 좀 어렵다. 엄마, 쫌!'

애절한 마지막 눈빛이 먹혔나 봅니다. 김 여사가 천천히 가방에 손을 대셨거든요. 휴, 다행입니다. 결국 김 여사는 지갑에서 돈을 꺼내어 값을 치르셨고 영수증을 기다리고 있었습니다. 그런데 이렇게 그냥 넘어갈 분이 아니시죠. 기어이 종업원에게 한마디 하셨습니다.

"그런데 이런 데 와서 다 늙은 엄마가 계산하는 테이블이 많습니꺼?"

영수증을 뽑던 종업원은 어이가 없는지 그저 웃기만 했습니다. 이런 황당한 모녀를 처음 본다는 듯이 신기해하는 눈빛이었습니다.

어찌되었건 전 이렇게 또 하루를 버텼습니다. 바퀴랑 빈대에 이어 약으로도 죽이지 못한다는 초강력 최문정의 살아남기 대작전이었습니다. 맛있는 거 공짜로 먹었다고 마음이 편한 것만은 아닙니다. 말을 안 해서 그렇지 제 속은 시꺼멓게 타들어 가고 있었습니다. 삼만 원 남짓하는 식사, 그게 뭐라고 사랑하는 엄마와 이렇게 전쟁을 치르는 것인지 모르겠습니다.

웃자고 한 짓 아니냐고요? 저도 그런 거라면 참 좋겠습니다. 하지만 부모님이 원할 때 언제든, 이런 외식을 원하시는 만큼 사드리지 못하는 못난 딸이라 그저 죄송하기만 합니다. 그렇다고 이 죄송한 마음을 얼굴에 드러내면서 죽을 죄인처럼 고갤 푹 숙이고 작아져 있을 수도 없는 노릇입니다. 그런 저를 봐야 하는 부모님 마음은 더 아플 테니까요.

그래서 제가 택한 방법이 그저 뻔뻔하게 사는 것입니다. 그게 저한테도 어울리는 것 같아요. 부모님도 마음 놓고 저와 맞서 싸울 수 있을 테고 말이에요.

남산만 하게 부른 배를 두드리며 김 여사와 어깨를 나란히 하고 집으로 향했습니다. 십 년이 흘러도 이십 년이 흘러도 늘 저와 지지고 볶는 강한 김 여사였으면 좋겠다는 바람입니다. 김 여사만큼은 평생 제 곁에 있었으면 합니다.

가족

얄팍한 지갑이라도
그대들만 곁에 있어준다면
난, 그걸로 충분해요-♡

당분간 보류 중인 독립 프로젝트

> 엄마, 사실 내가 어디
> 납치당할 관상은 아니잖아?
> 대충 봐도 건장한 총각 같은
> 게 사실인데, 그렇게까지
> 귀가 시간을 쫑가야겠나?

대학 신입생 시절, 한참 선배들과 부어라 마셔라 하면서 찬란한 시간을 보내고 있을 때면 어김없이 '삐삑 삐삑' 소리가 났습니다. 그것도 한결같이 9시가 조금 넘은 무렵에 말입니다.

[8282119]

이건 다름 아닌 어머니의 짜릿한(?) 경고메시지입니다. 저 숫자를 해석하자면, '9시가 넘었다, 좋은 말할 때 당장 들어온나' 이 정도쯤 될까요? 한숨을 푹푹 내쉬며 집으로 향하는 버스에 올라서는 '졸업만 해봐라, 내가 이 감옥에서 벗어나고 말 테니까' 라고 외치며 이를 바득바득 갈았습니다.

한번은 어머니께 항의도 했습니다.

"엄마, 사실 내가 어디 납치당할 관상은 아니잖아? 대충 봐도 건장한 총각 같은 게 사실인데, 그렇게까지 귀가 시간을 쫑가야겠나?"

"야! 말 잘했다, 니 말처럼 니 같은 경우는 말이다, 일 잘하게 생겼다고 새우잡이 배로 보내거나 창고에 가다놓고 맨날천날 마늘 까는 것만 시킬지도 모르니까 내가 그란다 아이가! 내 말이 틀렸나?"

어라, 듣고 보니 굉장히 설득력 있는 발언이었습니다. 하지만 마음 한구석에는 늘 나를 통제하고 관리하고자 하는 부모님의 울타리가 갑갑하게만 느껴져 하루빨리 벗어나고만 싶었습니다.

지금 저는 그렇게 원하던 직장인이 되었습니다. 제가 택한 일이 시민단체 분야이다 보니 밤늦게까지 일할 때가 많았고요. 처음 접하는 일이라 여간 재밌는 게 아니었습니다. 그러다 보니 귀가시간이 밤 열 시, 열두 시, 때론 새벽 한두 시를 넘긴 적도 많았죠.

학습된 본능인지 몰라도, 아무리 웃고 떠들다가도 저녁 아홉 시가 넘게 되면 괜스레 불안해졌습니다. 하지만 늦어지는 횟수가 조금씩 늘어나게 되자 불안감 또한 점차 잊게 되었습니다. '이렇게 조금씩 부모님과 이별할 수 있는 거였구나' 하면서 말이죠.

그날도 동료들과 세상 돌아가는 얘기가 길어지는 탓에 자정 무렵에서야 빼꼼히 대문을 열었습니다. 벌써 주무시는지 집안이 캄캄하더군요. 그래서 일단 대문 안으로 머리부터 들이밀고 한쪽 발을 넣으려는 순간, "나가라!" 하는 칼날 같은 어머니의 음성이 제 왼쪽 발등 위로 날아와 꽂히고 말았습니다.

'아, 이거 어쩌지 들어가? 그냥 나와? 날도 추운데 어쩌지. 들어가면 죽을지도 모르는데, 그렇다고 나가면?'

저에게는 일 분이 마치 십 년 같았습니다.

"그렇게 니 쪼대로 할 거면, 집구석에는 와 들어오노? 나가라, 나가서 그렇게 좋아하는 니 동료들하고 천년만년 살아라. 내 집에서 나가라."

아, 집 없는 설움이란. 그땐 '얼른 돈 모아 빨리 방 얻어 나가야지' 하는 생각뿐이었습니다.

서른이 넘도록 부모님과 귀가 시간으로 다퉈야 하다니, 이게 말이나 되는 일입니까. 대체 어디서부터 어떻게 잘못된 걸까 생각해보았습니다. 내가 부모님께 신뢰를 주지 못한 걸까, 아니면 부모님이 내게 집착하는 걸까, 별별 생각을 다하게 되었습니다.

가만 생각해 보면 제게 있어 엄마는 슈퍼맨 같은 사람이었습니다. 어릴 때부터 직장인이 된 지금까지, 제 앞에 어렵고 불편한 일이 닥치면 나도 모르게 슈퍼맨과도 같은 엄마를 바라보았습니다. 그러면 그 슈퍼맨은 눈빛만으로 제가 원하는 모든 것을 해결해주곤 했습니다.

제가 일하는 곳에서 점심밥을 해 먹던 때가 있었는데 요리라고는 전혀 못 하는 제가 뭐라도 해볼 요량으로 엄마한테 물었습니다.

"엄마, 김치찌개는 어떻게 해요?"

간단한 질문에도 10분이 넘게 김치찌개 맛있게 끓이는 법을 설명해주시는 엄마입니다. 그렇게 출근하고 점심시간이 다가올 무렵, 전화가 한 통 왔습니다.

"느그 사무실 앞이다. 아침에 네가 한 말이 영 맘에 걸려서 김치찌개 끓여 왔거든. 내려와서 갖고 가라."

어쩌면 아침에 엄마에게 김치찌개 끓이는 법을 물어봤을 때부터, 전 이미 엄마가 맛있게 끓여진 찌개를 가져오실 줄 알고 그랬을지도 모를 테지요.

그때 알았습니다. '나란 사람은 어려움이 닥치면 언제든 굽은 부모님 등 뒤로 숨을 수 있다고 생각하는 못난 청춘이구나', '서른이 넘도록 정신적으로 전혀 독립하지 못했구나' 하고 말이죠. 너무 늦었지만 이제부터라도 스스로 결정하면서 어려움을 직접 마주하는 연습을 해야겠다는 생각이 들었습니다. 그 일을 계기로 경제적 독립이 더욱더 절실해지면서, 가까운 시일 내에 단칸방이라도 얻어 나가야겠다고 결심하게 된 것입니다.

그런데 보증금이라는 문제보다 더 크고 우스운 문제가 기다리고 있었습니다. '나 독립할게요' 라는 말을 차마 부모님께 하지 못하는 저 자신이었습니다. 엄마가 저의 '독립'을 '나 이제 이 집이 싫어졌어, 내 맘대로 살고 싶어, 안녕!' 쯤으로 여기시지 않을까 하고 덜컥 겁이 났던 겁니다.

그렇게 독립을 고민하던 즈음, 타 지역으로 3개월 간 장기출장을 떠나게 되었습니다. 아, 하늘은 저를 버리지 않으셨던 거지요. 부모님 마음 다치지 않게, 하지만 자연스럽고 단계적으로 독립하기에 참 좋은 기회라 생각했습니다.

'요리책 보면서 밥도 매일 맛있게 해 먹어야지. 차도 한 잔 하고 빨래 널면서 볕도 쐬고, 휴일이면 책도 읽어야지.'

상상만 해도 행복한 시간이었습니다.

그렇게 부모님과의 이별, 그 첫 단계가 시작되었습니다. 부푼 마음으로 시작한 독립이었는데 만만한 일이 아니더군요. 요리책? 차 한 잔? 볕? '아나, 곶감아' 같은 소리입니다.

아침이면 출근 준비하기 바빴고 아침은 햄버거 가게에서 대충 때우는 데다, 퇴근이 일정치 않으니 빨래는 쌓여만 가고 급기야 똑같은 옷을 삼사 일씩 입게 되는 지경이 되었습니다. 신발도 한 번 빨아야 하는데 그럴 시간이 없어서 매일 쉰내가 나는 생활이었습니다. 급한 마음에 먹는 거며 입는 것, 죄다 돈으로 해결하다 보니 통장잔고는 자꾸만 줄어들고 여간 힘든 게 아니더군요.

그리고 3개월 후, 저는 다시 예전의 자리로 돌아왔습니다. 제 생활도 모두 제자리로 돌아왔고요. 세탁기에 빨래를 던져놓으면 다음 날 말끔히 다려져 있고, 잠에 취해 거실로 나오면 아침상도 차려져 있는 이 생활 말입니다.

그렇게 편하게 하루이틀 있다 보니 '이런 생활을 내가 굳이 마다할 필요가 있는 걸까' 하는 생각이 들더군요. 역시 편한 거 앞에는 장사가 없나 봅니다. 그런 제 맘을 아셨는지 엄마가 그러십니다.

"밥 차려줘, 빨래해줘, 필요한 거 있음 딱 대령해줘. 집이 젤 좋제? 나가 보니 고생이제?"

"어, 내쫓지만 말아줘. 잘할게."

정작 제가 이별하고 싶은 대상은 부모님이 아니라 홀로서기를 두려워하는 제 자신이 아닐까 생각해봅니다.

'에라이, 청춘아! 언제까지 그러고 살 건데? 니 혼자 할 수 있는 게 대체 뭐고? 으이구, 인간아.'

일단 이번 겨울까진 부모님 등골을 공유하면서 살다가 천천히 독립을 계획해봐야겠습니다. 엄마 아빠, 내 맘 알지?